思想的・睿智的・獨見的

經典名著文庫

策劃　楊榮川

五南圖書出版公司 印行

經典名著文庫

學術評議者簡介（依姓氏筆畫排序）

- 丘為君　美國俄亥俄州立大學歷史研究所博士
- 吳惠林　美國芝加哥大學經濟系訪問研究、臺灣大學經濟系博士
- 宋鎮照　美國佛羅里達大學社會學博士
- 林玉体　美國愛荷華大學哲學博士
- 邱燮友　國立臺灣師範大學國文研究所文學碩士
- 洪漢鼎　德國杜塞爾多夫大學榮譽博士
- 孫效智　德國慕尼黑哲學院哲學博士
- 秦夢群　美國麥迪遜威斯康辛大學博士
- 高明士　日本東京大學歷史學博士
- 高宣揚　巴黎第一大學哲學系博士
- 張光宇　美國加州大學柏克萊校區語言學博士
- 張炳陽　國立臺灣大學哲學研究所博士
- 陳秀蓉　國立臺灣大學理學院心理學研究所臨床心理學組博士
- 陳思賢　美國約翰霍普金斯大學政治學博士
- 陳清秀　美國喬治城大學訪問研究、臺灣大學法學博士
- 陳鼓應　國立臺灣大學哲學研究所
- 曾永義　國家文學博士、中央研究院院士
- 黃光國　美國夏威夷大學社會心理學博士
- 黃光雄　國家教育學博士
- 黃昆輝　美國北科羅拉多州立大學博士
- 黃政傑　美國麥迪遜威斯康辛大學博士
- 楊維哲　美國普林斯頓大學數學博士
- 葉海煙　私立輔仁大學哲學研究所博士
- 葉國良　國立臺灣大學中文所博士
- 廖達琪　美國密西根大學政治學博士
- 劉滄龍　德國柏林洪堡大學哲學博士
- 黎建球　私立輔仁大學哲學研究所博士
- 盧美貴　國立臺灣師範大學教育學博士
- 薛化元　國立臺灣大學歷史學系博士
- 謝宗林　美國聖路易華盛頓大學經濟研究所博士候選人
- 簡成熙　國立高雄師範大學教育研究所博士
- 顏厥安　德國慕尼黑大學法學博士

經典名著文庫057

普通語言學教程

語言學史上一部最重要的經典

費爾迪南・德・索緒爾 著
高名凱 譯
鍾榮富 導讀

經典永恆・名著常在

五十週年的獻禮・「經典名著文庫」出版緣起

總策劃 楊榮川

五南，五十年了。半個世紀，人生旅程的一大半，我們走過來了。不敢說有多大成就，至少沒有凋零。

五南忝爲學術出版的一員，在大專教材、學術專著、知識讀本出版已逾壹萬參仟種之後，面對著當今圖書界媚俗的追逐、淺碟化的內容以及碎片化的資訊圖景當中，我們思索著：邁向百年的未來歷程裡，我們能爲知識界、文化學術界做些什麼？在速食文化的生態下，有什麼值得讓人雋永品味的？

歷代經典・當今名著，經過時間的洗禮，千錘百鍊，流傳至今，光芒耀人；不僅使我們能領悟前人的智慧，同時也增深加廣我們思考的深度與視野。十九世紀唯意志論開創者叔本華，在其〈論閱讀和書籍〉文中指出：「對任何時代所謂的暢銷書要持謹愼的態度。」他覺得讀書應該精挑細選，把時間用來閱讀那些「古今中外的偉大人物的著作」，閱讀那些「站在人類之巔的著作及享受不朽聲譽的人們的作品」。閱讀就要「讀原著」，是他的體悟。他甚至認爲，閱讀經典原著，勝過於親炙教誨。他說：

「一個人的著作是這個人的思想菁華。所以，儘管一個人具有偉大的思想能力，但閱讀這個人的著作總會比與這個人的交往獲得更多的內容。就最重要的方面而言，閱讀這些著作的確可以取代，甚至遠遠超過與這個人的近身交往。」

爲什麼？原因正在於這些著作正是他思想的完整呈現，是他所有的思考、研究和學習的結果；而與這個人的交往卻是片斷的、支離的、隨機的。何況，想與之交談，如今時空，只能徒呼負負，空留神往而已。

三十歲就當芝加哥大學校長、四十六歲榮任名譽校長的赫欽斯（Robert M. Hutchins, 1899-1977），是力倡人文教育的大師。「教育要教眞理」，是其名言，強調「經典就是人文教育最佳的方式」。他認爲：

「西方學術思想傳遞下來的永恆學識，即那些不因時代變遷而有所減損其價值的古代經典及現代名著，乃是眞正的文化菁華所在。」

這些經典在一定程度上代表西方文明發展的軌跡，故而他爲大學擬訂了從柏拉圖的《理想國》，以至愛因斯坦的《相對論》，構成著名的「大學百本經典名著課程」。成爲大學通識教育課程的典範。

歷代經典·當今名著，超越了時空，價值永恆。五南跟業界一樣，過去已偶有引進，但都未系統化的完整舖陳。我們決心投入巨資，有計畫的系統梳選，成立「經典名著文庫」，希望收入古今中外思想性的、充滿睿智與獨見的經典、名著，包括：

- 歷經千百年的時間洗禮，依然耀明的著作。遠溯二千三百年前，亞里斯多德的《尼各馬科倫理學》、柏拉圖的《理想國》，還有奧古斯丁的《懺悔錄》。
- 聲震寰宇、澤流遐裔的著作。西方哲學不用說，東方哲學中，我國的孔孟、老莊哲學，古印度毗耶娑（Vyāsa）的《薄伽梵歌》、日本鈴木大拙的《禪與心理分析》，都不缺漏。
- 成就一家之言，獨領風騷之名著。諸如伽森狄（Pierre Gassendi）與笛卡兒論戰的《對笛卡兒沉思錄的詰難》、達爾文（Darwin）的《物種起源》、米塞斯（Mises）的《人的行爲》，以至當今印度獲得諾貝爾經濟學獎阿馬蒂亞·

森（Amartya Sen）的《貧困與饑荒》，及法國當代的哲學家及漢學家余蓮（François Jullien）的《功效論》。

梳選的書目已超過七百種，初期計劃首爲三百種。先從思想性的經典開始，漸次及於專業性的論著。「江山代有才人出，各領風騷數百年」，這是一項理想性的、永續性的巨大出版工程。不在意讀者的眾寡，只考慮它的學術價值，力求完整展現先哲思想的軌跡。雖然不符合商業經營模式的考量，但只要能爲知識界開啟一片智慧之窗，營造一座百花綻放的世界文明公園，任君遨遊、取菁吸蜜、嘉惠學子，於願足矣！

最後，要感謝學界的支持與熱心參與。擔任「學術評議」的專家，義務的提供建言；各書「導讀」的撰寫者，不計代價地導引讀者進入堂奧；而著譯者日以繼夜，伏案疾書，更是辛苦，感謝你們。也期待熱心文化傳承的智者參與耕耘，共同經營這座「世界文明公園」。如能得到廣大讀者的共鳴與滋潤，那麼經典永恆，名著常在。就不是夢想了！

二〇一七年八月一日 於

五南圖書出版公司

第一版序

費爾迪南・德・索緒爾的天才是在語言學中成長起來的，我們時常聽到他抱怨語言學的原理和方法中存在著許多缺陷。他畢生頑強地致力於探求在這一片渾沌狀態中能夠指引他的思想的法則。直到一九〇六年在日內瓦大學接替了約瑟夫・魏爾特海默（Joseph Wertheimer）的講座，他那培育了多年的獨到見解方爲世人所認識。他曾於一九〇六～一九〇七年，一九〇八～一九〇九年和一九一〇～一九一一年三度講授普通語言學；誠然，由於教學大綱的需要，他不能不把每度講課的一半時間用來闡述印歐系語言，它們的歷史和關於它們的描寫，他的講題的主要部分因而大大地減少了。

他沒有因此出版過一本書，凡特別有幸聽過這門內容充實的課的人都深以爲憾。老師去世後，承德・索緒爾夫人的盛意，把他的手稿交給了我們。我們原指望能在這些手稿中找到這些天才的講課的忠實的或至少是足夠的反映；我們並且預想到有可能根據他本人的札記配合同學們的筆記加以整理，付梓出版。結果使我們大失所望：我們在裡面幾乎找不到一點兒跟他的學生的筆記對得上號的東西。原來他每天趕寫講授提綱的草稿，已經隨寫隨毀掉了！他的書桌的抽屜裡只有一些相當陳舊的草稿。這些草稿當然也不無價值，但要加以利用，把它同三度講課的材料配合起來，卻是不可能的。

面對這種情況，更使我們深感遺憾的是，當時因爲職務纏身，我們幾乎完全沒有辦法去親自聆聽他的最後的講課，而這卻正像很早以前《論元音》①一書問世時那樣標誌著德·索緒爾一生事業中一個光輝的階段。

因此，我們只好求助於聽過三度講課的同學們的筆記。聽過頭兩度課的路易·凱伊（Louis Caille）、列奧波爾·戈第業（Léopold Gautier）、波爾·勒嘉爾（Paul Regard）和阿爾貝爾·里德林格（Albert Riedlinger）諸先生，聽過第三度，也即最重要的一度課的阿爾貝爾·薛施藹（Albert Sechehaye）夫人、喬治·

---

①德·索緒爾曾於一八七九年出版《論印歐系語言元音的原始系統》一書，把印歐系語言的元音和響音的很複雜的相互關係歸結為一些比較簡單的交替公式，推翻了十九世紀前半葉歐洲許多語言學家借鑑古印度語法學家的「增長理論」，奠下了印歐系語言元音系統新學說的基礎，對後世的影響很大。——校注

德加里耶（George Dégallier）和弗朗西士・約瑟夫（Francis Joseph）先生都把他們的很完備的筆記交給了我們。有一個特殊的要點，我們還是從路易・布律茨（Louis Brütsch）的筆記中得到的。我們謹向他們致以衷心的謝意。傑出的羅曼語語言學家茹勒・朗沙（Jules Ronjat）在本書付印前曾校閱原稿，並給我們提供了許多寶貴的意見，我們也要向他致以最熱誠的感謝。

我們該怎樣處理這些材料呢？首先是進行考訂的工作：對每一度課，講課中的每一個細節，都要把所有的本子加以比較，深入到原講授者思想的端倪，哪怕它們往往互不合拍。關於頭兩度課的內容，我們曾得到里德林格先生的合作，他是最關心要遵循老師思想的門生；在這一點上，他的工作對我們很是有用。至於第三度課，我們中的阿・薛施藹也做了同樣細緻的校對和校訂的工作。

可是下一步呢？口講的形式常和書面的形式發生矛盾，這爲我們留下了最大的困難。而且德・索緒爾是一個不斷革新的人，他的思想常向各方面發展，但並不因此而自相矛盾。要把一切都照原樣發表是不可能的；自由論述所不可避免的重複，交錯和變幻不定的表述方式，將會使這樣印出的一本書帶有離奇古怪的面貌。只發表其中一度課嘛——發表哪一度的呢？這將會使本書失去其他兩度講課的十分豐富的內容而顯得比較貧乏；哪怕是最有決定意義的第三度課也不能使人窺見德・索緒爾理論和方法的全豹。

曾有人向我們建議把一些見解特別新穎的片段照原樣刊印出來。我們起初也抱有這種想法，但隨即想到這樣會損及我們老師的思想，因爲它只能顯出一所大廈的半壁，而這所大廈的價值卻只能由它的整體表現出來。

我們終於採取了一個比較大膽的，同時自信也是比較合理的解決辦法：以第三度課爲基礎，利用我們手頭的全部材料，包括德．索緒爾個人的札記，重新進行組織和綜合。這無異是一種重新創作，越是要做到完全客觀，越是困難；對於每一個要點，都要鑽到每個特殊思想的深處，按整個系統的指引，把它從口授所固有的變化多端和游移不定的措辭中清理出來，試圖找到它的確定形式，然後鑲嵌入它的自然間架中去。所有各部分都按照符合作者意圖的順序表達出來，哪怕他的意圖並不顯而易見，而是出於我們的猜想。

本書就是經過這樣一番類化工作和重新組織產生的，我們現在不無惶恐地把它獻給一般知識界和一切愛好語言學的朋友們。

我們的主旨是要建立一個有機的整體，不忽略任何有助於造成完整印象的東西。可是正因爲這樣，我們也許會遭遇到來自兩方面的批評。

首先有人會說，這個「整體」是不完備的。其實老師講課從來沒有想涉及語言學的一切方面，也沒有打算過把一切問題都講得一樣清楚明瞭；實際上，這不是他所能做到的。他立意要做的完全不是這樣。他只想以幾條個人的基本原則為嚮導——這些原則在他的著作中隨處都可以看到，而且構成了這幅結實的、五彩繽紛的織物的緯線——往深處研究，只有當這些原則遇到一些特別引人注目的應用，同樣，也只有當它們碰到可能發生衝突的理論的時候，才在面上鋪開。

這可以解釋為什麼有些學科，例如語義學，在本書中幾乎沒有接觸到。我們並不感到這些欠缺對整個建築物會有什麼損害。缺少「言語的語言學」這一部分是比較容易感覺到的。他曾向第三度講課的聽者許過願。這方面的研究在以後的講課中無疑會占有一個光榮的地位；但諾言沒有能夠實現，原因是大家都很清楚的。我們現在只能把這個初具規模的大綱中的一些閃閃爍爍的指示搜集起來，安排在它們的自然的地位；超過這一點就無能為力了。

與此相反，人們也許會指責我們在某些要點上轉錄了一些在德·索緒爾之前就已經獲得的進展。在一本這樣廣泛的著述裡，要一切都很新鮮是辦不到的；而且如果有些眾所周知的原則對於了解整體是不可少的，難道也要抱怨我們沒有把它們割除嗎？例如有關語音變化的一章就有一些人家已經說過的東西，而且也許說得更加確定；可是且不說這一部分隱藏著好些富有創見的寶貴的細節，任何人只消稍加閱讀，就可以看到，把它刪掉，對於理解德・索緒爾據以建立他的靜態語言學體系的原則會引起怎樣的後果。

我們深深感到我們對於批評，對於作者本人所負的責任；他也許會不答應我們出版這本書的。

我們完全接受這個責任，而且願意獨自承擔這個責任。批評者是否知道要把一位大師和他的解釋者區別開來呢？如果把矛頭指向我們，我們將樂意接受，但如果攻擊到我們所敬愛的老師，那是不公正的。

沙・巴利，阿・薛施藹 於日內瓦

第二版序

這第二版對於第一版的原文沒有什麼重大的改動。編者只限於作了某些細節上的修改，目的是要在某些要點上編寫得更加清楚，更加明確。

沙・巴利，阿・薛施藹

第三版序

除了某些細節上的更正以外，這一版同前一版一樣。

沙・巴利，阿・薛施藹

目次

導讀

首先，恭喜你，能有如此機緣捧讀索緒爾的《普通語言學教程》。請你相信，你現在讀的正是影響二十世紀不少學科（語言學，心理學，文化人類學，符號學）發展的著作。篇幅不大，頁數不多，但是字裡行間的心血結晶卻處處可見。能有機會一窺大師內在的思考與辯證方式，必然受惠良多。

索緒爾（Ferdinand de Saussure, 1857-1913）是瑞士語言學家，一八八〇年從德國的萊比錫大學（University of Leipzig）取得語言學博士學位，隨即受聘到法國的巴黎大學（University of Paris）教授梵文，古德語等課程。一八九二年，他才接受日內瓦大學（University of Geneva）的正教授職缺，返回瑞士工作。索緒爾在一九〇六年開始在日內瓦大學開授「普通語言學」一課，後來又在一九〇八—〇九，一九一〇—一一年間繼續開這門課。現在我們閱讀的書本，其實並非索緒爾本人的著作，而是他往生之後，他的兩位學生Charles Bally與Albert Sechehaye向過去聽過這三次課程的同學，蒐集筆記，並加以整理編輯而出版的書籍，初版出現於一九一六年，並於次年出版修訂版，但這個修訂版除了補正一些資料，更正乖誤之外，並沒有太大的增刪。

本書的中文翻譯，出自著名的語言學家高明凱先生（一九一一—一九六五）的手筆。高先生是福建人，燕京大學畢業後，留學法國，於一九四〇年取得法國巴黎大學的語言學博士，回國後任教於燕京大學，北京大學中文系等著名大學。著有『語法論』等學術專書，對於漢語語法的研究影響深遠。校定者爲岑麒祥教授（一九〇三—一九八九），早年曾留學法國，並先後在中山大學，北京大學中文系教授語言學。另一位參與校定與修改的是北京大學中文系的葉蜚聲教授，他與徐通鏘合寫的「語言學綱要」一書，爲語言學入門的基礎，非常有組織，頗獲好評。簡而言之，翻譯與校定者都具有豐厚的語言學素養，故使譯著能翔實反映原著，文字更是溫潤婉約，清暢可讀。

索緒爾在緒論裡肯定了美國語言學家輝特尼（W. D. Whitney, 1827-1894）的看法，「語言是一種約定俗成的東西，人們同意用什麼符號，這符號的性質是無關緊要的」（P. 34），例如「老鼠」與〔lǎu shǔ〕或〔ㄌㄠˇㄕㄨˇ〕的讀音完全沒有必然的關係，我們現在知道「老鼠」要讀〔lǎu shǔ〕是因爲我們生存的漢語世界裡，大家都這麼說，於是我們聽到別人說〔lǎu shǔ〕時，我們知道那是「老鼠」的意思。另方面，我們要採用注音符號或漢語拼音來標示「老鼠」的讀音，那是完全沒有關係的，無論哪一種標音符號，都能讓我們讀出〔lǎu shǔ〕的讀音。

除了認同「語言是約定成俗」的看法之外，索緒爾在本書裡，創用了幾個兩元對立性的名詞，成爲我們了解《普通語言學教程》的重要關鍵。第一個兩元性名詞是：語言（langue）與言語（parole），前者是主要的，後者卻是從屬的。語言「是社會集團全體成員中的寶庫…潛存在一群人的腦子裡的語法體系」（P.39）而言語卻是「是個人的意志和智慧的行爲」（P.40）。換言之，語言具有同質性，因爲語言有內在的系統性與規律性，同樣擁有社會文化的承載，總能反映整體社會的普遍性與共通性。但是言語則爲異質性，因爲每個人的認知不同，用的表達方式有別，使用的語氣或語詞與社會背景，文化環境有關。簡單舉例來說，臺灣與大陸講的語言基本上是同樣的，見面聊天不會有溝通上的困難，雖然大陸把這種語言稱爲「普通話」而我們稱爲「國語」。但這兩個地區的語言還是有內在的系統性差異，例如台灣國語「什麼都『有』」而大陸的普通話卻「什麼都沒『有』」，試比較：

臺灣國語	大陸普通話
a. 他有去看張三嗎?	他去看了張三嗎?
b. 我有想買那間房子。	我想買那間房子。
c. 我幫你介紹一個有很有錢的男孩。	我幫你介紹有錢的男孩。

經過比較，我們發現臺灣國語特別喜歡用「有」，因爲這是深深受到閩南話影響的結果。其實一般大陸人與臺灣人在見面的日常溝通中，往往不會注意到這種區別，因爲我們都用同一個語言的系統或語法來解讀聽到的語言。至於言語，則屬於非常個人的，例如同一部《笑傲江湖》，有些人講話雅俗混用（例如莫大先生），有些人用詞清雅（例如靜閒法師），有些含蓄（例如岳不群），有些直接（例如天門道長），他們各別講的是言語，代表的是個人的風格，但他們卻擁有共通的語言，因此還能相互溝通。

另一個兩元的名詞是sign（符號）與signed（指涉），這也是符號學（semiotics或 semiology）的源頭。在當時還沒有「符號學」這門學科，尙無法確知符號學的內容。但索緒爾知道每個符號（sign）要與所代表的實體（signed）

有密切的關聯，否則符號本身並沒有意義。例如我們在高速公路上，看到的符號，我們就知道那裡有餐廳，因此那個符號是sign而餐廳就是signed。這裡把「符號所代表的實體」簡稱爲「指涉」。索緒爾認爲「語言學的問題主要是符號學的問題，我們全部的論證都從這一重要的事實獲得意義。」（p.44）在索緒爾的理念架構中，一個句子或語鏈就是由幾個符號組成的，語鏈可以分成音節，音節再分成幾個音素（但書裡並沒有「音素」這個名詞，而逕稱爲「音位」），這些構成語鏈的任何單位都是符號。因此，符號與符號之間的關係也呈現兩元的分布現象，句段（syntagmatic）關係或聯想（paradigmatic）關係。

所謂句段關係（syntagmatic）指符號的線性排列，或者說「句段關係是在現場的」，而「聯想關係是不在現場的」（p.220）。例如I will meet you（我會去看你）中的I與you在現場，所以這一句可說是句段關係。又如英語的president（總統）這個單詞，可以接後綴（本書用「尾項」-ial）而變成presidential（總統的），像president與presidential的關係就是句段關係。但是像She shall meet him（她應該去看他）這一句中的she與him若不在現場，則成爲聯想關係。又如我們在做心理認知或識字的類比測驗（prime test）時，常常要求受試者能以一個語詞作聯想，例如給個畫有「雞」的圖片，受試者往往能聯想「鴨，鵝，火雞」而不會聯想到「桌，椅，碗」等語詞，因爲雞與「鴨，鵝，火雞」同爲家禽，都有毛，都只以兩隻腳，都可以食用，所以他們容易在我們心中形成同類。就這方面而言，索緒爾的句段與聯想關係，帶來心理學爲基礎的認知差異，同時也表示每個人心中或腦裡存有共通的詞彙或句型的核心概念。換成衍生語法的名詞，就是說索緒爾已經具有「心理詞彙」（psychological lexicon）的理念。

最後一個兩元名詞就是共時（synchronic）語言與歷時（diachronic）語言，這兩個主題分別成爲本書最核心的第二編與第三編的標的。在索緒爾之前的語言學，大都根據書面語言或者各種語言的比較與擬構，而忽略了存在於我們面前的共時語言之蒐集、分析、比較，於是索緒爾才呼籲語言學家應該重視共時語言的研究。並且認爲我們對於共時語言結構的認識能提供歷時語言的比較與擬構，而共時語言還在通用，每個語言的音素、語詞、句法還能清楚地辨識，研究起來遠比歷時語言的擬構還要接近現實。但是，無論共時或歷時語言的研究，詞的結構與音的研究互爲表裡，因此索緒爾特別寫了一章「音位學原理」作爲第一編的附錄。

這裡所講的「音位學」相當於現代的「語音學」。索緒爾點出每種符號或音標，事實上並無法代表該音在每個語言中的發音音值，例如現代美語的〔s〕發音時，舌尖置於上下齒咬合之處，而國語的〔s〕顯然舌尖比較上面，因此不能僅看音標符號而直接認爲某兩個語言有共同的輔音或共同的元音。但事實上，在第二語言或外語學習中，我們常會用第一語言的語音來代替第二語言，例如臺灣學生往往會用國語的〔p, t, k〕（即ㄅㄉㄍ）來念英語的濁音〔b, d, g〕（如book [bʊk], dot [dat], guide [gaid]的第一個輔音），這種現象在第二語言教學中，稱之爲語言干擾。後來在第二語言學習研究中扮演重要角色的「言語學習模式」（speech learning model）把這種聽起來很相近的語音稱爲近似音（similar sounds）或熟悉音（familiar sounds），並且認爲近似音是第二語言學習中最不容易學會的語音。

假若對於語言內部的進一步做比較，會發現有些音在不同的位置而有不同的讀音現象，例如英語的〔t〕有很多種讀法，例如top [tʰap]、stop [stap]、pot [pʰat]、button [bʌʔn]。按，〔tʰ〕爲清音送氣塞音，〔t〕爲清音不送氣塞音，〔ʔ〕爲未釋放氣流的塞音，而〔ʔ〕則爲喉塞音。像這種同一個語音在不同位置的變化現象，現在都劃入了音韻學的範疇，但是在索緒爾的時代，還沒有音韻學的概念，雖然他已經注意到這種音變，於是他用「音種」來界定，而建議用大寫的音標來標示（P. 88）。換言之，索緒爾認爲像英語〔t〕的各種發音，只要用大寫的音標T來表示即可，這個建議後來獲得布拉格學派的音韻學家慈如貝斯可伊（N. S. Trubetzkoy, 1890-1938）的推廣，並稱之爲「共音位」（archiphoneme），於是這種用大寫音標表示音位變化的理念一直沿用到現在，即使在優選理論的架構內，也未曾完全消退。

可能出於翻譯或時代誤差，有關「音位學」部分，有些需要細微的更正或說明。首先，P.89的發音圖內的δ（小舌）（Wade Baskin的英譯本用uvula）應該略往右邊移動，即介於口腔與鼻腔之間的下垂部分，小舌往上，氣流從口腔出來，所發的語音成爲口腔音，如英語的〔b, d, g, p, t, k〕。若小舌往下，則氣流被迫往鼻腔送，產生的就是鼻音，如英語的〔m, n, ng〕。小舌也可置中，介於鼻腔與口腔之間，這就是鼻化元音或鼻化濁音的發音方式，例如台灣閩南語的鼻化元音，如「院」〔i〕」（請比較「玩」〔i〕），「嬰兒」〔e〕（請比較「鞋子」〔e〕）。簡言之，本書 P.91說「以上的a, c,和d（表鼻腔共鳴）」都是單一的，並不完全正確。在音韻學發展的早期，有許多文獻認爲鼻音是單一徵性（privative feature），有或無，後來在自主音段的音韻理論發展之後，改由徵性與支構架（skeleton tier）的連接，才避免了這部分的爭執。此外，對於P. 92的表格 a的部分，都是「呼氣」音，可能讀者會誤以爲所有的語音都是呼氣產生的，其實語音的發音方式，不僅限於呼氣，還有吸氣音（ingressive sounds），例如澳洲境內的Lardil原著民語言就有不少吸氣音，又如奈及利亞北部的Hausa語言也有吸氣塞音。還有一個需要說明的是P.95的「喉音」，現代多改稱爲舌根音，「喉音」其實是傳統中國聲韻學中脣齒牙喉的概念留下的名詞。

迄今爲止，我們簡略地點出《普通語言學教程》的幾個重點，也就是這本書的主要內容。語言的約定俗成，語言與言語的區別，符號與指涉之間的關係，句段與聯想關係的差異，共時與歷時語言的比對研究，最後是介紹索緒爾的音位原理。表面上，這幾個重點都已經是語言學內的常識了，但是索緒爾當時在課堂上的教課，實際上帶有石破天驚的劃時代意義。他的主要學說，例如語鏈是由音節組成，而音節又由音素組成，這樣的語言結構分析概念，在布倫菲爾德Leonard Bloomfield（1887-1949）一九三三年出版的劃時代名作《語言》（Language）中，獲得充分的發揮與應用，終於有了引領風騷達四分之一世紀之久的結構語言學派。另一個結構語言學的先驅爲沙比爾（Edward Sapir, 1884-1939），雖然也採結構語言的學理分析美國原住民語言，但沙比爾比較側重語言在心理上的反映，把索緒爾書中語言與心理的看法進一步推向實務經驗的語料探索，並創用了語音的心理眞實性（psychological reality）一詞，獲得後來的衍生音韻學的重視。事實上，結構理論不僅僅在語言學界獲得光彩，在文學藝術及繪畫與建築上，均留有輝煌的足跡。

索緒爾的音位原理也影響了布拉格學派在語音與音韻方面的建構。當時布拉格學派的兩位語言學大師分別爲N.S.Trubetzkoy 與雅可森（Roman Jacobson, 1896-1982），前者任教於維也納大學（University of Vienna），創用了phoneme（音位）一詞，開啓了morphophonemic（詞構音位分析）的先河，他往生後才出版的《音韻學規律》*Grundzüge der Phonologie*是音韻學的立派經典。回顧起來，他與Roman Jacobson可說共同攜手把音韻學從語音學中劃分開來，奠定了音韻理論的基礎。Roman Jacobson在紅色革命之後遠走美國，在麻省理工學院開宗立派，教出了衍生音韻理論的奠基者默立斯哈雷（Morris Halle, 1923-2018），影響直到今天還在。如今全世界風行的優選理論大將John McCarthy就是哈雷的學生。回首歷史軌跡，驀然發現索緒爾的影響至今依然。暮鼓晨鐘，餘音悠悠。

但是，在整個索緒爾的學說之中，對於今天的語言學影響最深遠的卻是語言與言語的區分。衍生語法（Generative Grammar）的祖師喬姆斯基（Noam Chomsky, 1928-）即接受了這種看法，並且宣稱語言學研究的對象僅限於語言而排除了言語，但他改用了語言能力（language competence）或語言知識（language knowledge）等名詞來取代索緒爾的langue。同時，他進一步發揮索緒爾語言與心理之間的關係，強調語言學是心理學的一支。從喬姆斯基一九六五年出版他的成名作Aspects of the Theory of Syntax（句法理論面面觀）以迄於今天，衍生語法仍然是語言學領域的主流，左右了語言理論的探索垂一甲子。喬姆斯基與默立斯哈雷一九六八年出版的《英語的語音規律》（The Sound Pattern of English）則開創了衍生音韻學，把語音的研究帶入理論化與系統化，讓表層語音與深層語音有了密切的連結，影響非常的深遠。但深加探究，仍然可以清晰地看出索緒爾學說在衍生音韻學的影響脈絡。

索緒爾學說中的言語（speech），既然被喬姆斯基劃出了語言學理論之外，經過一陣子的沉潛之後，另一位語言學家奚莫斯（Dell Hymes, 1927-2000）則致力於語言溝通的社會性與文化性，認爲良好的語言溝通還是需要某些共同的基礎，因此言語或parole並非全然是異質性結構，跨社區跨語言跨文化的溝通得以順利進行，必然有個共同的核心，奚莫斯於是創用了溝通能力（communicative competence）一詞，希冀補足索緒爾學說中parole遭受到的誤解。奚莫斯的研究帶動了社會語言學與文化溝通的新領域，激起了「人種文化溝通」（ethnography communication）的重新認知，把文化與語言溝通匯入了人類學領域，著重的不僅僅是語言，還涉及了社區認同。但是認眞地思索，都可以發現這些觀念的源頭，都源於索緒爾的學說。

索緒爾的《普通語言學教程》不僅是初習語言學的入門指引，同時也是一冊教導我們如何思考，如何質疑的好書。在索緒爾之前，新古典學派（Neo-grammarian）的學者已經在歷時語音轉變之間尋找出許多規律，但對於時時爆出的例外卻頗感到窮於應付，因此索緒爾對這樣的研究方向與研究方法頗感不耐，卻苦於無法找出能周全的解決方式，於是借者上課的機會，反覆思考未來語言學應走的方向。他走了，心中可能懷著悵然若失的心境。但是透過他的學生，把種種問題及思索留給了後人，終於開啓了二十世紀語言學理論的發展。

鍾榮富
南台科技大學應用英語系講座教授

緒論

第一章 語言學史一瞥

環繞著語言事實建立起來的科學，在認識它的眞正的、唯一的對象之前，曾經經過三個連續的階段①。

最先是所謂「語法」。這種研究起初是由希臘人創立的，其後主要爲法國人所承襲②。它是以邏輯爲基礎的，對於語言本身缺乏科學的、公正的觀點；它的唯一目的是要訂出一些規則，區別正確的形式和不正確的形式。那是一門規範性的學

---

① 德·索緒爾這個關於語言學史的分期，顯然跟新語法學派的大不相同。新語法學派把語言研究分為兩個時期：十九世紀以前是「科學前時期」，十九世紀歷史比較語言學建立後是「科學時期」，而新語法學派的出現是它的完成階段。——校注

② 語法起初是由古希臘哲學家和語文學家亞里士多德（Aristotle）、亞里士塔爾庫斯（Aristarchus），盛諾多圖斯（Zenodotus）、特拉克斯（Dionysius Thrax）等人創立的。羅馬帝國崩潰後，主要為法國人所承襲，著名的語法學家有埃提恩（Etienne）、拉木士（Ramus）、沃士拉（Vogelas），龔迪雅克（Condillac）等人，一般都是以邏輯為基礎的，尤以波爾·洛瓦雅耳（Port-Royal）的「唯理普遍語法」為最顯著。——校注

科，距離純粹的觀察還很遠，它的觀點必然是很狹隘的。

其後出現了語文學。早在亞歷山大里亞就曾有過一個「語文學」學派，不過這一名稱現在主要用來指沃爾夫（Friedrich August Wolf）③自一七七七年起所倡導，目前還在繼續著的學術上的運動。語言不是語文學的唯一對象。語文學首先要確定、解釋和評注各種文獻；這頭一項任務還引導它去從事文學史、風俗和制度等的研究，到處運用它自己的方法，即考訂④。如果接觸到語言學問題，那主要是要比較不同時代的文獻，確定每個作家的特殊語言，解讀和說明用某種古代的或晦澀難懂的語文寫出的碑銘。毫無疑問，這些研究曾爲歷史語言學做好準備：瑞茲耳

---

③ 沃爾夫（1759～1824），德國文學家和語文學家，精於希臘羅馬的文學和語文學，主張盡量用與文物有關的資料解釋語文問題。他的重要著作有《羅馬文學史》（1787）、《荷馬序論》（1795），《語文學百科全書》（1831）等等。——校注

④ 德·索緒爾在這裡承認語文學有它自己的方法，這是跟新語法學派不同的。新語法學派諸語言學家對語文學一般持否定態度，不承認它有任何科學的方法，詳見勃魯格曼（K. Brugmann）所著《論語言學現象》一文。——校注

（Ritschl）⑤關於普勞圖斯（Plautus）的著作可以稱爲語言學的。但是在這一方面，語文學考訂有一個缺點，就是太拘泥於書面語言，忘卻了活的語言；此外，吸引它的幾乎全都是希臘和拉丁的古代文物。

第三個階段開始於人們發現可以把語言互相比較。這就是比較語文學或「比較語法」的起源。一八一六年，法朗茲・葆樸（Franz Bopp）⑥在一本題名《梵語動詞變位系統》的著作裡研究了梵語和日耳曼語、希臘語、拉丁語等的關係。不過，第一個看到這些語言的親屬關係，承認它們全都屬於同一個語系的，還不是葆樸。在他之前，特別是英國的東方學家瓊斯（W. Jones）⑦就已經這樣做過。但是一些

---

⑤瑞茲耳，德國古典語文學家，他於一八四八～一八五四年曾把羅馬西元前二世紀喜劇作家普勞圖斯的著作編印成集，並加以考訂，頗有語言學意味。——校注

⑥葆樸（1791～1867），德國語言學家，精通梵語，一八一六年出版《論梵語動詞變位系統，和希臘語、拉丁語、波斯語和日耳曼語的相比較》，一八三三年出版《梵語、禪德語、希臘語、拉丁語、立陶宛語、古斯拉夫語、峨特語和德語比較語法》，奠定了印歐語比較語法的基礎。——校注

⑦威廉・瓊斯（1746～1794），英國東方學家，精通梵語和波斯語，曾在東印度公司任職。一七八六年他在印度加爾各答亞洲學會宣讀論文，認為梵語在動詞詞根和語法形式方面跟希臘語和拉丁語有許多共同點，它們都出於一個共同來源。——校注

孤立的確認並不能證明一八一六年才爲人們普遍理解的這一眞理的意義和重要性。葆樸雖沒有發現梵語同歐亞兩洲的某些語言有親屬關係的功績，但已看到了親屬語言的關係可以成爲一門獨立科學的材料。用一種語言闡明另一種語言，用一種語言的形式解釋另一種語言的形式，這是以前還沒有人做過的。

沒有梵語的發現，葆樸是否能夠創建他的科學——至少是否能夠創建得這樣快——那是很可懷疑的。這種語言作爲希臘語和拉丁語以外的第三個見證，向他提供了一個更加廣泛、更加牢靠的研究基礎。此外，梵語的情況又出人意外地特別有利於闡明這種比較，更加強了它的這一優點。

試舉一個例子。比方拉丁語genus「種類」的變格範例（genus、generis、genere、genera、generum等等）和希臘語génos「種類」的變格範例（génos、géneos、géneï、génea, genéōn等等），無論是單獨拿來考慮，還是把它們互相比較，都不說明什麼問題，但是如果加上梵語的相應系列（ǵanas、ǵanasas、ǵanasi、ǵanassu、ǵanasām等等），情況就不同了。我們一眼就能看出希臘語變格範例和拉丁語變格範例間的關係。暫時假定ǵanas代表原始狀態（因爲這可以幫助我們解釋），我們可以斷定希臘語géne(s)os等形式中一定脫落了一個s，而且每次都是在兩個元音間的。其次，我們可以斷定，在相同條件下，拉丁語的s變成了r。再從語法的觀點看，梵語的變格範例明確了詞根的概念，它相當於一個完全可以確定的、固定的單位（ǵanas-）。拉丁語和希臘語只有在它們的最原始的時期才會有梵語所代表的狀態。因此梵語在這裡之所以富有教益，就因爲它保存了印歐語的全部s。誠然，在其他部分，它沒有把原始型的特徵保存得這樣好。例如它已把元音系統整個推翻。但是一般地說來，它所保存的原有成分對於研究是極有幫助的。梵語在許多場合恰巧就是一種很適宜於闡明其他語言的語言。

從一開始，跟葆樸同時，還湧現了一些傑出的語言學家：雅各布·格里木（Jacob Grimm）⑧——日耳曼語研究的創始人（他的《德語語法》出版於一八二二年至一八三六年）；波特（Pott）⑨，他的詞源學研究使語言學家的手上有了大量的材

---

⑧ 雅各布·格里木（1785～1863），德國語言學家，曾著《德語語法》（1819）、《德語史》（1848）等書，奠定了日耳曼語歷史比較研究的基礎，著名的「語音演變規律」（Lautverschiebung）就是由他確立的，又稱「格里木定律」。——校注

⑨ 奧古斯特·波特（1802～1887），德國語言學家，主要從事詞源學研究，重要著作有《印度日耳曼語領域內詞源研究》（1830），主張詞源研究必須以語音對應為準則，奠定了近代詞源學的基礎。——校注

料；庫恩（Kuhn）[10]，他的著作既涉及語言學，又涉及比較神話學；印度學家本飛（Benfey）[11]和奧弗列希特（Aufrecht）[12]等等。

末了，在這一學派的最後一批代表當中，我們應該特別提到馬克思・繆勒（Max Müller）[13]、古爾替烏斯（G. Curtius）[14]和施來赫爾（Aug. Schleich-

---

[10] 阿達爾貝爾特・庫恩（1812～1881），德國語言學家，比較神話學的奠基者，一八五二年起主編《比較語言學雜誌》，大大推動了歷史比較語言學的發展。——校注

[11] 本飛（1809～1881），德國印度學家和語言學家，一八六九年出版《德國語言學和東方語文學史》一書，名噪一時。——校注

[12] 奧弗列希特（1822～1907），德國印度學家和語言學家，曾刊印文獻和學術論文多種，所出《梵文手稿目錄》和《梨俱吠陀》，內容豐富，對西歐印度學研究提供了許多寶貴的資料。——校注

[13] 馬克思・繆勒（1823～1900），英國東方學家，語言學家和宗教史學家，曾翻譯東方古典文獻多種，輯成《東方聖書》。一八六一年，他把在英國牛津大學的講演稿編成《語言科學講話》出版，上下兩冊，文筆淺顯流暢，使語言學得以大大通俗化。他在語言學中站在自然主義立場，把語文學和語言學對立起來，認為語文學屬歷史科學，而語言學屬自然科學，曾因此引起他與美國語言學家輝特尼的一場很激烈的辯論。——校注

[14] 古爾替烏斯（1820～1885），德國語言學家，希臘語專家，曾著《希臘語詞源學綱要》（1858）、

er）⑮。他們三人通過不同方式都爲比較研究做了許多工作。馬克思·繆勒曾以他的光輝的講話（《語言科學講話》，一八六一年，英文本）使這種研究通俗化，缺點是不夠謹嚴。古爾替烏斯是一位傑出的語文學家，特別以他的《希臘語詞源學原理》（一八九七）聞名於世，他是使比較語法和古典語文學和解的先驅之一。古典語文學曾疑惑地注視著這門新興科學的進展，而比較語法也對古典語文學表示過懷疑。最後，施來赫爾是試圖把詳細探討的成果編成法典的第一人。他的《印度日耳曼語比較語法綱要》（一八六一）對葆樸所創建的科學作了系統的闡述。這本書在一個很長的時期內有過很大的貢獻，比其他任何著作都更能令人想起這個構成印歐語言學第一時期的比較語言學學派的面貌。

這個學派雖曾有過開闢一塊豐饒的新田地的無可爭辯的功績，但還沒有做到建

《希臘語動詞》（1873）等書，試圖用歷史比較法研究古典語言但是在許多問題的解答上仍然沿用了傳統古典語文學的方法。——校注

⑮ 奧古斯特·施來赫爾（1821~1868），德國語言學家，語言學中自然主義學派的創始人，重要著作有《語言比較研究》（1848~1850）、《印度日耳曼語比較語法綱要》（1861），《達爾文理論和語言學》（1863）等書。——校注

成一門眞正的語言科學。它從來沒有費功夫去探索清楚它的研究對象的性質。可是沒有這一手，任何科學都是無法制定出自己的方法的。

孕育著其他一切錯誤的頭一個錯誤是，比較語法在它的研究中（而且只限於印歐系語言的研究），從來不過問它所作的比較究竟意味著什麼，它所發現的關係有什麼意義。它完全是比較的，而不是歷史的。毫無疑問，比較是一切歷史重建所必不可少的條件。但是單靠比較不能作出結論。而且比較語言學家越是像博物學家考慮兩種植物的成長那樣去考慮兩種語言的發展，就越得不出結論。例如施來赫爾常要我們從印歐語出發，看來像是個歷史學家，可是他毫不猶豫地說，希臘語的e和o是元音系統的兩「級」（Stufen），因爲梵語有一個元音交替系統使人想起這個「級」的觀念⑯。施來赫爾於是假定，正如相同種的植物要獨立地經歷過相同的發

---

⑯ 古印度語法學家把梵語元音的相互關係歸結為三個基本元音a、i、u，和它們的兩次「增長」，如下：

基本元音：a i u

第一次增長：ā e o

第二次增長：ā ai au

展階段一樣，每種語言都應該各自平行地經歷過這兩個「級」。在他看來，希臘語o是e的增長；同樣，梵語的ā也就是ă的增長。實際上那是印歐語[17]的一種交替在希臘語和梵語裡的不同反映，它在這兩種語言中所產生的語法上的效果不一定是相等的（參看以下第二八五頁）。

這種單純的比較方法引起了一系列錯誤的觀念。它們不符合現實中的任何東西，同一切言語活動的眞正情況也格格不入。人們把語言看做一種特殊的領域，自然界的第四王國[18]；由此產生的推想方法，如果是在另外一門科學裡，定會使人大吃一驚。這一時期的著作，我們今天只要讀上八行到十行，就不能不對其中那些離

每一次「增長」都是按「連音變化」的規律加a變成的，例如第一次「增長」的ā=a+a、e=a+i、o=a+u；第二次「增長」的ā=a+ā、ai=a+e、au=a+o。施來赫爾認為梵語的三個基本元音可以代表古印歐語的原始狀態，希臘語的e和o只是元音系統增長的兩「級」。德·索緒爾在這裡批評了他的這種觀念。——校注

[17] 本書所說的「印歐語」，現在一般都稱為「原始印歐語」。——校注

[18] 繆勒在《語言科學講話》一書中曾把語言看做自然界的第四王國。德·索緒爾在這裡不只駁斥了施來赫爾把語言當作自然有機體的看法，並且批評了繆勒的自然主義觀點。——校注

奇古怪的思想和用來爲這些思想進行辯解而採用的術語感到震驚。

但是從方法論觀點看，認識一下這些錯誤並不是毫無意義的：一門科學在草創時期的錯誤，就是最初從事研究的人所犯錯誤的放大了的寫照，下面我們在論述的過程中將有機會提到其中的幾個。

只有到了一八七〇年左右，人們才開始提出疑問：語言生命的條件究竟是什麼[19]。他們於是看出，語言間的對應只是語言現象的一個方面，比較只是一種手段，一種重建事實的方法。

使比較研究獲得恰如其分的地位的眞正語言學，產生於羅曼族語言和日耳曼族語言的研究。羅曼族語言的研究是狄茲（Diez）[20]所創建的（他的《羅曼族語語

---

⑲ 一八七〇年是語言歷史比較研究的一個轉折點，出現了新語法學派的諸語言學家。他們竭力反對以前的語言學家把語言的生命分為史前的增長時期和有史以來的衰老時期，要求用不容許有例外的語音演變規律和類比作用解釋語言變化的現象，把語言的歷史研究提到了一個更高階段。——校注

⑳ 狄茲（1794～1876），德國語言學家，曾著《羅曼族語語法》，於一八三六～一八三八年出版，奠定了羅曼族語言研究的基礎。恩格斯在《反杜林論》中把他跟葆樸和格里木相提並論，給以很高的評價。——校注

法》出版於一八三六～一八三八年），它特別促進了語言學接近它的眞正的對象。因爲羅曼語語言學家具備印歐語語言學家所沒有的特別有利的條件；他們認識羅曼族語言的原始型——拉丁語；其次，文獻的豐富使他們有可能詳細地探究語言的發展。這兩種情況限制了臆測的範圍，使整個探究具有特別具體的面貌。日耳曼語語言學家的情況也是這樣。毫無疑問，原始日耳曼語是不能直接認識的，但是借助於許多世紀的大量文獻，由它派生出來的各種語言的歷史還是可以考究出來的。因此，比較接近實際的日耳曼語語言學家也獲得了一些跟早期印歐語語言學家迥不相同的概念。

發出第一次衝擊的是《語言的生命》（一八七五）的作者美國人輝特尼（Whitney）[21]。不久後形成了一個新的學派，即新語法學派（Junggrammatiker），它的領袖都是德國人：勃魯格曼（K. Brugmann）[22]、奧斯特霍夫（H. Osthoff）[23]、

㉑ 輝特尼（1827～1894），美國印度學家和語言學家，曾出版梵語研究和《吠陀》注釋多種。他的語言學著作有《語言和語言研究》、《語言的生命和成長》等，竭力反對馬克思·繆勒的自然主義觀點，特別強調語言的社會因素。——校注

㉒ 卡爾·勃魯格曼（1849～1919），德國語言學家，畢生致力於印歐系語言的歷史比較研究。他的

日耳曼語語言學家布勞恩（W. Braune）㉔、西佛士（E. Sievers）㉕、保羅（H. Paul）㉖、斯拉夫語語言學家雷斯琴（Leskien）㉗等等。他們的功績是把比較所獲

重要著作有《希臘語語法》（1887）、《印度日耳曼語比較語法綱要》（1886）和《印度日耳曼語比較語法簡編》等。一八七八年和奧斯特霍夫合編《形態學研究》，其中的序言就是新語法學派的一篇宣言。——校注

㉓ 奧斯特霍夫（1847~1907），德國語言學家，新語法學派主要成員之一。他的重要著作有《印度日耳曼語名詞詞幹結構領域內的研究》（1875）、《名詞合成詞中的動詞》（1878）等等。——校注

㉔ 布勞恩（1850~1926），德國語言學家，日耳曼語語文學家，曾出版古德語文獻，峨特語和古高德語語法文選多種，一八七四年和保羅合編《語言和文學史集刊》，頗負盛名。——校注

㉕ 西佛士（1850~1932），德國語言學家，語音學家，普通語音學奠基者之一。他的重要著作有《語音學綱要》（1881）、《古日耳曼語音律學》（1893）、《格律・旋律研究》（1912）、《語音分析的目的和方法》（1924）等。——校注

㉖ 保羅（1846~1921），德國語言學家，日耳曼語專家。他的主要著作有《中古高德語語法》（1881）、《德語語法》（1916）；一八八〇年出版的《語言史原理》是新語法學派的一本最重要的理論著作。——校注

㉗ 雷斯琴（1840~1917），德國語言學家，斯拉夫語專家，曾著《古保加利亞語手冊》（1871）、

得的一切成果都置於歷史的展望之下，從而使各種事實聯成自然的順序。由於他們的努力，人們已不再把語言看作一種自我發展的有機體，而是語言集團集體精神產物。同時人們頓時也明白了語文學和比較語法的觀念是多麼錯誤和有缺陷㉘。然而，這一學派的貢獻雖然很大，我們卻不能說它對於全部問題都已闡述得很清楚。直到今天，普通語言學的基本問題還有待於解決。

《塞爾維亞·克羅地亞語語法》（1914）、《立陶宛語名詞結構》（1891）等書：一八七六年出版的《斯拉夫·立陶宛語和日耳曼語的名詞變格》曾把斯拉夫語和日耳曼語加以對比。——校注

㉘ 這個新學派由於比較接近實際，曾對比較語法學家所用的術語，特別是其中不合邏輯的隱喻進行了鬥爭。從此以後，人們不敢再說「語言做這樣，做那樣」，也不敢提到「語言的生命」等等了，因為語言不是實體，而只存在於說話者當中。但是我們也不要走得太遠，只要領會這個道理就夠了。有些比喻還是不可少的。要求只使用與言語活動的事實相符的術語，那就無異於冒稱這些事實對於我們已沒有什麼奧妙了。那還差得很遠呢！因此，我們有時也毫不猶豫地採用一些當時所譴責的說法。——原編注

第二章　語言學的材料和任務；它和毗鄰科學的關係

語言學的材料首先是由人類言語活動的一切表現構成的，不管是未開化的人的還是開化民族的，是上古時代、古典時代的，還是衰微時代的。對每個時期，不僅要注意正確的語言和「優美的語言」，而且要注意一切的表達形式。不僅如此，言語活動往往不是人們所能觀察得到的，因此，語言學家就應該注意書面文獻，因爲只有書面文獻才能使他認識過去的語言或遠方的語言。

語言學的任務是：

1. 對一切能夠得到的語言進行描寫並整理它們的歷史，那就是，整理各語系的歷史，盡可能重建每個語系的母語。
2. 尋求在一切語言中永恆地普遍地起作用的力量，整理出能夠概括一切歷史特殊現象的一般規律。
3. 確定自己的界限和定義。

語言學和其他科學有極其密切的關係，它們有時從它借用資料，有時向它提供資料。其間的界限並不總是很清楚的。例如我們應該把語言學同民族學和史前史仔細區別開來，在這裡，語言只向它們提供資料。我們也應該把語言學同人類學區別開來，人類學是從人種的觀點研究人類的，而語言卻是一種社會事實。但是這樣一來，我們是否要把語言學歸入社會學呢？語言學和社會心理學究竟有什麼關係呢？語言中的一切，包括它的物質的和機械的表現，比如聲音的變化，歸根到底都是心理的①。語言學既然向社會心理學提供這樣寶貴的資料，它是否就是社會心理學的一部分呢？這許多問題，我們在這裡只是輕提一筆，下面還要再談。

語言學和生理學的關係卻並不怎麼難於看清楚。這種關係是單方面的，因爲語言的研究要求發音生理學作某些解釋，而它自己對發音生理學卻什麼也不提供。無論如何，要把這兩種學科混爲一談是不可能的：我們將可以看到，語言的本質跟語言符號的聲音性質沒有什麼關係。

① 德·索緒爾屬於社會心理學派，認為社會學就是社會心理學。他在這裡談到了語言學和許多毗鄰科學的關係，唯獨沒有談到語言學和物理學的關係，因為他把語言中的一切，連它的物質的和機械的表現，都看作是心理的。——校注

至於語文學，我們已經確定，它跟語言學有明顯的區別，儘管這兩門科學也有它們的接觸之點，並且要互相借重。

最後，語言學有什麼用途呢？很少人在這一點上有明確的概念，我們不準備在這裡加以確定。但是，比方說，語言學問題會使一切要利用文獻的人如歷史學家、語文學家等等發生興趣，那是很明顯的。更明顯的是它對一般教養很重要：在個人生活和社會生活中，言語活動比其他任何因素都更重要。我們不能容忍語言研究還只是幾個專家的事情。事實上，每個人都或多或少在研究語言。但是，對語言發生興趣的意想不到的後果是，沒有任何領域曾經孕育出這麼多的荒謬觀念、偏見、迷夢和虛構。從心理學觀點看，這些錯誤都是不能忽視的，而語言學家的任務首先就是要揭破這些錯誤，並盡可能全部加以消除。

第三章 語言學的對象

一、語言；它的定義

語言學的又完整又具體的對象是什麼呢？這個問題特別難以回答，原因將在下面說明，這裡只限於使大家了解這種困難。

別的科學都是對預先確定了的對象進行工作，接著就可以從不同的觀點去加以考慮。在我們的領域裡，情況卻不是這樣。有人發出法語nu「赤裸裸的」這個詞，一個膚淺的觀察者在這裡也許會看到一個具體的語言學對象；但是仔細考察一下，人們將會按照不同的看法連續找到三四個完全不同的事物，如把它看作一個聲音，一種觀念的表達，一個跟拉丁語nūdum相對應的詞①等等。那遠不是對象在觀點之

①法語的nu這個詞和民間拉丁語的nudo相對應，到十一世紀末才由民間拉丁語的nudo變成了現代法語的nu。它跟古典拉丁語的nūdum沒有直接聯繫。德·索緒爾在這裡認為法語的nu和拉丁語的nūdum相對應，這是一種比較簡單的說法。——校注

前，人們將會說，這是觀點創造了對象，而且我們也沒法預先知道，在這種種看法中，哪一種比其他的優越。

此外，不管我們採用哪一種看法，語言現象總有兩個方面，這兩個方面是互相對應的，而且其中的一個要有另外一個才能有它的價值。例如：

1. 人們發出的音節是耳朵聽得到的音響印象，但是聲音沒有發音器官就不能存在；例如一個 n 音只因有這兩個方面的對應才能存在。所以我們不能把語言歸結為聲音，也不能使聲音脫離口頭上的發音；反過來說，撇開了音響印象也就無從確定發音器官的動作（參看以下第八十四頁）。

2. 就算聲音是簡單的東西，它是否就構成言語活動了呢？不，它只是思想的工具；它本身不能單獨存在。在這裡又出現了一種新的可怕的對應：聲音是音響・發音的複合單位，它跟觀念結合起來又構成了生理・心理的複合單位。事情還不只是這樣。

3. 言語活動有個人的一面，又有社會的一面；沒有這一面就無從設想另一面。

4. 在任何時候，言語活動既包含一個已定的系統，又包含一種演變；在任何時候，它都是現行的制度和過去的產物。乍一看來，把這個系統和它的歷史，把它的現狀和過去的狀態區別開來似乎很簡單；實際上兩者的關係非常密切，很難把它們截然分開。假如我們從起源方面去考慮語言現象，例如從研究兒童的言語活動開始，問題會不會變得簡單些呢？不，因爲就言語活動來說，認爲起源的問題和恆常條件的問題有什麼不同，那是非常錯誤的；所以我們還是跳不出圈子。

因此，我們無論從哪一方面去著手解決問題，任何地方都找不著語言學的完整的對象；處處都會碰到這樣一種進退兩難的窘境：要麼只執著於每個問題的一個方面，冒著看不見上述二重性的危險；要麼同時從幾個方面去研究言語活動，這樣，語言學的對象就像是亂七八糟的一堆離奇古怪、彼此毫無聯繫的東西。兩種做法都將爲好幾種科學——心理學、人類學、規範語法、語文學等等——同時敞開大門；這幾種科學，我們要把它們跟語言學劃分清楚，但是由於用上了錯誤的方法，它們都將會要求言語活動作爲它們的一個對象。

在我們看來，要解決這一切困難只有一個辦法：**一開始就站在語言的陣地上，把它當作言語活動的其他一切表現的準則**。事實上，在這許多二重性當中，看來只有語言可能有一個獨立的定義，爲人們的精神提供一個差強人意的支點。

但語言是什麼呢？在我們看來，語言和言語活動不能混爲一談；它只是言語活動的一個確定的部分，而且當然是一個主要的部分。它既是言語機能的社會產物，又是社會集團爲了使個人有可能行使這機能所採用的一整套必不可少的規約。整個來看，言語活動是多方面的、性質複雜的，同時跨著物理、生理和心理幾個領域，它還屬於個人的領域和社會的領域。我們沒法把它歸入任何一個人文事實的範疇，因爲不知道怎樣去理出它的統一體。

相反，語言本身就是一個整體、一個分類的原則。我們一旦在言語活動的事實中給以首要的地位，就在一個不容許作其他任何分類的整體中引入一種自然的秩序。

也許有人會反對這樣一個分類的原則，認爲言語活動的運用要以我們的天賦機能爲基礎，而語言卻是某種後天獲得的、約定俗成的東西，它應該從屬於自然的本能，而不應該居於它之上。

我們可以這樣回答：

首先，人們還沒有證明，說話時所表現的言語活動的功能完全出於天賦，就是說，人體之有發音器官是爲了說話，正如雙腿是爲了行走一樣。語言學家關於這一點的意見很不一致。例如輝特尼就把語言看作一種社會制度，跟其他一切社會制度一樣。在他看來，我們之所以使用發音器官作爲語言的工具，只是出於偶然，只是為了方便起見：人類本來也可以選擇手勢，使用視覺形象，而不使用音響形象②。他的這番議論無疑太絕對了；語言並不是在任何一點上都跟其他社會制度相同的社會制度（參看第一四一頁以下和第一四三頁）。此外，輝特尼說我們之所以選擇發音器官只是出於偶然，也未免走得太遠；這選擇在某種程度上其實是自然強加於我們的。但是在主要論點上，我們覺得這位美國語言學家是對的：語言是一種約定俗成的東西，人們同意使用什麼符號，這符號的性質是無關輕重的。所以，關於發音器官的問題，在言語活動的問題上是次要的。

這種想法可以用人們對於所謂langage articulé（分節語）所下的定義來加以證實。拉丁語articulus的意思是「肢體、部分，一連串事物的小區分」。就言語活動來說，articulation（分節）可以指把語鏈分成音節，也可以指把意鏈分成意義單位；德語的gegliederte Sprache正是就這個意義來說的。根據這個定義，我們可以說，對人類天賦的不是口頭的言語活動，而是構成語言——即一套和不同的觀念相當的不同的符號——的機能。

---

② 輝特尼的這些話，見於他所著的《語言和語言研究》第十四章。——校注

卜洛卡（Broca）[3]發現說話的機能位於在大腦第三額回，人們也就根據這一點認為言語活動有天賦的性質。但是大家知道，這個定位已被證明是跟言語活動的一切，其中包括文字，有關的。這些證明，加上人們對於因為這一部位的神經中樞受損害而引起的各種形式的失語症所作的觀察，似乎可以表明：(1)口頭言語活動的各種錯亂跟書寫言語活動有千絲萬縷的聯繫；(2)在任何失語症或失書症的病例中，受影響的，與其說是發出某些聲音或寫出某些符號的機能，不如說是使用某種工具——不管是什麼工具——來喚起正常的言語活動中的符號的機能。這一切使我們相信，在各種器官的運用上面有一種更一般的機能，指揮各種符號的機能，那可正好是語言機能。我們上述的結論就是從這裡得出的。

為了使語言在言語活動的研究中占首要地位，我們最後還可以提出這樣的論據：人們說話的機能——不管是天賦的或非天賦的——只有借助於集體所創造和提供的工具才能運用；所以，說語言使言語活動成為統一體，那絕不是什麼空想。

---

[3] 卜洛卡（1824~1880），法國解剖學家兼外科醫生。他研究人腦結構，曾發現人們的言語發動中樞位於左大腦第三額回，它跟語言音響中樞和書寫中樞有緊密聯繫。這些神經中樞受到損害，就會引起失語症和失書症。——校注

二、語言在言語活動事實中的地位

要在整個言語活動中找出與語言相當的部分，必須仔細考察可以把言語循環重建出來的個人行爲。這種行爲至少要有兩個人參加：這是使循環完整的最低限度的人數。所以，假設有甲乙兩個人在交談：

循環的出發點是在對話者之一例如甲的腦子裡，在這裡，被稱爲概念的意識事實是跟用來表達它們的語言符號的表象或音響形象聯結在一起的（見圖1）。假設某一個概念在腦子裡引起一個相應的音響形象，這完全是一個心理現象。接著是一個生理過程：腦子把一個與那音響形象有相互關係的衝動傳遞給發音器官，然後把聲波從甲的口裡播送到乙的耳朵：這是純粹的物理過程。隨後，循環在乙方以相反的程序繼續著：從耳朵到腦子，這是音響形象在生理上的傳遞；在腦子裡，是這形象和相應的概念在心

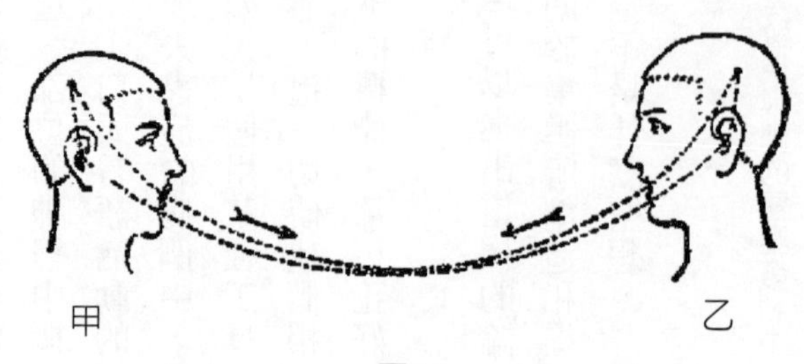

圖1

理上的聯結④。如果輪到乙方說話，這新的行爲就繼續下去——從他的腦子到甲方的腦子——進程跟前一個完全相同，連續經過同一些階段，見圖2如下：

這分析當然不是很完備的；我們還可以區分出：純粹的音響感覺，音響感覺和潛在的音響形象的合一，發音的肌動形象，等等。我們考慮的只是大家認爲是主要的要素；但是上圖已能使我們把物理部分（聲波）同生理部分（發音和聽音）和心理部分（詞語形象和概念）一舉區別開來。重要的是不要把詞語形象和聲音本身混爲一談，它和跟它聯結在一起的概念都是心理現象。

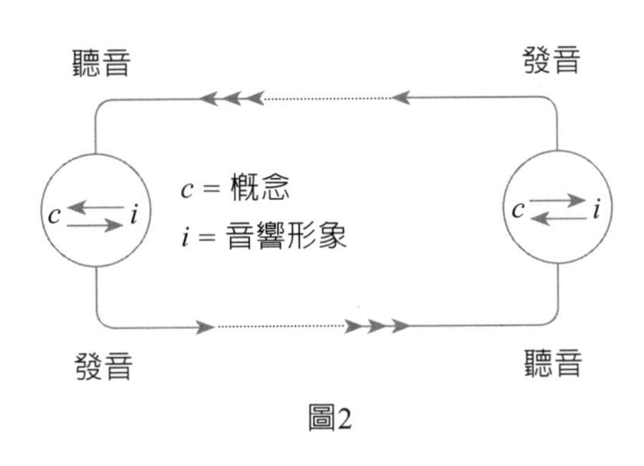

圖2

④ 德·索緒爾對於心理現象的分析，一般採用了德國赫爾巴特（Herbart）聯想心理學的術語和概念，這使他和新語法學派很接近。試參看德爾勃呂克的《語言學的基本問題》和保羅的《語言史原理》。——校注

上述循環還可以分爲：

1.外面部分（聲音從口到耳的振動）和包括其餘一切的裡面部分；

2.心理部分和非心理部分，後者既包括由發音器官發出的生理事實，也包括個人以外的物理事實；

3.主動部分和被動部分：凡從說話者的聯想中樞到聽者的耳朵的一切都屬主動部分，凡從聽者的耳朵到他的聯想中樞的一切都屬被動部分；

最後，在腦子裡的心理部分中，凡屬主動的一切（c→i）都可以稱爲執行的部分，凡屬被動的一切（i→c）都可以稱爲接受的部分。

此外，我們還要加上一個聯合和配置的機能。只要不是孤立的符號，到處都可以看到這個機能；它在作爲系統的語言的組織中起著最大的作用（參看以下第二一八頁）。

但是要徹底了解這種作用，我們必須離開個人行爲，走向社會事實，因爲個人行爲只是言語活動的胚胎。

在由言語活動聯繫起來的每個個人當中，會建立起一種平均數：每個人都在複製（當然不是很確切地，而只是近似地）與相同的概念結合在一起的相同的符號。

這種社會的晶化是怎麼來的呢？上述循環中的哪一部分可能是跟它有關的呢？

因爲很可能不是任何部分都同樣在裡面起作用的。

我們首先可以把物理部分撇開。當我們聽到人家說一種我們不懂的語言的時候，我們的確聽到一些聲音，但是由於我們不了解，我們仍然是在社會事實之外。

心理部分也不是全部起作用的：執行的一方是沒有關係的，因爲執行永遠不是由集體，而是由個人進行的。個人永遠是它的主人；我們管它叫言語。

由於接受機能和配置機能的運用，在說話者當中形成了一些大家都覺得是相同的印跡。我們究竟應該怎樣去設想這種社會產物，才能使語言看來是完全跟其他一切分立的呢？如果我們能夠全部掌握儲存在每個人腦子裡的詞語形象，也許會接觸到構成語言的社會紐帶。這是通過言語實踐存放在某一社會集團全體成員中的寶庫，一個潛存在每一個人的腦子裡，或者說得更確切些，潛存在一群人的腦子裡的語法體系；因爲在任何人的腦子裡，語言都是不完備的，它只有在集體中才能完全存在。

把語言和言語分開，我們一下子就把⑴什麼是社會的，什麼是個人的；⑵什麼是主要的，什麼是從屬的和多少是偶然的分開來了。

語言不是說話者的一種功能，它是個人被動地記錄下來的產物；它從來不需要什麼深思熟慮，思考也只是爲了分類的活動才插進手來，這將是我們在以下第二三六頁所要討論的問題。

相反，言語卻是個人的意志和智能的行爲，其中應該區別開：⑴說話者賴以運用語言規則表達他的個人思想的組合；⑵使他有可能把這些組合表露出來的心理・物理機構。

應該注意，我們是給事物下定義，而不是給詞下定義，因此，我們所確立的區別不必因爲各種語言有某些意義不盡相符的含糊的術語而覺得有什麼可怕。例如，德語的Sprache是「語言」和「言語活動」的意思；Rede大致相當於「言語」，但要加上「談話」的特殊意味。拉丁語的sermo無寧說是指「言語活動」和「言語」，而lingua卻是「語言」的意思，如此等等。沒有一個詞跟上面所確定的任何一個概念完全相當。因此，對詞下任何定義都是徒勞的；從詞出發給事物下定義是一個要不得的辦法。

語言的特徵可以概括如下：

1. 它是言語活動事實的混雜的總體中一個十分確定的對象。我們可以把它定位在循環中聽覺形象和概念相聯結的那確定的部分。它是言語活動的社會部分，個人以外的東西；個人獨自不能創造語言，也不能改變語言；它只憑社會的成員間通過的一種契約而存在。另一方面，個人必須經過一個見習期才能懂得它的運用；兒童只能一點一滴地掌握它。它是一種很明確的東西，一個人即使喪失了使用言語的能力，只要能理解所聽到的聲音符號，還算是保持著語言。

2. 語言和言語不同，它是人們能夠分出來加以研究的對象。我們雖已不再說死去的語言，但是完全能夠掌握它們的語言機構。語言科學不僅可以沒有言語活動的其他要素，而且正要沒有這些要素參雜在裡面，才能夠建立起來。

3. 言語活動是異質的，而這樣規定下來的語言卻是同質的：它是一種符號系統；在這系統裡，只有意義和音響形象的結合是主要的；在這系統裡，符號的兩個部分都是心理的。

4. 語言這個對象在具體性上比之言語毫無遜色，這對於研究特別有利。語言符號雖然主要是心理的，但並不是抽象的概念；由於集體的同意而得到認可，其全體即構成語言的那種種聯結，都是實在的東西，它們的所在地就在我們腦子裡。此外，語言的符號可以說都是可以捉摸的；文字把它們固定在約定俗成的形象裡。但是要把言語行爲的一切細節都攝成照片卻是不可能的；一個詞的發音，哪怕是一個很短的詞的發音，都是無數肌肉運動的結果，是極難以認識和描繪的。相反，語言中只有音響形象，我們可以把它們譯成固定的視覺形象。因爲把言語中實現音響形象的許許多多動作撇開不談，那麼，我們將可以看到，每個音響形象也不過是若干爲數有限的要素或音位的總和，我們還可以在文字中用相應數量的符號把它們喚起。正是這種把有關語言的事實固定下來的可能性使得一本詞典和語法能夠成爲語言的忠實代表；語言既然是音響形象的堆棧，文字就是這些形象的可以捉摸的形式。

三、語言在人文事實中的地位：符號學

語言的這些特徵可以使我們發現另外一個更重要的特徵。在言語活動的全部事實中這樣劃定了界限的語言，可以歸入人文事實一類，而言語活動卻不可能。

我們剛才已經看到，語言是一種社會制度；但是有幾個特點使它和政治、法律等其他制度不同。要了解它的特殊性質，我們必須援引另一類新的事實。

語言是一種表達觀念的符號系統，因此，可以比之於文字、聾啞人的字母、象徵儀式、禮節形式、軍用信號等等。它只是這些系統中最重要的。

因此，我們可以設想有一門研究社會生活中符號生命的科學；它將構成社會心

理學的一部分，因而也是普通心理學的一部分；我們管它叫**符號學**（sémiologie⑤，來自希臘語sēmeîon「符號」）。它將告訴我們符號是由什麼構成的，受什麼規律支配。因爲這門科學還不存在，我們說不出它將會是什麼樣子，但是它有存在的權利，它的地位是預先確定了的。語言學不過是這門一般科學的一部分，將來符號學發現的規律也可以應用於語言學，所以後者將屬於全部人文事實中一個非常確定的領域。

確定符號學的恰當地位，這是心理學家的事⑥，語言學家的任務是要確定究竟是什麼使得語言在全部符號事實中成爲一個特殊的系統。這個問題我們回頭再談，在這裡只提出一點：如果我們能夠在各門科學中第一次爲語言學指定一個地位，那是因爲我們已把它歸屬於符號學。

---

⑤ 仔細不要把符號學和**語義學**混為一談。語義學是研究語義的變化的，德·索緒爾沒有作過有系統的闡述；但是在第一四六頁我們可以找到他所表述的基本原理。——原編者注

⑥ 參看納維爾（Ad. Naville)的《科學的分類》第二版，第一〇四頁。——原編者注
按關於符號學的範圍，摩里斯（Charles Morris)在《符號，語言和行為》）（1946）一書中有所論述。——校注

爲什麼大家還不承認符號學是一門獨立的科學，像其他任何科學一樣有它自己的研究對象呢？因爲大家老是在一個圈子裡打轉：一方面，語言比任何東西都更適宜於使人了解符號學問題的性質，但是要把問題提得適當，又必須研究語言本身；可是直到現在，人們差不多老是把它當作別的東西，從別的觀點去進行研究。

首先是大眾有一種很膚淺的理解，只把語言看作一種分類命名集（參看第一三七頁），這樣就取消了對它的眞正性質作任何探討。

其次是心理學家的觀點，它要研究個人腦海中符號的機構：這方法是最容易的，但是跨不出個人執行的範圍，和符號沾不上邊，因爲符號在本質上是社會的。

或者，就算看到了符號應該從社會方面去進行研究，大家也只注意到語言中那些使它歸屬於其他制度，即多少依靠人們的意志的制度的特徵。這樣就沒有對準目標，把那些一般地只屬於符號系統和特殊地屬於語言的特徵忽略了。因爲符號在某種程度上總要逃避個人的或社會的意志，這就是它的主要的特徵；但這正是乍看起來最不明顯的。

正因爲這個特徵只在語言中顯露得最清楚，而它卻正是在人們研究得最少的地方表現出來，結果，人們就看不出一門符號科學有什麼必要或特殊效用。相反，依我們看來，語言的問題主要是符號學的問題，我們的全部論證都從這一重要的事實獲得意義。要發現語言的眞正本質，首先必須知道它跟其他一切同類的符號系統有什麼共同點。有些語言的因素乍一看來似乎很重要（例如發音器官的作用），但如果只能用來使語言區別於其他系統，那就只好放到次要的地位去考慮。這樣做，不僅可以闡明語言的問題，而且我們認爲，把儀禮、習慣等等看作符號，這些事實也將顯得完全是另一種樣子。到那時，人們將會感到有必要把它們劃歸符號學，並用這門科學的規律去進行解釋。

第四章　語言的語言學和言語的語言學

我們在全部言語活動的研究中爲語言科學安排好了它的眞正的位置，同時也就確定了整個語言學的地位。言語活動中其他一切構成言語的要素都會自動來歸附於這頭一門科學；正是由於這種歸附，語言學的各部分也就都找到了它們的自然的位置。

例如，試就言語所必需的發音來考慮：發音器官對於語言是外在的東西，正如用來轉寫莫爾斯電碼的發報機對於這電碼是外在的東西一樣；而且發音，即音響形象的實施，絕不會影響到系統本身。在這一方面，我們可以把語言比之於交響樂，它的現實性是跟演奏的方法無關的；演奏交響樂的樂師可能犯的錯誤絕不致損害這現實性。

我們這樣把發音和語言分開，也許有人會提出語音演變，即在言語中發生並對語言本身的命運具有深遠影響的聲音變化來加以反駁。我們果眞有權利認爲，語言是不依靠這些現象而獨立存在的嗎？是的，因爲這些現象只能影響到詞的物質材料。如果侵蝕到作爲符號系統的語言，那也是通過由此產生的解釋上的變化間接地進行的，可是這種現象絕對不是語音上的（參看第一五〇頁）。尋求這些變化的原因也許是很有趣味的，而且語音的研究在這一點上會對我們有很大幫助；但這不是主要的：對語言科學來說，只要看到語音變化並估計到它們的效果也就夠了。

我們所說的關於發音的這些話，也適用於言語的其他任何部分。說話者的活動應該在許多學科中研究，這些學科只有跟語言有關，才能在語言學中占一席地。

因此，言語活動的研究就包含著兩部分：一部分是主要的，它以實質上是社會的、不依賴於個人的語言爲研究對象，這種研究純粹是心理的；另一部分是次要的，它以言語活動的個人部分，即言語，其中包括發音，爲研究對象，它是心理・物理的。

毫無疑問，這兩個對象是緊密相聯而且互爲前提的：要言語爲人所理解，並產生它的一切效果，必須有語言；但是要使語言能夠建立，也必須有言語。從歷史上看，言語的事實總是在前的。如果人們不是先在言語行爲中碰到觀念和詞語形象的聯結，他怎麼會進行這種聯結呢？另一方面，我們總是聽見別人說話才學會自己的母語的；它要經過無數次的經驗，才能儲存在我們的腦子裡。最後，促使語言演變的是言語：聽別人說話所獲得的印象改變著我們的語言習慣。由此可見，語言和言語是互相依存的；語言既是言語的工具，又是言語的產物。但是這一切並不妨礙它們是兩種絕對不同的東西。

語言以許多儲存於每個人腦子裡的印跡的形式存在於集體中，有點像把同樣的詞典分發給每個人使用（參看第三十九頁）。所以，語言是每個人都具有的東西，同時對任何人又都是共同的，而且是在儲存人的意志之外的。語言的這種存在方式可表以如下的公式：

$$1+1+1+\cdots\cdots=1$$（集體模型）

言語在這同一集體中是什麼樣的呢？它是人們所說的話的總和，其中包括：(1)以說話人的意志爲轉移的個人的組合；(2)實現這些組合所必需的同樣是與意志有關的發音行爲。

所以在言語中沒有任何東西是集體的；它的表現是個人的和暫時的。在這裡只有許多特殊情況的總和，其公式如下：

$$(1+1'+1''+1'''\cdots\cdots)$$

根據這一切理由，要用同一個觀點把語言和言語聯合起來，簡直是幻想。言語活動的整體是沒法認識的，因爲它並不是同質的，但上面提到的區別和歸附關係卻可以闡明一切。

這就是我們在建立言語活動理論時遇到的第一條分叉路。兩條路不能同時走，我們必須有所選擇；它們應該分開走。

如果必要，這兩門學科都可以保留語言學這個名稱，我們並且可以說有一種言語的語言學。但是不要把它和固有意義的語言學混爲一談，後者是以語言爲唯一對象的。

我們將只討論後一種語言學；如果本陳述的過程中有時要借助於有關言語研究的知識，我們也將力求不抹殺這兩個領域的界限。

第五章 語言的內部要素和外部要素

我們的關於語言的定義是要把一切跟語言的組織、語言的系統無關的東西，簡言之，一切我們用「外部語言學」這個術語所指的東西排除出去的。可是外部語言學所研究的卻是一些很重要的東西；我們著手研究言語活動的時候想到的也正是這些東西。

首先是語言學和民族學的一切接觸點，語言史和種族史或文化史之間可能存在的一切關係。這兩種史總是混雜在一起的，彼此之間有相互關係。這有點像固有語言現象之間的對應關係（參看第三〇頁以下）。一個民族的風俗習慣常會在它的語言中有所反映，另一方面，在很大程度上，構成民族的也正是語言。

其次，必須提到語言和政治史的關係。有些歷史上的大事件，例如羅馬人的征服其他民族，對於許多語言事實有無可估量的影響①。殖民只是征服的一種形式，

①羅馬人於羅馬帝國極盛時代征服了西歐的許多國家，使拉丁語在這些地區取得了統治地位，其後同當地語言發生融合，變成了現在各羅曼族語言。——校注

它把一種語言移植到不同的環境，結果引起了這種語言的變化。我們可以舉出各種事實來加以證明。例如挪威在政治上和丹麥聯合時曾採用過丹麥語；誠然，挪威人今天正要擺脫這種語言的影響②。國家的內政對於語言的生命也同樣重要：某些政府，例如瑞士，容許幾種語言同時並存③；另外一些政府，例如法國，卻希望語言統一④。高度的文明有利於某些特殊語言（法律語言，科學術語等等）的發展。

第三點是語言和各種制度如教會、學校等的關係。這些制度和一種語言的文學發展又有密切的聯繫；這更是一種同政治史分不開的普遍現象。文學語言在任何方面都超越了文學爲它劃定的界限；例如沙龍、宮廷、科學院都對它發生影響。另一方面，文學語言又提出了它和地方方言發生衝突的重大問題（參看第三五二頁以下）；語言學家還應該考察書面語和口語的相互關係；因爲任何文學語言都是文化

② 挪威在中世紀末葉和丹麥結成聯盟，曾採用丹麥的riksmål語，到十九世紀初才開始擺脫這種語言的影響，推行一種以挪威方言為基礎的landsmål語。——校注

③ 瑞士沒有自己的語言，現在國內同時使用德語、法語、義大利語等幾種語言。——校注

④ 法國政府只承認一種以法蘭西島方言為基礎的法語，這是它的正式語言，儘管各地還或多或少有一些方言。——校注

的產物，到頭來都會使它的生存範圍脫離自然的範圍，即口語的範圍。

最後，凡與語言在地理上的擴展和方言分裂有關的一切，都屬外部語言學的範圍。毫無疑問，正是在這一點上，外部語言學和內部語言學的區別看來似乎最沒有道理，因爲地理的現象和任何語言的存在都是緊密地聯繫在一起的；可是，實際上，它並沒有觸及語言的內部機構。

有人認爲，把所有這些問題和固有意義的語言研究分開是絕對不可能的。特別是自從人們強調「Realia」（實物知識）以來，這就是一個很流行的觀點⑤。正如植物會因受外部因素如土壤、氣候等的影響而改變它的內部機構一樣，難道語法機構不也經常要依賴於語言變化的外部因素嗎⑥？語言裡有許多技術上的術語和借詞，如果不考慮到它們的來源，似乎很不好解釋。一種語言的自然的、有機的發展，我們能把它跟那語言由於外部的，因而是無機的因素而形成的人爲的形

⑤ 德語常用「Realia」這個詞來指生活中的物質事實，事物的形狀、大小等等。這裡所說的特別是指舒哈爾德（Schuchardt）所主張的文化史理論。他認為「詞物史」（Sachwortgeschicht）是語言學的基本任務。——校注

⑥ 這句話引自拉法格（Lafargue）的《革命前和革命後的法語》。——校注

式，比方文學語言，區別開來嗎？我們不是經常看見共同語和地方方言並肩發展嗎？

我們認爲，外部語言現象的研究是富有成果的；但是不能說，沒有這些現象就不能認識語言的內部機構。試以外來借詞爲例：我們首先可以看到它絕對不是語言生命中的經常要素。在某些偏僻的山谷中有些土語可以說從來沒有從外面接受過任何人爲的詞語，我們難道可以說，這些語言處在言語活動的正常條件之外，不能說明言語活動，而且正因爲它們沒有經受過混合，所以要對它們進行一種「畸形學」的研究嗎？但是借詞只要放到系統當中去研究，首先就不算是借詞了；它會跟任何土生土長的符號一樣，只因與它有關聯的詞的關係和對立而存在。一般地說，一種語言曾在什麼環境中發展，是並不一定要知道的。有些語言，例如禪德語⑦和古斯拉夫語，我們甚至並不確切地知道過去是哪些民族說的，但是這並不妨礙我們從內部研究這些語言和了解它們所經受過的變化。無論如何，把這兩種觀點分開是必不

⑦ 波斯人注釋火祆教經典《阿味斯達》所用的語言，一般認為是代表中古波斯語的貝爾維語，但也有人說是波斯西北部或東北部的一種方言。——校注

可少的，這一點我們遵守得越嚴格越好。

最好的證據是每種觀點都創立了不同的方法。外部語言學可以把各種細節一件件地堆積起來而不致感到被系統的老虎鉗鉗住。例如每個作者都能按照自己的理解把一種語言在它的領域以外擴展的事實作出歸類；他如果想要找出是什麼因素在各種方言面前創造了一種文學語言，常可以採用簡單的列舉法；如果他把事實安排得多少有點條理，那只是爲了眉目清楚的需要。

至於內部語言學，情況卻完全不同：它不容許隨意安排；語言是一個系統，它只知道自己固有的秩序。把它跟國際象棋相比，將更可以使人感覺到這一點。在這裡，要區別什麼是外部的，什麼是內部的，是比較容易的：國際象棋由波斯傳到歐洲，這是外部的事實，反之，一切與系統和規則有關的都是內部的。例如我把木頭的棋子換成象牙的棋子，這種改變對於系統是無關緊要的；但是假如我減少或增加了棋子的數目，那麼，這種改變就會深深影響到「棋法」。不錯，要作出這種區別，需要一定的注意。例如，在任何情況下，人們都會提出有關現象的性質問題，而要解決這個問題，我們必須遵守這條規則：一切在任何程度上改變了系統的，都是內部的。

第六章　文字表現語言

一、研究這個題目的必要性

我們研究的具體對象是儲存每個人腦子裡的社會產物，即語言。但這種產物是隨語言集體而不同的：我們有許多語言。語言學家必須認識盡可能多的語言，對它們進行觀察和比較，從其中抽取出具有普遍性的東西。

我們一般只通過文字來認識語言。研究母語也常要利用文獻。如果那是一種遠離我們的語言，還要求助於書寫的證據，對於那些已經不存在的語言更是這樣。要使任何場合都能利用直接的文獻，我們必須像當前在維也納和巴黎所做的那樣①，隨時收集各種語言的留聲機錄音的樣本。可是這樣記錄下來的原件要爲他人所認識，還須求助於文字。

① 維也納和巴黎是當時世界上兩個最早和規模最大的實驗語音學研究中心，各藏有很豐富的用留聲機記錄的各種語言的音檔。——校注

因此，文字本身雖然與內部系統無關，我們也不能不重視這種經常用來表現語言的手段；我們必須認識它的效用、缺點和危險。

二、文字的威望：文字凌駕於口語形式的原因

語言和文字是兩種不同的符號系統，後者唯一的存在理由是在於表現前者。語言學的對象不是書寫的詞和口說的詞的結合，而是由後者單獨構成的。但是書寫的詞常跟它所表現的口說的詞緊密地混在一起，結果篡奪了主要的作用；人們終於把聲音符號的代表看得和這符號本身一樣重要或比它更加重要。這好像人們相信，要認識一個人，與其看他的面貌，不如看他的照片。

這種錯覺是任何時候都存在的。目前有人兜售的關於語言的見解也沾上了它的汙點。例如人們普遍相信，要是沒有文字，語言會變化得更快：這是極其錯誤的。誠然，在某些情況下，文字可能延緩語言的變化，但是，反過來，沒有文字，絕不會損害語言的保存的。立陶宛語今天在東普魯士和俄國的一部分還有人說②，它是

② 立陶宛語現在是蘇聯立陶宛共和國的正式語言，在波蘭也有少數立陶宛人使用這種語言。——校注

從一五四〇年起才有書面文獻的；但是就在這很晚的時期，它的面貌總的說來卻跟西元前三世紀的拉丁語一樣忠實地反映出印歐語的情況③。只這一點已足以表明語言是怎樣離開文字而獨立的。

有些很細微的語言事實是不依賴任何符號記錄的幫助而被保存下來的。在整個古高德語時期，人們寫的是tōten「殺死」、fuolen「充滿」和stōzen「衝撞」，到十二世紀末出現了tötoen、füelen的寫法，但stōzen卻沒有改變。這種差別是從哪裡來的呢？原來凡是發生這種差別的地方，後一個音節都有一個y：原始日耳曼語有*daupyan、*fōlyan，但是*stautan。在文學語言初期，大約是西元八〇〇年左右，這個y已逐漸弱化，以致在以後三個世紀，在文字上都沒有保存它的任何跡象，但在發音上卻留下了很輕微的痕跡。到一一八〇年左右，正如我們上面已經看到的，它竟又神奇地以「變音」（Umlaut）的形式出現了！由此可見，即使沒有文字的幫助，這個發音上的細微色彩也很準確地留傳了下來。

所以語言有一種不依賴於文字的口耳相傳的傳統，這種傳統並且是很穩固的，

③ 立陶宛語在語音、詞的結構、名詞變格和聲調方面都很接近古印歐語。——校注

不過書寫形式的威望使我們看不見罷了。早期的語言學家，也像他們以前的人文主義者一樣，在這一點上上了當。連葆樸本人也沒有把字母和語音很清楚地區別開來；讀他的著作會使人相信，語言和它的字母是分不開的④。他的直接繼承者也墮入了這一陷阱。擦音Þ的寫法th曾使格里木相信，這不僅是一個複合音，而且是一個送氣塞音；他在他的輔音演變規律或「Lautverschiebung」中就是這樣派定它的地位的⑤（參看第二五六頁）。直到今天，還有些開明人士把語言和它的正字法混爲一談。加斯東·德商（Gaston Deschamps）不是說過，貝爾特洛（Berthelot）因爲反對正字法改革，「曾使法語免於淪亡」嗎⑥？

---

④ 葆樸的《比較語法》一書第一篇有一章叫做《文字系統和語音系統》，從字母和語音方面論述印歐系各種語言。他所建立的「語音定律」有時稱語音，有時稱字母，所以德·索緒爾在這裡說他沒有把字母和語音分得很清楚，讀了會使人相信，語音和字母是分不開的。——校注

⑤ 格裡木在他的《德語史》中認為日耳曼語的語音演變規律是由清塞音變為送氣音，送氣音變為濁塞音，濁塞音變為清塞音，其中所謂送氣音就包含著寫成th的Þ[θ]這個擦音。——校注

⑥ 法語的正字法十分複雜，很不規則，過去已經有許多自由主義者認為是法國的一種「民族災難」，要求加以改革，但也遭到了不少人的反對，貝爾特洛就是其中反對最力的一個。——校注

但是文字何以會有這種威望呢？

1. 首先，詞的書寫形象使人突出地感到它是永恆的和穩固的，比語音更適宜於經久地構成語言的統一性。書寫的紐帶儘管是表面的，而且造成了一種完全虛假的統一性，但是比起自然的唯一眞正的紐帶，即聲音的紐帶來，更易於爲人所掌握。

2. 在大多數人的腦子裡，視覺印象比音響印象更爲明晰和持久，因此他們更重視前者。結果，書寫形象就專橫起來，貶低了語音的價値。

3. 文學語言更增強了文字不應該有的重要性。它有自己的詞典，自己的語法。人們在學校裡是按照書本和通過書本來進行教學的。語言顯然要受法規的支配，而這法規本身就是一種要人嚴格遵守的成文的規則：正字法。因此，文字就成了頭等重要的。到頭來，人們終於忘記了一個人學習說話是在學習書寫之前的，而它們之間的自然關係就被顚倒過來了。

4. 最後，當語言和正字法發生齟齬的時候，除語言學家以外，任何人都很難解決爭端。但是因爲語言學家對這一點沒有發言權，結果差不多總是書寫形式占了上風，因爲由它提出的任何辦法都比較容易解決。於是文字就從這位元首那裡僭奪了它無權取得的重要地位。

三、文字的體系

只有兩種文字的體系：

1. 表意體系。一個詞只用一個符號表示，而這個符號卻與詞賴以構成的聲音無關。這個符號和整個詞發生關係，因此也就間接地和它所表達的觀念發生關係。這種體系的典範例子就是漢字。

2. 通常所說的「表音」體系。它的目的是要把詞中一連串連續的聲音摹寫出來。表音文字有時是音節的，有時是字母的，即以言語中不能再縮減的要素為基礎的。

此外，表意文字很容易變成混合的：某些表意字失去了它們原有的價值，終於變成了表示孤立的聲音的符號。

我們說過，書寫的詞在我們的心目中有代替口說的詞的傾向，對這兩種文字的體系來說，情況都是這樣，但是在頭一種體系裡，這傾向更為強烈。對漢人來說，表意字和口說的詞都是觀念的符號；在他們看來，文字就是第二語言。在談話中，如果有兩個口說的詞發音相同，他們有時就求助於書寫的詞來說明他們的思想。但是這種代替因為可能是絕對的，所以不致像在我們的文字裡那樣引起令人煩惱的後果。漢語各種方言表示同一觀念有詞都可以用相同的書寫符號。

我們的研究將只限於表音體系，特別是只限於今天使用的以希臘字母爲原始型的體系⑦。只要不是借來的、已經沾上了自相矛盾的汙點的字母，起初的字母總是相當合理地反映著語言。從邏輯方面看，我們在第八十五頁將可以看到，希臘字母是特別值得注意的。但是這種寫法和發音間的和諧不能持久。爲什麼呢？這是我們要考察的。

四、寫法和發音發生齟齬的原因

原因很多，我們只談其中一些最重要的。

首先，語言是不斷發展的，而文字卻有停滯不前的傾向，後來寫法終於變成了不符合於它所應該表現的東西。在某一時期合理的記音，過了一個世紀就成了不合

⑦ 希臘字母源出於腓尼基，大約西元前七世紀由希臘傳到埃特魯利亞，再由埃特魯利亞傳到羅馬，演變成為今天的拉丁字母。另一方面，由希臘字母變成基利耳字母，再由基利耳字母變成今天的斯拉夫字母。德・索緒爾在這裡談的主要是拉丁字母。——校注

理的了。有時人們要改變書寫符號來適應發音上的變化，過後卻又把它放棄了。例如法語的oi是這樣的：

	發音	寫法
十一世紀	……1. rei, lei	rei, lei
十三世紀	……2. roi, loi	roi, loi
十四世紀	……3. roè, loè	roi, loi
十九世紀	……4. rwa, lwa	roi, loi⑧

由此可見，直到第二個時期，人們還注意到發音上的變化，書寫史上的階段與語言史上的階段相當。但是從十四世紀起文字已經固定下來，而語言還繼續發展，從那以後，語言和正字法之間的齟齬就越來越嚴重。最後，由於人們不斷彌合二者

⑧ 法語的roi「國王」來自拉丁語的regem，loi「法律」來自拉丁語的legem，現在的寫法反映著十三世紀的發音；十四世紀以後，發音變了，而寫法並沒有跟著改變。——校注

的不和而對文字體系本身產生了反作用，於是書寫形式oi就獲得了與它所由構成的要素無關的價值。

這樣的例子不勝枚舉。例如人們爲什麼把我們的發音mè和fè寫成mais「但是」和fait「事實」呢⑨？法語的c爲什麼往往有s的價值呢⑩？這是因爲我們保存了一些已經沒有存在理由的寫法。

這個原因在任何時候都會起作用：法語的顎化l現在已經變成y；我們說éveyer，mouyer，就像說essuyer「揩」、nettoyer「清除」一樣，但是還繼續寫成éveiller「喚醒」、mouiller「浸濕」⑪。

寫法和發音發生齟齬的另一個原因：當一個民族向另一個民族借用它的字母的

---

⑨ 法語的mais「但是」來自拉丁語的magis「更大」，fait「事實」來自拉丁語的facfum「事實」，其中元音在十一世紀變成了[ɛi]，十二世紀以後變成了[ɛ]（德・索緒爾在這裡標成è），但是寫法沒有改變。——校注

⑩ 法語的c，古拉丁語念[k]，自八世紀下半葉起在i，e之前變成了s，所以現在法語的c有兩種發音：在a，o，u之前念[k]，i，e之前念[s]。——校注

⑪ 法語的顎化l在古代念[ʎ]，自十六世紀起變成了[j]（德・索緒爾在這裡標成y）。——校注

時候，這一書寫體系的資源往往不能適應它的新任務，於是不得已而求助於一些隨機應變的辦法；例如用兩個字母表示一個聲音。日耳曼語的Þ（清齒擦音）就是這樣：拉丁字母中沒有任何符號表示這個音，於是就用th來表示。梅洛溫吉王希爾貝里克（Chilpéric）曾試圖在拉丁字母之外添上一個特別符號來表示這個音，但沒有成功，結果用了th[12]。中世紀的英語有一個閉e（例如sed「種子」）和一個開e（例如led「引導」），字母表裡沒有不同的符號表示這兩個音，於是想出了seed和lead的寫法。法語求助於雙符音ch來表示噓音š[13]，如此等等。

此外還有詞源上的偏見：這在某些時期，例如文藝復興時期很盛行。人們往往甚至把一個錯誤的詞源強加到寫法身上，例如法語的Poids「重量」添上了d，好像它是來自拉丁語的pondus似的，實際上，它是從pensum變來的。但這個原則應用得是否正確還是小事，實際上詞源文字的原則本身就是錯誤的。

有些地方找不出原因，某些怪現象甚至不能以詞源爲理由而加以原諒。德語以前爲什麼用thun來代替tun「做」呢？有人說，h表示輔音後面的送氣。但是，

⑫ 見格利戈里·圖爾斯基的《法蘭克史》。這種辦法在古日耳曼語裡是很普遍的。——校注

⑬ 用國際音標應為[ʃ]。——校注

這樣一來，凡有送氣的地方都應該寫出這個h，可是有許多詞（如Tugend「道德」、Tisch「桌子」等等）卻從來沒有這樣寫過。

五、寫法和發音發生齟齬的後果

要把文字中各種自相矛盾的現象加以分類，將會花費太長的時間。其中最不幸的一種就是用許多符號表示同一個音。例如法語表示ž⑭的有j、g、ge（joli「美麗的」、geler「結冰」、geai「松鴉」）；表示z的有z和s；表示s的有c、ç、t（nation「國家、民族」）、ss（chasser「打獵」）、sc（acquiescer「默認」），sç（acquiesçant「默認的」），x（dix「十」）；表示k的有c、qu、k、ch、cc、cqu（acquérir「得到」）。相反，也有用同一個符號表示幾個音值的，例如用t表示t或s，用g表示g或ž等等。

此外還有所謂「間接寫法」。德語的Zettel「紙條」、Teller「盤子」等等雖然沒有任何複輔音，可是要寫成tt、ll，唯一的目的是要指出前面的元音是短而開

⑭ 用國際音標應為[ʒ]。——校注

的元音。英語要添上一個詞末的啞e來表示前面的元音念長音，也出於同一類的胡亂處理；試比較made（「做」，念mēd）和mad（「瘋狂」，念măd）。這個e實際上只跟一個音節有關，但看起來卻好像造成了第二個音節。

這些不合理的寫法在語言裡還算有一些東西和它們相當，另外有一些卻簡直是毫無意義。現代法語除古代的將來時mourrai「我將死」、courrai「我將跑」以外，沒有任何複輔音；但是法語的正字法卻有許許多多不合法的複輔音（bourru「抑鬱」、sottise「愚蠢」、souffrir「受苦」等等）。

有時，文字還沒有固定，正在探索規則，猶豫不決，因此而有反映過去時代爲了表示聲音所嘗試作出的舉棋不定的拼寫法。例如古高德語的ertha,erda「土地」或thrī、dhrī、drī「三」其中的th、dh、d都表示同一個聲音要素。但是哪一個呢？從文字上無法知道。結果造成了複雜的情況：遇到表示同一形式的兩種寫法，常不能決定那是否眞是兩種發音。在相鄰方言的文獻裡，同一個詞有的寫作asca，有的寫作ascha「灰」；如果發音相同，那就是一種舉棋不定的拼寫法；否則，那就好像希臘語的paízō、paízdō、paíddō「我玩耍」等形式⑮一樣，是音位上的和方言上的差別。問題還可能涉及兩個連續的時代；在英語裡，我們首先見到hwat、hweel等等，然後見到what「什麼」，wheel「車輪」等等⑯，那究竟是寫法上的變化呢？還是語音上的變化呢？

這一切的明顯的結果是：文字遮掩住了語言的面貌，文字不是一件衣服，而是一種假裝。我們從法語oiseau「鳥」這個詞的正字法上可以很清楚地看到這一點；在這裡，口說的詞（wazo）中沒有一個音是用它固有的符號表示的，這可連那語言的一點兒影子也沒有了。

另一個結果是：文字越是不表示它所應該表現的語言，人們把它當作基礎的傾

---

⑮ 希臘語這個詞的三個形式，paizo是根據伊奧尼亞・阿狄克方言的發音，paizdō是根據埃奧利亞方言的發音，paiddō是根據多利亞方言的發音・都是「我玩耍」的意思。——校注

⑯ 古英語詩法規定，hw和h可以互押關韻。自十六世紀起，英語的hwat、hweel變成了what、wheel，但是根據一般古英語語法學家的研究，那時實際上的發音並沒有改變，可見那只是一種寫法上的變化，而不是語音上的變化。可是現代英語的標準語把wh念[w]，那就已經是語音上的變化了。——校注

向就越是增強；語法學家老是要大家注意書寫的形式。從心理方面說，這是很容易解釋的，但會引起一些令人煩惱的後果。人們使用「念」和「念法」這些字眼，就是把這種濫用奉爲神聖不可侵犯，而且把文字和語言間的眞正的和合理的關係給弄顚倒了。我們說某個字母應該怎麼怎麼念，那就是把聲音的書寫形象當作聲音本身。要使oi能念成wa，它本身必須獨立存在。那實際上是wa寫成了oi。爲了解釋這種怪現象，人們還說，在這種情況下，那是o和i的一種例外的發音。這又是一種錯誤的說法，因爲它意味著語言依附於書寫的形式。這無異是說，人們可以容許有某種違反文字的東西，好像書寫符號就是規範。

這種虛構甚至可以表現在語法規則方面，例如法語的h。法語有些詞的開頭元音不帶送氣，但是爲了紀念它們的拉丁語形式，卻添上了一個h：例如homme（「人」，從前是ome），因爲拉丁語的形式是homo。但是另外有些來自日耳曼語的詞，其中的h確實是發音的，如hache「大斧」、hareng、「熏魚」、honte「恥辱」等等。當送氣繼續存在的時候，這些詞都服從有關開頭輔音的規律。那時人們說deu haches「兩把大斧」、is hareng「熏魚」，同時按照以元音開頭的詞的規律，又說deu-z-hommes「兩個人」、l'omme「人」。在那時期，「送氣的h之前不能有連讀和省音」這條規則是正確的。但是到現在，這個公式已經失去意義；

送氣的h已不再存在，這個名稱不再指音，只不過表示在它的前面不能有連讀或省音而已。於是這就成了一種循環論，h只不過是一種來自文字的虛構的東西。

決定一個詞的發音的，不是它的正字法，而是它的歷史。它在某一時期的形式代表著它必須經歷的發展中的一個時期，而詞的發展要受一些確切的規律支配。每一階段都可能決定於前一階段。唯一要考慮的，也是人們最容易忘記的，是詞的祖先，它的詞源。

奧施（Auch）城的名稱用語音轉寫是oš。這是法語正字法的ch在詞末表示š音的唯一例子。說詞末的ch只有在這個詞裡念š，不是解釋。唯一的問題是要知道拉丁語的Auscii在變化中怎樣會變成oš；正字法是不重要的。

法語的gageure「賭注」應該念成帶有一個ö還是ü呢⑰？有些人回答：應該念成gažör，因爲heure「小時」念ör。另一些人說：不，應該念成gažür，因爲ge，在比方geôle「監牢」這個詞裡，等於ž。這種爭論眞是枉費心機！眞正的問題在於詞源：gageure是由gager「賭」構成的，正如tournure「風度」是由tourner

⑰ 用國際音標應標成[æ]和[y]。——校注

「旋轉」構成的一樣；它們都屬於同一類型的派生法：gažür是唯一正確的，gažŏr只是由於文字上的曖昧不明而引起的發音。

但是字母的暴虐還不僅止於此：它會欺騙大眾，影響語言，使它發生變化。這只發生在文學語言裡，書面文獻在這裡起著很大的作用。視覺形象有時會造成很惡劣的發音。這眞是一種病理學的事實，我們在法語裡往往可以看到。例如Lefèvre（來自拉丁語的faber）這個姓有兩種寫法：一種是通俗簡單的Lefèvre，一種是文縐縐的，講究詞源的Lefèbvre。由於在古文裡v和u不分，Lefèbvre曾被念成Lefébure，其中的b從來沒有在這個詞裡眞正存在過，u也是來路不明，而現在人們可眞照著這個形式念了。

這類畸形現象將來也許會出現得更加頻繁；把那些沒有用的字母念出來的情況會越來越多。現在在巴黎已經有人把sept femmes「七個女人」中的t念出來⑱；達爾姆斯特忒（Darmesteter）預見到有朝一日人們甚至將會把vingt「二十」這個

---

⑱ 法語的sept「t」單用時念[sɛt]，後面跟著一個輔音時念[sɛ]，把sept femmes「七個女人」中的t念出來，本來是不合規範的。可是後來在巴黎已經有人把這個t念出來。——校注

詞的最後兩個字母念出來[19]，那可眞是正字法上的怪現象呢！

這些語音上的畸形現象當然是屬於語言的，但並不是它的自然作用的結果，而是由一個與語言無關的因素造成的。語言學應該有一個專門部分研究它們：這些都是畸形學的病例。[20]

---

⑲ 達爾姆斯特忒（1846～1888），法國語言學家。索緒爾在這裡所說的這一段話，見於他所著的《法語歷史語法教程》一書。法語的vingt（二十）念[vɛ̃]，但是因為在寫法上最後有gt這兩個字母，他預料有一天將會有人把它念成[vɛ̃gt]。——校注

⑳ 瑞士語言學家席業隆（Gilliéron）曾著《語言的病理學和治療法》一書，裡面談到許多語言中的畸形現象和補救方法。德・索緒爾在這裡採用了好些這本書裡的術語。——校注

第七章 音位學

一、定義

假如一個人從思想上去掉了文字，他喪失了這種可以感知的形象，將會面臨一堆沒有形狀的東西而不知所措，好像初學游泳的人被拿走了他的救生帶一樣。

他必須馬上用自然的聲音去代替這些人爲的符號，但是假如沒有研究過語言的聲音，這是不可能的；因爲聲音脫離了書寫符號，就只代表一些模模糊糊的概念，所以人們還是寧願依靠文字，儘管那是會使人上當的。早期的語言學家對於發音生理學豪無所知，所以常會墮入這些陷阱；對他們來說，放開了字母就無所立足。對我們來說，這卻是向眞相邁出了第一步；因爲正是對聲音本身的研究，向我們提供了我們所尋求的援助。現代的語言學家終於明白了這一點；他們把別人（生理學家、歌唱理論家等等）所開創的研究拿來作爲己用，使語言學有了一門輔助的科學。擺脫了書寫的詞①。

語音生理學（德語Laut-或Sprachphysiologie）往往被稱爲「語音學」（德語Phonetik，英語phonetics）。這個術語我們覺得不適當，所以用音位學②來代替。

---

① 十九世紀中葉，語言學家如拉普（Rapp）、貝克（Bekker）和西佛士（Sievers）等利用當時生理學家布律克（E. Brücke）、捷爾馬克（Czermak）和歌唱家加爾齊亞（Garcia）等人的研究成果，建立了近代語言學，使人擺脫了字母的羈絆，認清了語音的本質，對語言學很有幫助。——校注

② 本書所說的「音位」（法phonème，英phoneme）是從發音機構、音色的角度劃分的最小語音單位，即通常所說的「音素」；它同後起的「音位」概念，即特定語言中具有區別詞形功能的最小語音單位，名稱雖同，其實不是一回事。本書所說的「音位學」（法phonologie，英phonology）屬於現在一般稱為「語音學」（法phonétique，英phonetics）的探討範圍，也和當前的「音位學」（法phonologie，英phonology或phonemics）概念不同。研究語音演變的學科，有人叫「音韻學」（法phonologie，英phonology），現在更確切的名稱是「歷史音位學」（法phonologie historique，英historical phonology）。有關學科的名稱從德・索緒爾以來有較大的改變。法國語音學家格拉蒙（M. Grammont）曾按照德・索緒爾的含義使用「音位學」這一名稱。我們認為，德・索緒爾雖然沒有明確提出現代音位學的概念，卻為它的產生奠定了理論基礎。——校注

因爲語音學起初是指，現在還應該繼續指語音演化的研究，我們不能亂用一個名稱來指稱兩種絕對不同的研究。語音學是一門歷史科學；它分析事件、變化，是在時間中轉動的。音位學卻是在時間之外的，因爲發音的機構總是一樣的。

但是這兩種研究不僅不能混爲一談，它們甚至不能互相對立。前者是語言科學的一個主要部分，而音位學——我們要重說一遍——卻只是一種輔助的學科，只屬於言語的範圍（參看第四十六頁）。毫無疑問，要是語言不存在，我們就看不清發音動作的用處在哪裡。但是發音動作並不就構成語言，我們即使把產生每個音響印象所必需的一切發音器官的動作都解釋清楚，也並沒有闡明語言的問題。語言是一種以這些音響印象在心理上的對立爲基礎的系統，正如一幅掛毯是用各種顏色的線條在視覺上的對立構成的藝術品一樣。對分析來說，重要的是這些對立的作用，而不是怎樣獲得這些顏色的過程。

關於音位學系統的梗概，我們留待第八十四頁的附錄再說；在這裡只探討語言學要避免文字的迷惑，可以指望從這門科學中得到什麼樣的援助。

二、音位文字

語言學家首先要求人們向他提供一種不會引起任何模稜兩可的表現語音的辦法。事實上，人們已經提出過無數的書寫體系③。

眞正的音位文字的原則是怎樣的呢？它的目標應該是用一個符號表現語鏈中的每一個要素。人們對這種要求並不是常常都考慮到的，例如英國的音位學家所關心的，與其說是分析，不如說是分類，他們常用兩個甚至三個符號來表示某些音④。此外，外破音和內破音（參看第一〇二頁以下）應該嚴格地加以區別，我們下面再談。

③ 例如德國列普秀斯（R. Lepsius）於一八五五年制定的《普通語言學字母》，瑞典龍德爾（J. A. Lundell）於一八七八年制定的《瑞典方言字母》，法國席業隆（Gilliéron）和盧斯洛（Rousselot）為法語和法語方言制定的一種法語標音字母，國際語音學學會於一八八八年制定的《國際音標》等等。——校注

④ 這裡指的是亨利・斯維特（Henry Sweet）在《語音學手冊》一書中所提出的「嚴式標音」和「寬式標音」：「嚴式標音」可以用兩個甚至三個拉丁字母標記一個音。——校注

我們有沒有必要用一種音位字母代替通用的正字法呢？這個有趣的問題在這裡只能簡單地談一談。依我們看，音位文字應該只留給語言學家使用。首先，我們怎能叫英國人、德國人、法國人等等都採用同一個體系呢？此外，對一切語言都適用的字母將會帶上許多區別符號，且不說這樣的一頁原文顯得多麼難看。爲了追求精確，這種文字顯然將會把它原想表示得很清楚的東西弄得晦澀不明，反而把讀者給弄糊塗了，利弊相衡，是得不償失的。在科學之外，音位學上的精確不是很值得羨慕的。

還有閱讀的問題。我們閱讀的方法有兩種：新的或不認識詞要一個個字母拼出來，但對常用的和熟稔的詞卻只一眼溜過，不管是由什麼字母組成的。這類詞的形象對我們來說就獲得了表意的價值。在這裡，傳統的正字法可以恢復它的權利：它對區別tant「這麼多」和temps「時間」——et「和」、est「是」和ait「有」——du「的」和dû「應該」——il devait「他以前應該」和ils devaient「他們以前應該」等等是很有用的。我們只希望見到通用文字的那些最不合理的寫法得以肅清；音位字母在語文教學中可能有用，但我們不能把它普遍使用。

三、文字證據的評論

因此，要是一看到文字有欺騙性就認爲首先要對正字法進行改革，那是錯誤的。音位學對我們的眞正用處在使我們對書寫的形式採取某種慎重態度，因爲我們要通過它來認識語言。文字證據要經過解釋才有價值。在任何情況下，我們都要爲所研究的語言整理出一個**音位系統**，即爲它所使用的聲音繪出個圖表來。事實上，任何語言都有一定數量的區別得很清楚的音位。這個系統才是語言學家唯一關心的現實，而書寫符號不過它的形象，精確到什麼程度還有待確定，確定的難易因語言和情況而不同。

如果那是一種過去的語言，我們只有一些間接的資料，這時我們究竟要利用哪些資源來建立它的音位系統呢？

1. 首先是一些**外部標誌**，特別是描寫當時的語音和發音的同時代人的證據。例如十六世紀和十七世紀法國的語法學家，尤其是那些想要教外國人的語法學家，曾給我們留下了許多很有趣味的紀要。但這種知識的來源不很可靠，因爲作者沒有音位學的方法。他們進行描寫時所用的術語都是信手拈來的，缺乏科學的嚴謹性。因此，對他們的證據也應該加以解釋。例如他們所定的各種語音的名稱就往往非常含糊：希臘語法學家管濁音（如b、d、g）叫「中音」（mésai），管清音（如p、t、k）叫psīlai（弱音），拉丁語譯爲tenuēs⑤。

2.把這些資料同內部標誌結合起來可以得到一些較爲可靠的消息，其中分爲兩項：

(1)由有規則的語音演變得出的標誌。

要確定一個字母的音值，知道它在前一個時代曾代表什麼音，是很重要的。它

---

⑤古希臘語法學家，例如特拉克斯（D. Thrax），把語音先分為元音（phōnēénta，拉丁語vocales），半元音（hēmiphōna，拉丁語semivocales）和啞音（áphōna）三類：半元音和啞音統稱為輔音（symphōna，拉丁語consonantes）。元音分長音（makrá，拉丁語longae）ē、ō，短音（brakhéa，拉丁語breves）：ĕ、ŏ和長短不明音（díchrona，拉丁語ancipizes）：a、i、u三種：半元音分複合半元音（diplā）：ks、ps、dz，單純半元音（haplā）：s和流音（húgra，拉丁語liquidae）：l、rm、n三種；啞音分強音（daséa，拉丁語asperae）：ph、th、kh，中音（mésa，拉丁語mediae）：b、d、g和弱音（psila，拉丁語tenuēs）：p、t、k三種（參看岑麒祥《語音學概論》，第46~48頁，北京，一九五九年）。這個分類法一直為十六世紀和十七世紀法國的語法學家所沿用。——校注

現在的音值就是一種演變的結果，這可以使我們馬上消除某些假設。例如我們並不確切知道梵語 c 的音值是什麼，但是由於它是繼承印歐語的顎化 k 的，這一資料就分明限制了推測的範圍。

除出發點以外，如果我們還知道同一種語言的類似的音在同一時期的平行發展情況，那麼，就可以按類比進行推理，得出一個比例式。

如果是要確定一個我們已經知道它的起點和終點的中間的發音，那麼問題自然比較容易解決。法語的 au（例如在 sauter「跳」這個詞裡的）在中世紀必然是一個複合元音，因爲它的位置在古法語的 al 和現代法語的 o 之間。如果我們通過另一條途徑知道複合元音 au 在某一時期還存在著，那麼，就可以確定它在前一個時期也一定存在⑥。我們不確切知道像古高德語 wazer「水」這個詞中的 z 代表什麼音；但是它的路標一方面指向更古的 water，另一方面指向現代的形式 wasser。於是這個 z 應該是一個介乎 t 和 s 之間的中間音，我們可以拋棄

⑥ 法語的sauter來自拉丁語的saltare，其中的au在中世紀還念複合元音，到了十六世紀才變成[o]。——校注

任何只能與t或者只能與s相協調的假設，例如不能認爲它代表一個顎音，因爲在兩個齒音的發音之間只能假定是一個齒音。

(2)同時代的標誌。這樣的標誌有幾種。

例如寫法不同：在古高德語的某一時期，我們可以找到wazer「水」、zehan「十」、ezan「吃」，但從來沒有wacer、cehan等等。如果另一方面我們還找到esan和essan，waser和wasser等等，那就可以斷定這個z的發音和s很相近，但是跟同一個時期用c表示的卻差得相當遠。後來出現了像wacer等等這樣的形式，那可以證明這兩個原來分別得很清楚的音位，到那時已或多或少混而不分了。

詩歌是認識發音的寶貴文獻：詩法的體系有的以音節的數目爲基礎，有的以音量或語音的相同（頭韻、半韻、腳韻）爲基礎，這些不朽的作品可以給我們許多關於這些方面的知識。希臘語用書寫法來區別某些長音（如用ω表示ō），有些卻忽略了這種精確的表示，所以要知道a，i和u的音量，就只好去請教詩人⑦。古法語的腳韻可以告訴我們，例如gras「肥」和faz（拉丁語faciō

⑦ 希臘語有四個元音字母：η = ē、ε = ĕ、ω = ō、o = ŏ都有長短音的區別，其餘三個α = a、ι = I、

「我做」）的詞末輔音直到什麼年代還有區別，從什麼時候起就已互相接近以至相混了⑧。腳韻和半韻還可以使我們知道，在古法語裡，來自拉丁語 a 的 e（如pére「父親」來自patrem、tel「這樣的」來自talem、mer「海」來自mare），在發音上跟其他的 e完全不同。這些詞是從來不跟elle「她」（來自illa）、vert「綠」（來自viridem）、belle「美」（來自bella）等等押韻的。

最後，我們談談外來借詞的寫法，以及雙關語和打諢等等。例如峨特語的kawtsjo可以使我們知道民間拉丁語cautio「保證」的發音。尼洛普（Nyrop）在《法語歷史語法》第一冊第一七八頁援引的一段故事可以證明十八世紀末法國人把roi「國王」念成rwè：在革命法庭上，法官問一個婦人她是否曾在見證人面前說過要有一個roi（國王）。她回答說，她根本沒有說過卡貝（Capet）王或別的什麼國

ʊ = u不分長短。希臘語詩法是以音量為基礎的，要知道 a、I、u的長短只好參考詩歌的原文。——校注

⑧ 古法語詩歌的腳韻表明古法語的詞末輔音 s和 z自十三世紀下半葉起已經沒有區別了。——校注

王，她只說過rouet maître「一種紡車」⑨。

所有這些辦法都可以幫助我們在一定程度上認識某一時期的音位系統，利用它來訂正文字的證據。

如果是一種活的語言，那麼唯一合理的方法是要：(a)通過直接觀察確立它的語音系統；(b)注意觀察它用來表示——很不完備地——聲音的符號系統。許多語法學家還堅持採用我們在上面批評過的舊方法，即說明每個字母在他們所要描寫的語言中怎樣發音。用這種方法是不能清楚地提出一種語言的音位系統的。

但是人們在這一領域內確實有了很大的進步，音位學家在改造我們關於文字和正字法的觀念方面已作出了許多貢獻。

⑨ 尼洛普（1858~1931），丹麥語言學家，羅曼語專家。這裡所援引的故事見於他所著的《法語歷史語法》第一冊，一九一四年第三版，第一七八頁。——校注

附錄　音位學原理

第一章 音位的種類

一、音位的定義

（這一部分，我們利用了德·索緒爾於一八九七年所作的關於《音節理論》的三次講演的速記記錄，在這些講演中，他也接觸到第一章的一般原理。此外，他的個人札記有一大部分是跟音位學有關的；在許多要點上闡明和補充了第一度講課和第三度講課的資料。（編者））

許多音位學家差不多都只注重發音動作，即用發音器官（喉頭、口腔等等）發出聲音，而忽略了聽感方面。這種方法是不正確的：在我們耳朵裡的產生的印象不僅與器官的發動形象一樣直接，而且是整個理論的自然基礎。

我們研究音位單位的時候，聽覺資料就已經不知不覺地存在了；我們正是依靠耳朵才知道什麼是b、t等等的。我們就算能用電影機把口腔和喉頭發出一連串聲音時的全部動作複製出來，也無法看出這一系列發音行爲的小區分；我們不知道一個聲音從哪裡開始，另一個到什麼地方爲止。沒有聽覺印象，我們怎能說比方在fal裡有三個單位，而不是兩個或四個呢？我們只有在聽到的語鏈中才能馬上辨出那是否還是同一個聲音；只要它給人的印象是同質的，那就是同一個聲音。重要的也不是它有八分音符或十六分音符的長度（試比較fāl和făl），而是印象的性質。聽覺鏈不是分成相等的拍子，而是分成同質的拍子，它的特徵就是印象的統一，這就是音位研究的自然出發點。

在這一方面，原始的希臘字母是很值得我們讚揚的。在這種字母裡，每一個單純的聲音都只用一個書寫符號表示，反過來，每一個符號也只相當於一個單純的聲音，而且始終是同一個聲音。這眞是絕妙的發現，後來拉丁人把它繼承了下來。例如bárbaros「野蠻人」這個詞的標音：

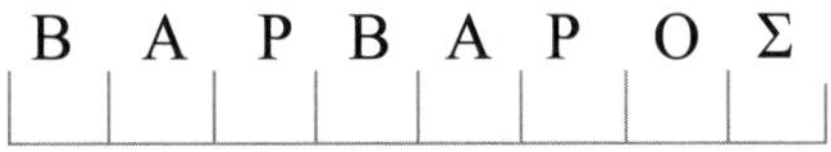

B	A	P	B	A	P	O	Σ

圖1

每個字母都相當於一個同質的拍子。在圖1中，橫線表示音鏈，小豎杆表示從一個聲音過渡到另一個聲音。在原始的希臘字母裡既找不到像法語用「ch」表示š這樣複雜的寫法①，也找不到像用「c」和「s」代表s這樣用兩個

① 例如chat「貓」念[ʃã]，champ「田地」念[ʃâ]，用ch兩個字母表示一個[ʃ]音（德・索緒爾標為š）。——校注

字母表示一個聲音②，或者像用「x」代表ks這樣用一個簡單的符號表示複音③的情況。一種良好的音位文字所必需的原則，希臘人差不多都已經全部實現了④。

其他民族沒有領會這個原則，它們的字母不是把語鏈分析爲同質的聽覺片段。例如賽普路斯人就只停留在比較複雜的單位上面，如pa、ti、ko等等。人們管它叫音節標音⑤。這個名稱不很確切，因爲音節還可以按照另外的類型構成，例如

---

② 例如si[si]「如果」和ceci[səsi]「這個」用s、c兩個字母表示同一個[s]音。——校注

③ 例如expirer[ɛkspire]「呼氣」，用一個字母x表示[ks]這個複音。——校注

④ 的確，他們在文字上曾用*X*、Θ、Φ表示kh、th、ph；例如Φ*ΕΡ*Ω就代表phērō「我帶」，但這是一種後期的創新。古代碑銘標*KHAPIΣ*，而不是*XAPIΣ*。這些碑銘用兩個符號即kappa和koppa表示k，但情況不同：那是要標出發音上的兩種實際色彩，因為k有時是顎音，有時是舌根音，而且koppa其後已經消失了。最後，還有一點更細緻的，希臘語和拉丁語的原始碑銘往往用一個字母標記複輔音：例如拉丁語fuisse這個詞就寫作FUISE；這是違背原則的，因為這重疊的s有兩拍子的長度，我們從下面將可以看到，這兩拍不是同質的，給人以不同的印象。但這是情有可原的錯誤，因為這兩個音雖有不同，卻有共同的特徵（參看第一〇五頁以下）。——原編者注

⑤ 塞普路斯文字於一八五〇年發現，經解讀後被認為屬希臘文字系統，但不像希臘文字那樣採用音位標音，而是採用音節標音。——校注

pak，tra等等。閃族人只標出輔音；像bárbaros這樣的一個詞，他們將會把它標成BRBRS⑥。

因此，要劃分語鏈中各個音的界限只能憑聽覺印象，但是描寫音卻是另一回事。那只能以發音行爲爲基礎，因爲聽覺鏈條中的單位是不能分析的，我們必須求助於發音動作的鏈條。我們將可以看到，相同的行爲就相當於相同的聲音：b（聽覺拍子）＝b'（發音拍子）。我們分割語鏈最先得出的單位都是由b和b'構成的，我們管它們叫**音位**。音位是聽覺印象和發音動作的總和，聽見的單位和說出的單位的總和，它們是互相制約的。因此，那已經是一個複雜的單位，在每個鏈條裡都有它的立足點。

分析語鏈首先得出的要素，彷彿這一鏈條的環節，是不能在它們所占的時間以外加以考慮的不能再行縮減的片刻。例如ta這樣的一個音組總是一個片刻加上一個片刻，一個有一定長度的片段加上另一個片段。相反一個不能再行縮減的片段t，卻可以在時間以外**抽象地**加以考慮。如果只注重表示區別的特徵，而不顧依存於時

⑥ 閃族人例如阿拉伯人的文字只有輔音字母，而沒有元音字母，要標出元音，必須另外加上元音符號。——校注

間上相連續的一切，那麼我們可以說有一個一般的t，即T音種（我們用大寫來表示音種）。一個一般的i，即I音種。同樣，在音樂上，do、re、mi等的組合也只能看作時間上的具體系列，但是如果把其中一個不能再行縮減的要素單獨取出，也可以**抽象地**加以考慮。

分析了各種語言的足夠數量的語鏈之後，就可以理解它們所使用的各個要素，並加以分類。我們可以看到，如果不顧那些無關輕重的音響上的細微色彩，上述音種的數目並不是無限的。我們在一些專門著作中可以找到這些音種的總表和詳細的描寫⑦。這裡只想說明這種分類是以哪些永恆的和非常簡單的原則爲基礎的。

但是首先讓我們談談發音器官，各種器官的可能的運用，和這些器官作爲發音器的作用。

---

⑦ 參看西佛士的《語音學綱要》（Grundzüge der Phonetik），第五版，一九〇二；葉斯泊森的《語音學讀本》（Lehrbuch der Phonetik），第二版，一九一三；魯德的《普通語音學概要》（Eléments de phonétique générale），一九一〇。——原編者注

二、發音器官及其功用⑧

1.爲了描寫發音器官，這裡只繪出一個簡單的示意圖⑨，見圖2，其中A表示鼻腔，B表示口腔，C表示喉頭，包括兩片聲帶中間的聲門ε。

在口腔裡，主要的是嘴唇α和a，舌頭β—γ（β表示舌尖，γ表示其餘部分），上齒d，上顎，其中包括有骨的、不能活動的前一部分f—h，和柔軟的、可以活動的後一部分或軟顎i，最後是小舌δ。

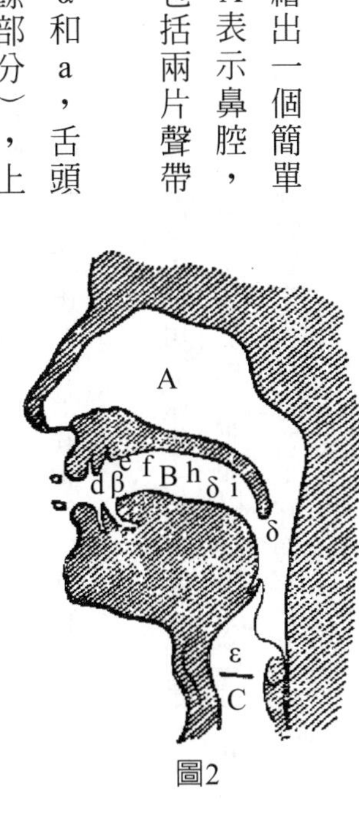

圖2

⑧德·索緒爾的描寫有點簡單，我們曾參照葉斯泊森的《語音學讀本》加以補充，還借用了其中的原則來確立下面的音位公式。但那只是形式和說明技術的問題，讀者可以相信這些變動並沒有改變德·索緒爾的思想。——原編者注

⑨這個插圖用希臘字母表示主動的發音器官，拉丁字母表示被動的發音器官，完全是參照葉斯泊森的。——校注

希臘字母表示發音時主動的器官，拉丁字母表示被動的部分。

聲門ε由兩塊平行的肌肉或聲帶構成：聲帶張開聲門就開，聲帶收攏聲門就閉。聲門可以說不會完全關閉，聲門張開卻可以有時寬，有時窄。在前一種情況下，空氣可以自由通過，聲帶不振動；在後一種情況下，空氣通過會使聲帶振動發出濁音。在正常的發音中，二者必居其一，沒有別的選擇。

鼻腔是一個完全不能活動的器官，小舌δ舉起可以阻止空氣從裡面通過，再沒有別的作用。這是一道可開可閉的門。

至於口腔，它可以起各種各樣的變化：我們可以用嘴脣增加那通道的長度，鼓起或放鬆兩頰，通過嘴脣和舌頭的種種活動縮小甚至關閉口腔。

這些器官作爲發音器的作用跟它們的變動性成正比的：喉頭和鼻腔的功能只能有一種，而口腔的功能卻是多種多樣的。

空氣從肺部輸出，首先通過聲門，聲帶靠攏，就可能產生一種嗓音。但是喉頭的活動不能產生音位的變種，好讓我們區別語言的聲音，並加以分類。在這一點上，嗓音是一模一樣的。它由聲門發出，直接聽起來，在音質上好像差不多，沒有什麼變化。

鼻腔的用途只是爲通過它的聲音振動作共鳴器，因此也起不了發音器的作用。

相反，口腔卻兼有聲音器和共鳴器的功能。如果聲門大開，不產生任何喉頭振動，我們所聽到的聲音就只從口腔發出（我們留給物理學家去判定這是聲音還只是噪音）。反之，如果聲帶靠攏使聲門振動，那麼，口腔就主要起嗓音調節器的作用。

所以，在發音中能起作用的因素是呼氣、口部發音、喉頭振動和鼻腔共鳴。但是列舉這些發音的因素還不是確定音位的表示區別的要素。要把音位加以分類，知道音位是怎麼構成，遠不如知道什麼使它們彼此區別那麼重要。對分類來，消極因素可能比積極因素更爲重要。例如呼氣是積極要素，但是因爲在任何發音行爲中都有呼氣，所以它就沒有表示區別的價值；缺少鼻腔共鳴是消極因素，但是它卻像有鼻腔共鳴一樣可以用來表明音位的特徵。所以主要的是，對發音來說，上面列舉的因素中有兩個是恆常的、必要的、充分的。

(1)呼氣。

(2)口部發音。

而其他兩個卻是可以缺少或者附加在頭兩個上面的：

(3)喉頭振動。

(4)鼻腔共鳴。

另一方面，我們已經知道，以上的a、c和d是單一的，而b卻可以有無限的變異。

此外，必須記住，我們確定了一個音位的發音行爲，就辨認了這個音位；反過來，確認了所有的發音行爲，也就確定了一切音位的種類。正如我們對發音中起作用的因素所作的分類表明的，發音行爲之所以有差別只在後三個因素。因此，對每個音位必須確定：什麼是它的口部發音，它有嗓音（～）還是沒有嗓音（[]），它有鼻腔共鳴（……）還是沒有鼻腔共鳴（[]）。只要這三個要素中有一個沒有確定，那麼，那個聲音的確認就是不完備的，但是一旦三個要素全都已經知道，它們的各種配合就可以確定發音行爲的一切主要種類了。

這樣，我們可以得出各種可能的變化如下表1：

第I欄表示清音，第II欄表示濁音，第III欄表示鼻化清音，第IV欄表示鼻化濁音。

表1

	I	II	III	IV
a	呼氣	呼氣	呼氣	呼氣
b	口部發音	口部發音	口部發音	口部發音
c	[]	～～	[]	～～
d	[]	[]	………	………

但是還有一項不知道，即口部發音的性質；因此確定它的各種可能的變異是很重要的。

三、按照口部發音對語音進行分類

人們一般是按照發音部位對語音進行分類的。我們的出發點卻與此不同。不管發音部位怎樣，它總有一定的開度，就是說，在完全閉合和最大限度的張開這兩個極限之間總有一定程度的張開。根據這一點，我們從最小的開度到最大的開度把語音分爲七類，分別用0、1、2、3、4、5、6等數字來表示。我們只在每一類的內部才按照發音部位把音位分成各種不同的類型。

我們仍然沿用目前流行的各個術語，儘管這些術語在好幾點上是不完善和不正確的：有些術語如喉音、顎音、齒音、流音等等都或多或少有點兒不合邏輯⑩。比

⑩ 這些術語都是從古希臘、羅馬語法學家繼承下來的，其特點是只注意到被動的發音器官，而忽視了主動的發音器官的作用，其中所謂喉音實是指舌根音，顎音實是指舌面音，齒音實是指舌尖

較合理的，是把上顎分爲若干區域，這樣，只要注意到舌頭的發音，就常可以說出它每一次主要往哪一點靠攏。我們就是基於這種想法，並利用第八十九頁插圖中的字母，把每一種發音用符號列成一個公式，其中希臘字母表示主動的器官（在左側），拉丁字母表示被動的器官（在右側），開度的數字放在中間。例如βoe的意思就是在開度相當於全閉的情況下，舌尖β往上齒齦e貼緊⑪。

最後，在每種發音的內部，音位的不同種類是按照是否伴隨著嗓音和鼻腔共鳴來區分的，帶不帶嗓音和鼻腔共鳴是區別音位的一個要素。

我們將按照這個原則去對語音進行分類。這只是合理分類的一種簡單的圖式：大家不要指望在這裡會找到那些性質複雜或特殊的音位，例如送氣音（ph、dh等等），塞擦音（ts、dž、pf等等），顎化輔音，弱化元音（或ə啞e等等），不管它們實際上多麼重要；反過來，也不要指望會找到那些沒有什麼實際重要性，不必看作有差別的聲音的簡單的音位。

音，流音如m、n、l、r等意義很不明確。德·索緒爾在這裡批評它多少有點兒不合邏輯，主張把上顎分為若干區域，並注意舌頭在發音時的作用。——校注

⑪ 這個辦法是大致參照葉斯泊森的，參看他的《語音學讀本》。——校注

1. ——開度零：塞音。這一類包括一切暫時把口腔緊閉而發出的音位。我們在這裡沒有必要考究聲音是在關閉的時刻還是在張開的時刻產生的；實際上，可以有兩種發音方法（參看第一〇五頁以下）。按照發音部位，我們可以把塞音分成三個主要類型：脣音（p、b、m），齒音（t、d、n）和所謂喉音（k、g、ṅ）⑫。第一類是用雙脣發音的；第二類發音時舌尖貼緊上顎的前部；第三類舌背和上顎的後部接觸。

在許多語言裡，特別是在印歐語裡，有兩種分得很清楚的喉部發音：一種是顎音，部位在f—h；一種是軟顎音，部位在i。但是在別的語言，例如在法語裡，這種差別是被忽略的，例如對court「短的」中的後k和qui「誰」中的前k，靠用耳朵聽不出什麼差別來。

表2表明這些不同音位的公式：

⑫ 德．索緒爾在這裡所用的音標，大致跟法國語言學界所習用的相同。現在把其中一些特殊的，按出現的先後順序，用國際音標標記如下：ṅ[ŋ], þ[θ], đ[ð], š[ʃ], ž[ɛ], χ'[ç], γ'[ʝ], χ[x], γ[ɣ], ḷ[ɭ], l'[ʎ], ṭ[t], ü[y], ẹ[e], ọ[o], ö[ø], ę[ɛ], ǫ[œ], ē[ɛ̃], ō[ɔ̃], ö̃[œ̃]——校注

鼻音m、n、ṅ本來是鼻化的濁塞音；我們發amba，由m轉到b的時候，小舌要舉起，把鼻腔關上。

在理論上，每一類都有一種聲門不振動的清鼻音，例如斯堪的納維亞諸語言，清音後面有一種清m，在法語裡也可以找到這樣的例子。但是說話人不把它看作有差別的要素。

鼻音在下表中用括號括著；實際上，它們發音時雖然要把口腔完全關閉，但是鼻腔張開，使它們具有較大的開度（參看C類）。

2. ── 開度1：摩擦音或氣息音。這一類聲音的特點是發音時口腔不完全關閉，氣流可以通過。氣息音（spirante）這個術語完全是一般性的；摩擦音（fricative）雖然沒有說明關閉的程度，但是可以使人想起氣流通過時產生一種摩擦的印象（拉丁語fricāre，「摩擦」）。

表2

脣音			齒音			喉音		
p	b	(m)	t	d	(n)	k	g	(ṅ)
αOα	αOσ	αOα	βOe	βOe	βOe	γOh	γOh	γOh
[]	～～～	～～～	[]	～～～	～～～	[]	～～～	～～～
[[	[]	……	[]	[]	……	[]	[]	……

這一類聲音不能像第一類那樣分成三個類型。首先，固有意義的唇音（與塞音p和b相當）用得很少，我們可以把它撇開，通常用把下唇靠近上齒發出的唇齒音（法語的f和v）代替。齒音可以按照舌尖靠攏時所採取的形式分成幾個變種，這裡不必詳述，只用β、β′和β″來表示舌尖的各種形式，見表3。在與上顎有關的聲音中，我們的耳朵一般只區別出前部的發音（顎音）和後部的發音（軟顎音）[13]。

表3

唇音		齒音					
f	v	þ	ð	s	z	š	ž
αId	αId	βId	βId	β'Id	β'Id	β"Id	β"Id
[ ]	~~	[ ]	~~	[ ]	~~	[ ]	~~
[ ]	[ ]	[ ]	[ ]	[ ]	[ ]	[ ]	[ ]

顎音		喉音	
χ'	γ'	χ	γ
γIf	γIf	γIi	γIf
[ ]	~~	[ ]	~~
	[ ]		[ ]

þ = English *th* in *thing*
ð = English *th* in *then*
s = English *s* in *say*
z = English *s* in *rose*
š = English *sh* in *show*
ž = English *g* in *rouge*
χ' = German *ch* in *ich*
γ' = North German *a* in *liegen*
χ = German *ch* in *Bach*
γ = North German *g* in *Tage*

⑬ 德·索緒爾遵守他的簡化方法，認為在A類中不必作這樣的區分，儘管K_1和K_2這兩個系列在印歐語裡是很重要的。他完全是故意把它省略掉的。——原編者注

在摩擦音中有沒有跟塞音的n、m、ṅ，等相當的鼻音v，鼻音z等等呢？這類聲音是不難設想的，例如在法語inventer「發明」一詞中我們就可以聽到一個鼻音v；但是一般地說來，鼻摩擦音不是語言所意識到的。

3. ——開度2：鼻音（參看以上第一〇八頁）。

4. ——開度3：流音。

屬於這一類的有兩種發音，見表4：

(1) **邊音**，發音時舌頭靠著上顎的前部，但是左右兩側留一空隙，在我們的公式裡用l̂來表示它的位置。依照發音部位，我們可以分出齒音ḷ，顎音或「顎化音」ḷ′和喉音或軟顎音ł。這些音位差不多在任何語言裡都是濁音，跟b，z等一樣。但清音不是不可能的；在法語裡就有這種音，ḷ在清音後面就不帶嗓音（例如在pluie「雨」一詞裡，與bleu「藍的」相對立），但是我們意識不到這種差別。

鼻音ḷ很少見，而且沒有分立出來，所以儘管有這種聲

表4

ḷ	l'	ł	r	
β'3e ‿ [ ]	γ'3f-h ‿ [ ]	γ'3i ‿ [ ]	βᵛ3e ‿ [ ]	γ3oυ̂ ‿ [ ]

音，特別是在鼻音後面（例如在法語branlant「擺動的」一詞裡），這裡就不用說了。

(2) **顫音**。發音時舌頭沒有像1那樣靠近上顎，但是起顫動，而且多少帶有搏擊（在公式裡用ʋ^這個符號表示），因此開度同邊音的相等。這種顫動可以有兩種方式：把舌尖往前貼近上齒齦（法語所謂「打滾的」r），或者往後用舌頭的後部（淺喉音r）。關於清顫音或鼻顫音，情況與上述邊音的相同。

超出開度3以外，我們就進入了另一個領域：由**輔音**轉到**元音**。直到現在，我們沒有提到這種區別，因爲發音的機構還是一樣的。元音的公式完全可以跟任何濁輔音的相比。從口部發音看，那並沒有什麼區別，只是音響的效果不同：超過了一定的開度，口腔就主要起共鳴器的作用。噪音的音色充分顯露出來，口腔的噪音就消失了。口腔越閉，噪音越被遮斷；口腔越張大，噪音也就越減少；所以聲音⑭在元音中占優勢，那完全是出於一種機械的過程。

5. ——開度4：i、u、ü。

---

⑭ 這裡的「聲音」是指和「噪音」相對的「樂音」：聲帶振動發出的嗓音都屬於樂音。——校注

同別的元音相比，這些聲音還需要有相當大的閉度，跟輔音的頗相近。由此產生的後果，我們在下面將可以看到，因此人們一般把這些音位叫做**半元音**。

i發音時雙唇平展（符號——），發音部位在前；u發音時雙唇斂圓（符號◡），發音部位在後；ü發音時唇位如u，舌位如i。

同所有元音一樣，i、u、ü都有鼻化的形式，但不多見，我們可以撇開不談。值得注意的是，法語正字法中寫成in和un的聲音並不相當於i和u的鼻化音（參看表5）。

i有沒有清音，即不帶嗓音的發音呢？u和ü以及任何元音都會發生這同樣的問題。跟清輔音相當的元音是有的，但是不能與耳語的元音，即發音時聲門張開的元音混為一談。我們可以把清元音看作在它們前面發出的送氣音一樣；例如在hi這個音組裡，我們首先聽到一個沒有振動的i，然後是正常的i。

表5

i	u	ü
—4f 〰 [ ]	◡4i 〰 [ ]	◡4f 〰 [ ]

6. ── 開度5：e、o、ö。發音分別與，i、u、ü相當。這些元音的鼻化音很常見（例如法語pin「松樹」、pont「橋」、brun「棕色的」等詞中的ē，ō，ȫ。清音的形式就是he、bo、hö的送氣的h。

附注──許多語言在這裡分出好幾種開度；例如法語就至少有兩個系列，見表6及表7：一個是所謂閉的ẹ、ọ、ọ̈（例如在dé「骰子」、dos「背」、deux「二」等詞裡的）；另一個是開的ę、ǫ、ǫ̈，（例如在mer「海」、mort「死的」、meurt「死」等詞裡的）。

7. ──開度6：a開度最大。有一個鼻化形式ā，開度略小（例如在grand「大」一詞裡的），和一個清音形式，如ha的h。

表6

e	o	ö	ē	ō	ȫ
—5f 〰 [　]	‿5i 〰 [　]	‿5f 〰 [　]	—5f 〰 ……	‿5i 〰 ……	‿5f 〰 ……

表7

a	ā
—6i 〰 [　]	—6i 〰 ……

第三章 語鏈中的音位

一、研究語鏈中聲音的必要性

我們可以在專門的論著中，特別是英國語音學家的著作中，找到關於語音的精細分析。

這些分析是否足以使音位學適應它的作為語言學輔助科學的目的呢？這許多積聚起來的細節本身並沒有什麼價值，只有綜合才是重要的①。語言學家沒有必要成為練達的音位學家；他只要求人們給他提供一定數量的為研究語言所必需的資料。

這種音位學的方法有一點是特別欠缺的：它過分忘記了在語言中不僅有一個個音，而且有整片說出的音；它對於音的相互關係還沒有給以足夠的注意。我們首先接觸到的不是前者，音節比構成音節的音更為直接。我們已經看到，有些原始的文

① 這是就英國亨利·斯維特關於語音的研究來說的。他在《語音學手冊》中把語音研究分析的和綜合的兩方面：分析研究著重對語音作精細的分析；綜合研究著重把語音結合成為音節。——校注

字是標記音節單位的，到後來才有字母的體系。

此外，在語言學中令人感到困難的從來不是簡單的單位。例如如果在某一個時期，某種語言裡所有的 a 都變成了 o，結果什麼也沒有產生；人們也許只限於確認這一現象，而不在音位學上探求解釋。只有當兩個或幾個要素牽連在一種內部依存關係裡的時候，語音科學才成爲可貴，因爲一個要素的變異要受另一個要素變異的限制。只要有兩個要素就會引起一種關係，一種法則，這是跟簡單的確認大不相同的。所以在音位學原理的探討中，這門科學表現出對孤立的音有所偏愛，工作上就會搞錯方向，碰到兩個音位就足以使人茫然不知所措。例如在古高德語裡，hagl「雹塊」、balg「獸皮」、wagn「車子」、lang「長」、donr「打雷」、dorn「刺」後來變成了 hagal、balg、wagan、lang、donnar、dorn；變化的結果隨著組合中成分的性質和順序而不同：有時在兩個輔音之間長出了一個元音，有時整個音組保持著不變。但是怎樣把它制成規律呢？其中的差別是從哪裡來的呢？毫無疑問是從這些詞裡所包含的輔音組合（gl、lg、gn 等等）來的。這些組合都有一個塞音，有的前面有一個流音或鼻音，有的後面有一個流音或鼻音。但是結果怎樣呢？只要我們把 g 和 n 假設爲同質的量，就無法了解爲什麼 g-n 相接會產生跟 n-g 不同的效果。

所以，除了音種音位學以外，應該有一門以音位的二元組合和連接爲出發點的科學。那是完全不同的一回事。研究孤立的音，注意到發音器官的位置就夠了，音位的音響性質是不成問題的，那可以靠耳朵來確定：至於怎樣發音，人們完全可以自由發出。但是要發出兩個連接的音，問題就不那麼簡單了：我們不能不估計到所尋求的效果和實際發生的效果之間可能不一致。要發出我們想要發出的音，往往不是我們所能做到。連接音種的自由，要受連接發音動作的可能性的限制。要了解組合中發生的情況，就要建立一門把這些組合看作代數方程式的音位學：一個二元組合就包含一定數量互相制約的機械的和音響的要素，其中一個發生變異，會對其他要素產生必然的，可以預測得到的反響。

在發音現象中，如果有什麼帶有普遍性的可以說是超越音位的一切局部差異的東西，那無疑就是剛才所討論的這種有規則的機械作用了。由此可見組合音位學對於普通語言學所應有的重要性。人們一般只限於對語言的一切聲音——可變的和偶然的要素定出發音規則，而這種組合音位學卻要劃定各種可能性的界限，並確定各個互相依存的音位間的經常關係。例如hagl、balg等等（參看第一〇三頁）就曾引起關於印歐語響音問題的熱烈討論②，正是在這個領域內，組合音位學是最不可缺少的，因爲音節的區分可以說是它自始至終要討論的唯一事實。雖然這不是要用這種方法解決的唯一問題，但是有一件事是確實的：假如對支配音位組合的規律缺乏正確的評價，那麼要討論響音的問題幾乎是不可能的。

二、內破和外破

我們從一個基本的觀察出發：當我們發出appa這個音組的時候，會感到這兩個p之間有一種差別，其中一個與閉合相當，另一個與張開相當。這兩個印象相當類似，所以有人只用一個p來表示這兩個連接的pp（參看第八十九頁原注）。但正是這種差別使我們可能用一些特別的符號（$><$）來區別appa中的兩個p（$a\overset{>}{p}\overset{<}{p}a$），而且即使當它們不是在語鏈中相連接的時候也可以表明它們的特徵

② 關於印歐語響音構成音節的功能的問題，是十九世紀八十年代至九十年代歐洲語言學家爭論得最熱烈的一個問題。參加討論的有德國的勃魯格曼，古爾替烏士，費克，施密德和俄國的佛爾圖納托夫等人。討論的中心是能否利用構成音節的響音重建印歐母語的原始的詞幹形式。——校注

（試比較ap̌ta、atp̂a）。這一區別不只限於塞音，而且可以應用於擦音（af̌f̂a）、鼻音（am̌m̂a）、流音（aľl̂a）和所有一般的音位，直至除a以外的各個元音（aǒôa）。

有人把閉合叫做**內破**，張開叫做**外破**；一個p被稱爲內破音（ˆp）或外破音（ˇp）。在同一意義上我們可以叫做**閉音**和**開音**。

毫無疑問，在像appa這樣的組合裡，除內破和外破以外，我們還可以區別出一個靜止時間，在這個時間裡，閉合可以隨意延長，如果那是一個開度較大的音位，例如alla這個組合裡的l，那麼它是在發音器官維持不動的情況下持續發出的。一般地說，在任何語鏈中都有一些這樣的中間階段，我們管它叫**持阻**或**持續**的**發音**。但是我們可以把它們跟內破的發音看作同一樣東西，因爲它們的效果是相同的；我們在下面將只考慮內破或外破③。

---

③ 這是在理論上最容易引起爭論的一點。為了防止某些反對意見，我們可以指出，任何持續的發音，例如f的發音，都是兩種力量產生的結果：⑴空氣對與它對立的器官內壁施加的壓力；⑵這些器官內壁為了平衡壓力而互相靠攏作出的抵抗。所以持阻只是延續的內破。因此，如果內破之後緊接著一個同類的壓力和持續，那麼，效果自始至終是繼續不斷的。根據這一點，把這兩種發

這個方法或許進不了一部完備的音位學著作，卻完全可以納入一篇論述，把從基本因素來考慮的音節劃分現象歸結爲儘可能簡單的圖式。我們不打算用它來解決把語鏈劃分爲音節所引起的一切困難，而只是想爲這個問題的研究打下一個合理的基礎。

還有一點要注意。不要把發音所必需的閉合動作和張開動作同這些聲音本身的各種開度混爲一談。任何音位都可以是內破音，也可以是外破音。但是開度確實會對內破和外破有所影響，因爲聲音的開度越大，這兩種動作的區別就越不那麼清楚。例如就i、u、ü來說，區別還是很容易覺察的。在a$\overset{>}{i}\overset{<}{i}$a裡，我們就可以分出一個閉i和一個開i；同樣在a$\overset{>}{u}\overset{<}{u}$a、a$\overset{>}{ü}\overset{<}{ü}$a裡，也可以清楚地把內破音和後面的外破音區別開來，以致有時在文字上一反習慣，把這種區別標記出來；英語的w，德語的j，往往還有法語的y（在yeux「眼睛」等詞裡的）都表示開音（$\overset{<}{u}$、$\overset{<}{i}$），與用來表示$\overset{<}{u}$和$\overset{<}{i}$的u和i相對立。但是，如果開度較大（e和o），那麼，內破和外破的區別在理論上雖然可以理解（試比較a$\overset{>}{e}\overset{<}{e}$a、a$\overset{>}{o}\overset{<}{o}$a），但是實際上卻很難

音結合起來成為一個機械的和音響的單位不是不合邏輯的。相反，外破同這結合起來的雙方都是對立的，它從定義上說，就是一種放鬆；又參看六、內破和外破的長度。——原編者注

分別。最後，正如我們在上面已經看到的，開度最大的a不會有什麼內破和外破，因爲對這個音位來說，開度把這一類差別全都抹掉了。

因此，除a以外，我們應該把那音位圖擴大一倍，從而把各個不能再行縮減的單位列成如下：

$\overset{>}{p}\overset{<}{q}$等等；

$\overset{>}{f}\overset{<}{f}$等等；

$\overset{>}{m}\overset{<}{m}$等等；

$\overset{>}{r}\overset{<}{r}$等等；

$\overset{>}{i}\overset{<}{y}$等等；

$\overset{>}{e}\overset{<}{e}$等等；

a。

我們絕不取消利用寫法（y、w）表現的區別；我們要小心保持著這些區別，對這一觀點所持理由見以下第七節。

我們第一次走出了抽象的範圍，第一次找到了在語鏈中占有一個位置而且相當於一個拍子的不可分解的具體要素。我們可以說P不過是一個把在現實中唯一看到的$\overset{>}{p}$和$\overset{<}{p}$的共同特性結合在一起的抽象單位，正如B、P、M結合在一個更高的

抽象——脣音裡一樣。我們可以說，P好像是動物學上的一個種；它有雄的和雌的標本，但是並沒有種的觀念的標本。直到現在，我們加以區別和分類的都是這些抽象的東西，但是我們必須更進一步找出具體的要素。

過去音位學的一個大錯誤就是把這些抽象的東西看作現實的單位，不更仔細在考察單位的定義。希臘字母已經達到把這些抽象的要素區別開來的境界，而且，我們在上面說過，它所設想的分析是最值得注意的。但那究竟是一種不完備的分析，只停留在一定程度上。

其實，不作進一步確定的p到底是什麼呢？如果我們從時間上把它看作語鏈中的一個成員，那麼它不可能具體的是$\overset{<}{p}$，也不可能是$\overset{>}{p}$，更不可能是$\overset{>}{p}\overset{<}{p}$，因爲這個組合顯然還是可以分解的。如果把它看作是在語鏈和時間之外的，那麼，它就只是一種沒有自身存在的東西，我們對它不能有什麼作爲。像l＋g這樣的組合本身意味著什麼呢？兩個抽象的東西在時間上不能構成一個片刻。但是說到$\overset{>}{l}\overset{<}{k}$、$\overset{<}{l}\overset{<}{k}$、$\overset{>}{l}\overset{<}{k}$、$\overset{<}{l}\overset{>}{k}$，並把言語的眞正要素這樣結合在一起，卻是另一回事。由此可見，爲什麼只消兩個要素就足以使傳統的音位學束手無策，這說明要像它所做的那樣用抽象的音位學單位進行工作是不可能的。

曾有人提出過一種理論，認爲語鏈中任何一個簡單的音位，例如pa或apa中的

p，都連續有一個內破和一個外破（apa）。毫無疑問，任何張開之前都應該有一個閉合。再舉一個例子，如果我說rp，那麼，在完成r的閉合之後就應該用小舌發出一個開r，同時用雙脣構成p的閉合。但是爲了回答上面的異議，著實說明我們的觀點就夠了。在我們正要分析的發音行爲中，我們所考慮的只是一些耳朵聽得清楚，而且可以用來劃定語鏈中各個音響單位界限的有差別的要素。只有音響・發動單位才是應該考慮的；因此，在我們看來，伴隨外破p的發音的外破r的發音是不存在的，因爲它並不產生一個聽得見的音，或者至少因爲它在音位鏈條裡並不重要。要了解下面的進一步陳述，我們必須深透體會這一要點。

三、外破和內破在語鏈中的各種結合

現在我們來看一看外破和內破的連接在(1)<>；(2)><；(3)<<；(4)>>這四種理論上可能的組合中會產生一些什麼樣的結果。

1. 外破—內破組合（<>）。我們常可以把兩個音位，其中一個是外破音，另一個是內破音，連接在一起而不致切斷語鏈。例如kr、ki、ym等等（試比較梵語的krta-、法語的kite「quitter，離開」、印歐語的ymto等等）。毫無疑問，有些組合，如$\overset{<}{k}\overset{>}{t}$等等，沒有實際的音響效果，但是發音器官在發出開 k 之後就處於可在任何一點上靠攏的位置，這同樣也是事實。這兩個發音狀態可以相繼實現而不互相妨礙。

2. 內破－外破組合（∨∧）。在相同的條件和相同的限制下，把兩個音位，其中一個是內破音，另一個是外破音連接起來，沒有什麼不可能。例如$\overset{>}{i}\overset{<}{m}$、$\overset{>}{k}\overset{<}{t}$等等（試比較希臘語的 haîma、法語的 actif「活潑的」等等）。毫無疑問，這些連續的發音片刻不會像前一種那樣很自然地一個連接著一個。在頭一個內破和頭一個外破之間有這麼一個差別：傾向使口腔採取中立態度的外破不牽連到後面的片刻，而內破卻會造成一個任何外破都不能用作出發點的確定的位置，因此常須作出某種適應的動作，使發音器官取得發出第二個音位所必需的位置。例如像$\overset{>}{s}\overset{<}{p}$這樣的一個音組，人們在發出 s 的時候就要把雙脣閉起來準備發出開 p。但是經驗表明，這種適應的動作只會產生一些在任何情況下都不致妨礙語鏈連續的不必加以考慮的躲躲閃閃的聲音，而不會產生什麼覺察得出的效果。

3. 外破環節（∧∧）。兩個外破可以相繼產生；但是如果後一個外破屬於開度較小或開度相等的音位，那麼，人們就沒有像在相反情況或前兩種情況下所獲得的那種統一性的音響感覺。$\overset{<}{p}\overset{<}{k}$是可以發出的（$p\overset{<}{k}\overset{<}{a}$），但是這兩個音不能構成一個鏈條，因爲P音和k音的開度是相等的。我們在發出cha-$p\overset{<}{k}\overset{<}{a}$④的頭一個a之後停一下所得到的，就是這種不大自然的發音。相反，$\overset{<}{p}\overset{<}{r}$卻可以使人得到一種連續的印象（試比較法語的prix「價錢」），$\overset{<}{r}\overset{<}{y}$也不會有什麼困難（試比較法語的rien「沒有什麼」）。爲什麼呢？因爲在頭一個外破產生的時候，發音器官已能處於準備發出第二個外破的位置，而不致妨礙頭一個外破的音響效果。例如法語的prix「價錢」這個詞，當我們發p音的時候，發音器官已經處於發r音的位置。但是順序相反的$\overset{<}{r}\overset{<}{p}$卻不能發成連續的環節；這不是因爲我們的發音器官在發出開$\overset{<}{r}$的時候不能同時機械地採取發$\overset{<}{p}$音的位置，而是因爲這個$\overset{<}{r}$音的動作遇到開度較小的$\overset{<}{p}$是聽不出來的。所以，如果要讓人聽清楚$\overset{<}{r}\overset{<}{p}$的發音，必須分兩次發出，而它們的發音就被切斷了。

一個連續的外破環節可以包含兩個以上的要素，只要它們的開度總是由小到大

---

④毫無疑問，這一類組合在某些語言裡是很常見的（例如希臘語開頭的kt，試比較kteínō）；但是這種組合雖然容易發音，卻沒有音響統一性（參看下一個附注）。——原編者注

（例如k̂r̂ŵa）。撇開某些我們不能強調的特殊情況不談⑤，可以說，我們實際上能區別多少個開度，就自然限定了可能有多少個外破。

4.內破環節（∨∨）。內破環節受相反規律的支配。只要一個音位的開度比後一個的大，我們就有連續的印象（例如ǐř、řť）；如果這一條件得不到滿足，後一個音位的開度大於或等於前一個，雖然還能發音，但是連續的印象卻喪失了：例如ašřťa的šř就跟cha-p̌ǩa的p̌ǩ這個組合（參看以上第三〇頁以下）有相同的性質。這種現象跟我們在外破環節中所分析的完全吻合：řť中ť的由於開度

⑤在這裡，由於一種有意的簡化，我們只考慮音位的開度，而不管它的發音部位，也不管它的發音的特殊性質（清音或濁音，顫音或邊音等等）。所以只根據開度的原則得出的結論是不能毫無例外地應用於一切實際情況的。例如在像trya這樣的一個組合裡，我們就很難發出頭三個要素而不致切斷語鏈t̂r̂ŷa（除非y̌使ř顎化，同它溶合在一起）；但是try這三個要素卻可以構成一個很完備的外破環節（此外，試看第二二四頁關於meurtrier「兇手」等詞）；相反，trwa卻沒有什麼困難。我們還可以舉出一些像pmla這樣的環節，在這裡很難不把鼻音發成內破音（p̂m̌l̂ǎ）。這些反常的情況特別是出現在外破方面，因為外破按本質來說就是一種稍縱即逝的行為，它是不容許有任何拖延的。——原編者注

較小，免除了r的外破；或者，假如有一個環節，它的兩個音位的發音部位不同，例如rm，那麼，m雖不免除r的外破，但是用它的開度較小的發音完全掩蓋了那外破，結果還是一樣。否則，例如在順序相反的mr中，那在發音機構上少不了的躲躲閃閃的外破就會把語鏈切斷。

我們可以看到，內破環節也同外破環節一樣，可以包含兩個以上的要素，如果其中每一個的開度都比後一個的大的話（試比較arst）。

現在姑且把環節的切斷擱在一邊，讓我們來看看正常的，也可以叫做「生理的」連續鏈條。例如法語的particulièrement「特別地」這個詞，即partikülyermã所代表的。它的特點是一連串與口部器官的開閉相當的遞進的外破和內破的環節。

這樣確定的正常的語鏈使我們必要進行以下的極其重要的驗證。

四、音節的分界和元音點

在音鏈中，由一個內破過渡到一個外破（>—<）就可以得到一種標誌著音節分界的特殊效果，例如法語particulièrement「特別地」中的ik。機械的條件和確

定的音響效果的有規則的暗合，確保內破－外破組合在音位學秩序中的獨特存在：不管這個組合由什麼音種構成，它的性質始終不變，它構成了一個音類，有多少個可能的組合就有多少個音種。

在某些情況下，由於從內破過渡到外破的速度不同，音節的分界可能落在同一系列音位的兩個不同的點上面。例如在ardra這個組合裡，無論分成ǎřd̂r̂ǎ還是ǎřďr̂ǎ，語鏈都沒有被切斷，因爲內破環節ǎřď和外破環節d̂r̂都一樣是遞進的。particulièrement的ülye（ǚl̂ŷě或ǚľŷě）也是這樣。

其次，我們要注意，在我們由靜默過渡到第一個內破（˅），例如artiste「藝術家」的ařt，或者由一個外破過渡到一個內破（˄˅），例如particulièrement的p̂ǎrt的時候，出現這第一個內破的音之所以能區別於相鄰的音，是由於一種特殊的效果，即元音效果。這元音效果不取決於 a 音的開度較大，因爲在p̂řt裡，r 也可以產生同樣的效果。這效果是第一個內破所固有的，不管它屬於什麼音種，就是說，不管開度大小如何。內破出現在靜默之後還是在外破之後也並不重要。以第一個內破的性質使人產生這種印象的音可以稱爲**元音點**。

這個單位又稱**響音**，同一個音節裡所有在它之前或之後的音都稱爲**輔響音**。元音和輔音等術語，正如我們在第九十四頁已經看到的，表示不同的音種；相反，響音和輔響音卻表示音節裡的功能。有了這兩套術語就可以避免長期以來的混亂。例如音種I在fidèle「忠實的」和pied「腳」裡都是元音；但它在fidèle裡是響音，而在pied裡卻是輔響音。這一分析表明，響音永遠是內破音，而輔響音卻有時是內破音（例如英語bo$\overset{>}{i}$的$\overset{>}{i}$，寫作boy「男孩」），有時是外破音（例如法語的$\overset{<}{p}\overset{<}{y}\overset{>}{e}$的$\overset{<}{y}$，寫作pied「腳」）。這個例子只是為了證實兩大類定出的區別。事實上，e、o、a通常都是響音，但這只是偶合：它們的開度比其他任何音都大，所以總是在一個內破環節的開端。相反，塞音的開度最小，所以永遠是輔響音。實際上，按環境和發音性質而起這種或那種作用的，只有開度2、3和4的音位（鼻音，流音，半元音）。

五、關於音節區分理論的批判

我們的耳朵可以在任何語鏈中聽出音節的區分，而且在任何音節中聽出響音。這兩個事實是眾所周知的，但是人們可以提出疑問：它們的存在理由是在哪兒呢？過去曾有人作過種種解釋。

1. 有人注意到有些音位比別的更為響亮，於是試圖以音位的響亮度作為音節的基礎⑥。但是有些響亮的音位，如i和u，爲什麼不一定構成音節呢？其次，有些像s這樣的擦音也能構成音節，例如法語pst「呸」裡的，響亮度的界限又在哪兒呢？如果說那只是指的相鄰聲音的相對響亮度，那麼，在像$\overset{<}{w}\overset{>}{l}$（例如印歐語*wlkos「狼」）這樣的組合裡，構成的音節的卻是那最不響亮的要素，這又該怎樣解釋呢？

2. 西佛士先生曾頭一個指出，被歸入元音類的音給人的印象可能並不是元音（我們已經看到，例如y和w不外就是i和u）。假如有人問爲什麼會有這種雙重的功能或雙重的音響效果（因爲「功能」這個詞沒有別的意思），那麼，他所得到的回答是：某個音的功能要看它是否帶有「音節重音」。

這是一種循環論法：要麼任何情況下我都可以自由安排造成響音的音節重音，這樣，我就沒有理由把它叫做音節重音，而不叫做響音重音；要麼，音節重音確實有所指，那麼這所指的意思顯然來自音節的規律，可是我們不但拿不出這種規律，而且把這響音的性質叫做「silbenbildend」（構成音節的），彷彿音節的構成又要

---

⑥ 這裡指的是費約托、葉斯泊森、西佛士等人主張根據語音的響亮度區分音節的理論，特別是葉斯泊森主張最力，試參看他的《語音學讀本》。——校注

依靠於音節重音似的。

大家可以看到，我們的方法跟前面兩種對立：我們先分析語鏈中的音節，得出不能再行縮減的單位，開音或閉音，然後把這些單位結合起來就可以確定音節的界限和元音點，於是知道這些音響效果應該是在什麼樣的生理條件下產生的。上面批判的理論走的卻是相反的道路：他們先挑選出一些孤立的音種，自以爲可以從這些音推斷出音節的界限和響音的位置。當然，任何一系列音位都可能有一種發音法比另一種的更自然，更方便，但是選擇開的發音和閉的發音的能力在很大程度上仍繼續存在，音節區分正是決定於這種選擇，而不是直接決定於音種。

毫無疑問，這一理論既包括不了，也解決不了所有的問題⑦。例如常見的元音連續就只是一種有意或無意的中斷內破環節，比方$\overset{<}{i}$-$\overset{>}{a}$（il cria「他叫喊」）或$\overset{>}{a}$-$\overset{>}{i}$（ébahi「瞠目結舌」）。它在開度大的音種裡更容易產生。

也有中斷的外破環節，雖然不是遞進的，但也像正常的組合一樣進入音鏈；我

⑦ 德·索緒爾在這裡承認他的這一理論解決不了音節區分的一切問題。關於劃分音節的各種理論的評介，試參看岑麒祥《語音學概論》，科學出版社，一九五九年，第八十四～九十三頁。——校注

們曾舉過希臘語kteínō的例子，試參看第一〇六頁原注。再如pzta這個組合：它在正常的情況下只能發成p̂žt̂ǎ，所以應該包含兩個音節，如果把z的嗓音發清楚，它確實有兩個音節；但是如果把z發成清音，那麼，由於它是一個要求開度最小的音位，它和a的對立就會使人覺得只有一個音節，而聽起來有點像p̂ẑt̂ǎ。

在所有這類情況下，意志和願望的介入都可能引起變化，並在一定程度上改變生理上的必然性。要確切說出是意志還是生理的作用，往往很困難。但是不管怎樣，發音總會有一連串內破和外破，而這就是音節區分的基本條件。

六、內破和外破的長度

用外破和內破的效能來解釋音節，會引導我們作一個重要的觀察，那是一種韻律事實的一般化。我們可以在希臘語和拉丁語的詞裡分出兩種長音：本來的長音（māter「母親」）和位置上的長音（fāctus「事實」）。factus裡的fac爲什麼是長音呢？回答是：因爲有ct這個組合。但如果這是跟組合本身有關聯，那麼，任何開頭有兩個輔音的音節就都是長的了；事實上卻不是這樣（試比較clǐens「顧客」等等）。

眞正的理由是，外破和內破在長度方面有本質的不同。前者總是念得很快，耳朵分辨不出它的音量，因此，它永遠不給人以元音的印象。只有內破是可以衡量的，所以用內破開頭的元音，我們總感到比較長。

另一方面，我們知道，位於由塞音或擦音＋流音構成的組合前的元音有兩種發音法：patrem「父親」的a可以是長音，也可以是短音，都基於同樣的原理。事實上，<<tr和><tr都一樣可以發出；用前一種方法發音可以使a仍然是短音；用後一種方法發音卻造成了一個長音節。在像factus這樣的詞裡，a卻不能用這兩種方法發音，因爲只能發成>>ct，不能發成<<ct。

七、第四級開度的音位，複合元音，寫法的問題

最後，我們對第四級開度的音位需要進行某些觀察。我們在第一〇七頁已經看到，跟別的聲音相反，人們習慣上用兩種寫法標記這些音位（w＝û、u＝ǔ、y＝î、i＝ǐ）。因爲在像aiya、auwa這樣的組合裡，我們比在其他任何地方都更容易看出用∧和∨所表示的區別；îi和ûu清楚地給人以元音的印象，ǐi和ǔu給人以

輔音的印象⑧。我們不打算解釋事實，而是想指出輔音·i永遠不會以閉音的面貌出現。例如ai的i和和aiya的y不能產生相同的效果（試比較英語的boy「男孩」和法語的pied「腳」）；因此y之所以是輔音和·i之所以是元音，那是由位置決定的，因為音種I的這些變體不可能在任何地方都同樣地出現。這些話也適用於u和w、ü和ẅ。

這可以闡明複合元音的問題。複合元音不過是一種特殊的內破環節：arta和auta兩個組合是完全平行的，只有第二個要素的開度不同。複合元音是兩個音位的內破環節，其中第二個音位的開度較大，因此產生一種特殊的音響效果：似乎可以說，響音在那組合的第二個要素裡還延續著。相反，像tya這個組合和tra這個組合的區別只在後一個外破音的開度不同。這等於說，音位學家所說的上升複合元音其實並不是複合元音，而是外破—內破組合，其中第一個要素的開度較大，但是從音響的觀點看並不產生什麼特殊的效果（如tya）。至於uo、ia這樣的組合，假如重音落在u和i上面，例如我們在德語某些方言中所看到的（試比較buob、liab），

⑧ 不要把這個第四級開度的要素和軟顎摩擦音（如北部德語liegen「臥下」）混為一談。這一音種屬於輔音，並具有輔音的一切特徵。——原編者注

那也只是一些假的複合元音⑨，不像$\overset{>}{o}\overset{>}{u}$、$\overset{>}{a}\overset{>}{i}$等那樣給人以統一性的印象。把$\overset{>}{u}\overset{>}{o}$發成內破音＋內破音，就得切斷語鏈，除非我們人爲地把一種不自然的統一性強加給這個組合。

這個把複合元音歸結爲內破環節一般原理的定義表明，複合元音並不像人們所相信的那樣是一種不能歸入音位現象的格格不入的東西，因此不必爲它特闢一類。它所固有的性質實際上沒有什麼意思，也並不重要。重要的不是確定響音的結尾，而是它的開頭。

西佛士先生和許多語言學家要在文字寫法上把i、u、ü、ṛ、ṇ等等和i̯、u̯、ü̯、r、n等等加以區別（i̯ =「非音節的」i、i =「成音節的」i）；因此，他們寫作mirta、mai̯rta、mi̯arta，而我們寫作mirta、mairta、myarta。他

⑨ 語音學家一般把複合元音分為上升複合元音和下降複合元音兩種：上升複合元音中第一個要素的開度比第二個要素的小，例如漢語tcia「家」的ia；下降複合元音中第一個要素的開度比第二個要素的大，例如漢語tsai「齋」的ai。德·索緒爾在這裡認為上升複合元音只是一種外破·內破組合，不是複合元音，只有重音落在第一個要素時才可以叫做假的複合元音。這是他按照他的理論鑑定複合元音所必然得出的結論。——校注

們因爲注意到 i 和 y 屬於同一個音種，所以首先想到要用同類的符號。（還是那種認爲音鏈是由並列的音種構成的老觀念！）但是這種標記法雖然以耳朵的證據爲基礎，卻是違反常識的，而且恰恰抹殺了所要作出的區別。結果是：1.混淆了開 i，開 u（＝y、w）和閉 i，閉 u；例如不能區別 newo 和 neuo；2.與此相反，把閉 i，閉 u 分成了兩個（試比較 mirta 和 mairta）。下面舉幾個表明這種寫法不合適的例子。例如古希臘語的 dwís 和 duís，以及 rhéwō 和 rheûma。這兩個對立是在完全相同的音位條件下產生的，而且按正規用相同的寫法上的對立來表示：u 隨著後面音位開度的大小，有時變成開音（w），有時變成閉音（u）。如果寫成 du̯is、duis、rheu̯ō、rheu̯ma，對立就全被抹殺了。同樣，印歐語的 māter、mātrai、māteres、matrsu 和 sūneu、sūnewai、sūnewes、sūnusu 兩個系列，對於 r 和 u 的雙重寫法是嚴格平行的。至少在後一系列裡，內破和外破的對立在文字寫法上非常明顯。可是如果採用我們在這裡批判的寫法（sūnu̯e、sūneu̯ai、sūneu̯es、sūnusu），對立就給弄模糊了。我們不僅要保存習慣上對開音和閉音作出的區別（u：w 等等），而且應該把它們擴展到整個書寫系統，例如 māter、mātrai、māteres、mātrsu。這樣一來，音節區分的效能就將昭然若揭，元音點和音節的界限都可以由此而推斷出來。

編者附注——這些理論可以闡明德·索緒爾在他的講課中所曾接觸到的幾個問題。下面舉出幾個例子。

1.西佛士先生援引了beritṇṇn（德語beritenen「乘馬」）作為典型的例子，說明同一個音可以交替地兩次用作響音，兩次用作輔響音（實際上n在這裡只有一次用作輔響音。應該寫成beritṇṇ；但是並不重要）。要表明「音」和「音種」不是同義詞，再沒有其他比這更引人注目的了。事實上，如果停留在同一個n上面，即停留在內破和持續的發音上面，結果就只能得出一個長音節。而要造成響音n和輔響音n的交替，我們必須在內破（第一個n）之後接著發出外破（第二個n），然後再發出內破（第三個n）。由於這兩個內破之前沒有其他任何內破，所以它們都有響音的性質。

2.在法語meurtrier「兇手」、ouvrier「工人」等詞裡，最後的-trier，-vrier從前只構成一個音節（不管它們怎樣發音，試參看第一一三頁附注）。後來人們把它們發成兩個音節（meur-tri-er，帶有或不帶有元音連續，即-trie或triye）。這種變化之所以發生，不是由於把一個「音節重音」放在i這個要素上面，而是由於把它的外破發音改成內破發音。

老鄉們把ouvrier說成ouvérier：現象完全相同，不過改變發音並變成響音的是第二個要素，而不是第三個要素：uvrye→uvrye。接著在響音 r之前長出了一個 e。

3.再舉法語裡那個在後面跟著輔音的 s之前長出個補形元音的著名例子，如拉丁語scūtum→iscūtum→法語escu、écu「長盾」⑩。我們在第一一三頁已經看到，sk是個中斷環節，sk更爲自然。但是這個內破的 s，如果是在句子的開頭，或者前面的詞最後有一個開度很小的輔音，就應該成爲元音點。補形的 i 或 e不過是把這個響音性質加以誇張：任何不大感覺到的音位特徵，如果想要把它保存下來，都會有逐漸增大的傾向。例如esclandre「吵鬧」和流俗的發音esquelette「骸骨」、estatue「塑像」⑪，都正在發生這同樣的現象。我們在前置詞de「的」的流俗發音中也可以找到這種現象，人們把它轉寫成ed，如：un oeil ed tanche「大頭魚的眼睛」。由於音節的省略，de tanche「大頭魚的」

⑩ 在由拉丁語發展為法語的過程中，s後面跟著輔音，從西元一世紀起，要在它的前面添上一個補形元音i，到西元七世紀，這個補形元音i變成了e，原有的s就跟著脫落了。——校注

⑪ 即法語的squelette和statue，有人把它們念成esquelette和estatue，在s的前面添上一個補形元音e。——校注

變成了d'tanche；但是爲了讓人在這個位置聽到它，d應該是一個內破音：dtanche，結果跟上述例子一樣，在它的前面發展出一個元音來。

4.我們似乎沒有什麼必要再回到印歐語的響音問題，追究爲什麼例如古高德語的hagl變成了hagal，而balg卻保持不變。後一個詞的l是內破環節的第二個要素（balg），它起著輔響音的作用，沒有任何理由要改變它的功能。相反，hagl的l雖然也是內破音，卻成了元音點。既然是響音，它就有可能在它的前面發展出一個開度更大的元音來（如果要相信寫法上的證據，那是一個a）。不過，隨著時間的推移，這個元音已日漸模糊，因爲現在Hagel又重新念成hagl了。這個詞的發音跟法語aigle「鷹」的發音不同，甚至就是這樣造成的；l在日耳曼語的詞裡是閉音，而在法語的詞裡卻是開音，詞末帶一個啞e（egle）。

第一編　一般原則

第一章 語言符號的性質

一、符號、所指、能指

在有些人看來，語言，歸結到它的基本原則，不外是一種分類命名集，即一份跟同樣多的事物相當的名詞術語表，見圖1。例如：

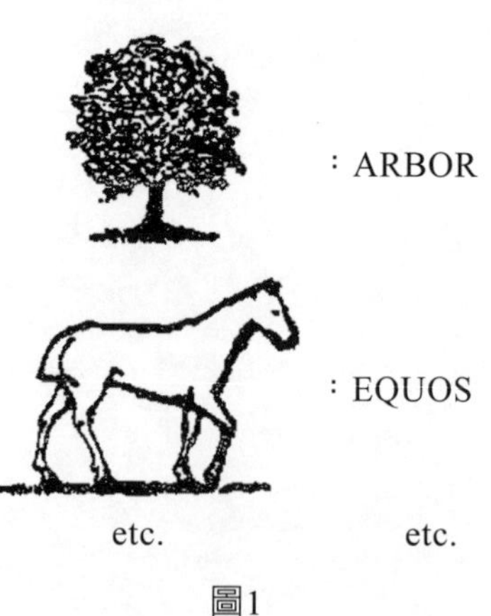

圖1

這種觀念有好些方面要受到批評。它假定有現成的、先於詞而存在的概念（關於這一點，參看以下第二〇〇頁）。它沒有告訴我們名稱按本質來說是聲音的還是心理的，因爲arbor「樹」可以從這一方面考慮，也可以從那一方面考慮。最後，它會使人想到名稱和事物的聯繫是一種非常簡單的作業，而事實上絕不是這樣。但是這種天眞的看法卻可以使我們接近眞理，它向我們表明語言單位是一種由兩項要素聯合構成的雙重的東西。

我們在第三十六頁談論言語循環時已經看到，語言符號所包含的兩項要素都是心理的，而且由聯想的紐帶連接在我們的腦子裡。我們要強調這一點。

語言符號連接的不是事物和名稱，而是概念和音響形象①。後者不是物質的聲音，純粹物理的東西，而是這聲音的心理印跡，我們的感覺給我們證明的聲音表象。它是屬於感覺的，我們有時把它叫做「物質的」，那只是在這個意義上說的，而且是跟聯想的另一個要素，一般更抽象的概念相對立而言的。

我們試觀察一下自己的言語活動，就可以清楚地看到音響形象的心理性質：我們不動嘴脣，也不動舌頭，就能自言自語，或在心裡默念一首詩。那是因爲語言中的詞對我們來說都是一些音響形象，我們必須避免說到構成詞的「音位」。「音位」這個術語含有聲音動作的觀念，只適用於口說的詞，適用於內部形象在話語

① 音響形象這個術語看來也許過於狹隘，因為一個詞除了它的聲音表象以外，還有它的發音表象，發音行為的肌動形象。但是在德·索緒爾看來，語言主要是一個貯藏所，一種從外面接受過來的東西（參看第三十一頁）。音響形象作為在一切言語實現之外的潛在的語言事實，就是詞的最好不過的自然表象。所以動覺方面可以是不言而喻的，或者無論如何跟音響形象比較起來只占從屬的地位。——原編者注

中的實現。我們說到一個詞的聲音和音節的時候，只要記住那是指的音響形象，就可以避免這種誤會。

因此語言符號是一種兩面的心理實體，我們可以用圖2示如下：

這兩個要素是緊密相連而且彼此呼應的。很明顯，我們無論是要找出拉丁語arbor這個詞的意義，還是拉丁語用來表示「樹」這個概念的詞，都會覺得只有那語言所認定的連接才是符合實際的，並把我們所能想像的其他任何連接都拋在一邊。

這個定義提出了一個有關術語的重要問題。我們把概念和音響形象的結合叫做符號，但是在日常使用上，這個術語一般只指音響形象，例如指詞（arbor等等）。人們容易忘記，arbor之所以被稱爲符號，只是因爲它帶有

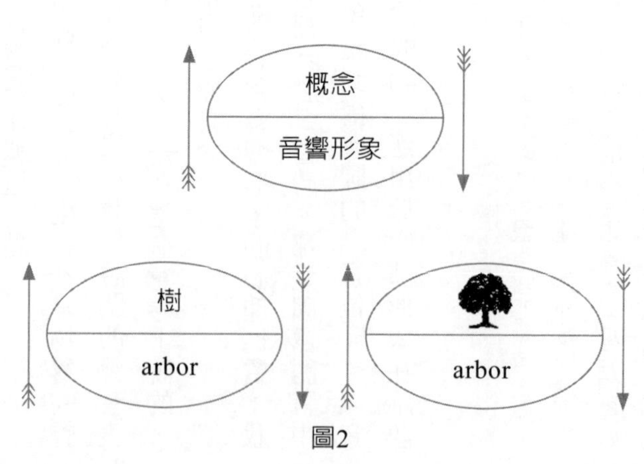

圖2

「樹」的概念，結果讓感覺部分的觀念包含了整體的觀念。

如果我們用一些彼此呼應同時又互相對立的名稱來表示這三個概念，那麼歧義就可以消除。我們建議保留用**符號**這個詞表示整體，用**所指**和**能指**分別代替概念和**音響形象**。後兩個術語的好處是既能表明它們彼此間的對立，又能表明它們和它們所從屬的整體間的對立。至於**符號**，如果我們認爲可以滿意，那是因爲我們不知道該用什麼去代替，日常用語沒有提出任何別的術語。

這樣確定的語言符號有兩個頭等重要的特徵。我們在陳述這些特徵的時候同時提出整個這類研究的基本原則。

二、第一個原則：符號的任意性

能指和所指的聯繫是任意的，或者，因爲我們所說的符號是指能指和所指相聯結所產生的整體，我們可以更簡單地說：**語言符號是任意的**。

例如「姊妹」的觀念在法語裡同用來做它的能指的s-ö-r（sœur）這串聲音沒有任何內在的關係；它也可以用任何別的聲音來表示。語言間的差別和不同語言的存在就是證明：「牛」這個所指的能指在國界的一邊是b-ö-f（bœuf），另一邊卻是。o-k-s(Ochs)②。

符號的任意性原則沒有人反對。但是發現眞理往往比爲這眞理派定一個適當的地位來得容易。上面所說的這個原則支配著整個語言的語言學，它的後果是不勝枚舉的。誠然，這些後果不是一下子就能看得同樣清楚的；人們經過許多周折才發現它們，同時也發現了這個原則是頭等重要的。

順便指出：等到符號學將來建立起來的時候，它將會提出這樣一個問題：那些以完全自然的符號爲基礎的表達方式——例如默劇——是否屬於它的管轄範圍③。假定它接納這些自然的符號，它的主要對象仍然是以符號任意性爲基礎的全體系統。事實上，一個社會所接受的任何表達手段，原則上都是以集體習慣，或者同樣可以說，以約定俗成爲基礎的。例如那些往往帶有某種自然表情的禮節符號（試想一想漢人從前用三跪九叩拜見他們的皇帝）也仍然是依照一種規矩給定下來的。強制使用禮節符號的正是這種規矩，而不是符號的內在價值。所以我們可以說，完全

② 法語管「牛」叫bœuf [bœf]，德語管「牛」叫Ochs[ɔks]。——校注

③ 這裡暗指馮德（Wundt）認為語言的聲音表情動作出於自然的默劇運動，參看他所著的《民族心理學》第一編《語言》。——校注

任意的符號比其他符號更能實現符號方式的理想；這就是爲什麼語言這種最複雜、最廣泛的表達系統，同時也是最富有特點的表達系統。正是在這個意義上，語言學可以成爲整個符號學中的典範，儘管語言也不過是一種特殊的系統。

曾有人用**象徵**一詞來指語言符號，或者更確切地說，來指我們叫做能指的東西④。我們不便接受這個詞，恰恰就是由於我們的第一個原則。象徵的特點是：它永遠不是完全任意的；它不是空洞的；它在能指和所指之間有一點自然聯繫的根基。象徵法律的天平就不能隨便用什麼東西，例如一輛車，來代替。

任意性這個詞還要加上一個注解。它不應該使人想起能指完全取決於說話者的自由選擇（我們在下面將可以看到，一個符號在語言集體中確立後，個人是不能對它有任何改變的）。我們的意思是說，它是**不可論證的**，即對現實中跟它沒有任何自然聯繫的所指來說是任意的。

最後，我們想指出，對這第一個原則的建立可能有兩種反對意見：

1. 人們可能以**擬聲詞**爲依據認爲能指的選擇並不都是任意的。但擬聲詞從來不是

---

④ 這裡特別是指德國哲學家卡西勒爾（Cassirer）在《象徵形式的哲學》中的觀點。他把象徵也看作一種符號，忽視了符號的特徵。德·索緒爾認為象徵和符號有明顯的差別。——校注

語言系統的有機成分，而且它們的數量比人們所設想的少得多。有些詞，例如法語的fouet「鞭子」或glas「喪鐘」可能以一種富有暗示的音響刺激某些人的耳朵；但是如果我們追溯到它們的拉丁語形式（fouet來自fāgus「山毛櫸」，glas來自classicum「一種喇叭的聲音」）⑤，就足以看出它們原來並沒有這種特徵。它們當前的聲音性質，或者毋寧說，人們賦予它們的性質，其實是語音演變的一種偶然的結果。

至於眞正的擬聲詞（像glou-glou「火雞的叫聲或液體由瓶口流出的聲音」，tic-tac「滴答」等等），不僅爲數甚少，而且它們的選擇在某種程度上已經就是任意的，因爲它們只是某些聲音的近似的、而且有一半已經是約定俗成的模仿（試比較法語的ouaoua和德語的wauwau「汪汪」（狗吠聲））。此外，它們一旦被引進語言，就或多或少要捲入其他的詞所經受的語音演變，形態演變等等的漩渦（試比較pigeon「鴿子」、來自民間拉丁語的pipiō，後者是由一個擬聲詞

⑤ 現代法語的fouet「鞭子」是古代法語fou的指小詞，後者來自拉丁語的fāgus「山毛櫸」；glas「喪鐘」來自民間拉丁語的classum，古典拉丁語的classicum「一種喇叭的聲音」，c在l之前變成了濁音。——校注

派生的）：這顯然可以證明，它們已經喪失了它們原有的某些特性，披上了一般語言符號的不可論證的特徵。

2. 感嘆詞很接近於擬聲詞，也會引起同樣的反對意見，但是對於我們的論斷並不更爲危險。有人想把感嘆詞看作據說是出乎自然的對現實的自發表達。但是對其中的大多數人來說，我們可以否認在所指和能指之間有必然的聯繫。在這一方面，我們試把兩種語言比較一下，就足以看到這些表達是多麼彼此不同（例如德語的au!「唉！」和法語的aïe!相當）。此外，我們知道，有許多感嘆詞起初都是一些有確定意義的詞【試比較法語的diable!（鬼）=「見鬼！」mordieu!「天哪！」=mort Dieu「上帝的死」，等等】。

總而言之，擬聲詞和感嘆詞都是次要的，認爲它們源出於象徵，有一部分是可以爭論的。

三、第二個原則：能指的線條特徵

能指屬聽覺性質，只在時間上展開，而且具有借自時間的特徵：(1)它體現一個長度；(2)這長度只能在一個向度上測定：它是一條線。

這個原則是顯而易見的，但似乎常爲人所忽略，無疑是因爲大家覺得太簡單了。然而這是一個基本原則，它的後果是數之不盡的；它的重要性與第一條規律不相上下。語言的整個機構都取決於它（參看第二一八頁）。它跟視覺的能指（航海信號等等）相反：視覺的能指可以在幾個向度上同時迸發，而聽覺的能指卻只有時間上的一條線；它的要素相繼出現，構成一個鏈條。我們只要用文字把它們表示出來，用書寫符號的空間線條代替時間上的前後相繼，這個特徵就馬上可以看到。

在某些情況下，這表現得不很清楚。例如我用重音發出一個音節，那似乎是把不止一個有意義的要素結集在同一點上。但這只是一種錯覺。音節和它的重音只構成一個發音行爲，在這行爲內部並沒有什麼二重性，而只有和相鄰要素的各種對立（關於這一點，參看第二三二頁）。

第二章　符號的不變性和可變性

一、不變性

能指對它所表示的觀念來說，看來是自由選擇的，相反，對使用它的語言社會來說，卻不是自由的，而是強制的。語言並不同社會大眾商量，它所選擇的能指不能用另外一個來代替。這一事實似乎包含著一種矛盾，我們可以通俗地叫做「強制的牌」①。人們對語言說：「您選擇吧！」但是隨即加上一句：「您必須選擇這個符號，不能選擇別的。」已經選定的東西，不但個人即使想改變也不能絲毫有所改變，就是大眾也不能對任何一個詞行使它的主權；不管語言是什麼樣子，大眾都得同它捆綁在一起。

因此語言不能同單純的契約相提並論；正是在這一方面，語言符號研究起來特

① 「強制的牌」（la carte forcée）是變戲法的人使用的一種障眼術：他在洗牌的時候私下把一張牌夾在一副紙牌裡讓人家挑選，但是說，「你必須選擇這張牌，不能選擇別的。」——校注

別有趣；因爲如果我們想要證明一個集體所承認的法律是人們必須服從的東西，而不是一種可以隨便同意或不同意的規則，那麼語言就是最明顯的證據。

所以首先讓我們來看看語言符號怎樣不受意志的管束，然後引出這種現象所產生的嚴重後果。

在任何時代，哪怕追溯到最古的時代，語言看來都是前一時代的遺產。人們什麼時候把名稱分派給事物，就在概念和音響形象之間訂立了一種契約——這種行爲是可以設想的，但是從來沒有得到證實。我們對符號的任意性有一種非常敏銳的感覺，這使我們想到事情可能是這樣。

事實上任何社會，現在或過去，都只知道語言是從前代繼承來的產物而照樣加以接受。因此，語言起源的問題並不像人們一般認爲的那麼重要。它甚至不是一個值得提出的問題[②]。語言學的唯一的眞正的對像是一種已經構成的語言的正常的、有規律的生命。一定的語言狀態始終是歷史因素的產物。正是這些因素可以解釋符

② 語言起源的問題是十八世紀歐洲各派學者最喜歡討論的問題，從十九世紀起，許多語言學家由於一種實證主義精神的激發，往往拒絕討論這個問題，尤以法國語言學家表現得最為突出。德·索緒爾正是在這種精神的影響下提出這個問題的。——校注

號爲什麼是不變的，即拒絕一切任意的代替。

但是僅僅說語言是一種遺產，如果不更進一步進行考察，那麼問題也解釋不了。我們不是隨時可以改變一些現存的和繼承下來的法律嗎？

這種反駁使我們不能不把語言放到它的社會環境裡去考察，並像對待其他社會制度一樣去提出問題。其他社會制度是怎樣流傳下來的呢？這是一個包含著不變性問題的更一般的問題。我們首先必須評定其他制度所享受的或大或小的自由；可以看到，對其中任何一種來說，在強制的傳統和社會的自由行動之間各有一種不同的平衡。其次，我們要探究，在某類制度裡，爲什麼頭一類因素會比另一類因素強些或弱些。最後再回到語言，我們不僅要問爲什麼累代相傳的歷史因素完全支配著語言，排除任何一般的和突如其來的變化。

爲了回答這個問題，我們可以提出許多論據。比方說語言的變化同世代的交替沒有聯繫③，因爲世代並不像家具的抽屜那樣一層疊著一層，而是互相混雜，互相

③ 十九世紀八十年代，歐洲有些語言學家如洛伊德（Lloyd）和皮平（Pipping）等認為語音的自發變化是由兒童和成年人發同一個音有差別引起的。德·索緒爾在這裡不同意他們的這種「世代理論」。——校注

滲透，而且每一世代都包含著各種年齡的人。我們也可以考慮一下一個人學會自己的母語需要花多大的力氣，從而斷定全面的變化是不可能的。此外，我們還可以再加上一句：語言的實踐不需要深思熟慮，說話者在很大程度上並不意識到語言的規律，他們既不知道，又怎能改變呢？即使意識到，我們也不應該忘記，語言事實差不多不致引起批評，因爲任何民族一般都滿意於它所接受的語言。

這些考慮很重要，但不切題。我們在下面將提出一些更主要、更直接的考慮，其他一切考慮都取決於它們：

1. **符號的任意性**。在上面，符號的任意性使我們不能不承認語言的變化在理論上是可能的；深入一步，我們卻可以看到，符號在任意性本身實際上使語言避開一切旨在使它發生變化的嘗試。大眾即使比實際上更加自覺，也不知道怎樣去討論。因爲要討論一件事情，必須以合理的規範爲基礎。例如我們可以辯論一夫一妻制的婚姻形式是否比一夫多妻制的形式更爲合理，並提出贊成這種或那種形式的理由。我們也可以討論象徵系統，因爲象徵同它所指的事物之間有一種合理的關係（參看第一三二頁）。但是對語言——任意的符號系統——來說，卻缺少這種基礎，因此也就沒有任何進行討論的牢固的基地。爲什麼要用

sœur而不用sister，用Ochs而不用bœuf④等等，那是沒有什麼道理可說的。

2. 構成任何語言都必須有大量的符號。這一事實的涉及面很寬。一個文字體系只有二十至四十個字母，必要時可以用另一個體系來代替。如果語言只有爲數有限的要素，情況也是這樣；但語言的符號卻是數不勝數的。

3. 系統的性質太複雜。一種語言就構成一個系統。我們將可以看到，在這一方面，語言不是完全任意的，而且裡面有相對的道理，同時，也正是在這一點上表現出大眾不能改變語言。因爲這個系統是一種很複雜的機構，人們要經過深切思考才能掌握，甚至每天使用語言的人對它也很茫然。人們要經過專家、語法學家、邏輯學家等等的參與才能對某一變化有所理解；但是經驗表明，直到現在，這種性質的參與並沒有獲得成功。

4. 集體惰性對一切語言創新的抗拒。這點超出了其他的任何考慮。語言無論什麼時候都是每個人的事情；它流行於大眾之中，爲大眾所運用，所有的人整天都在使用著它。在這一點上，我們沒法把它跟其他制度作任何比較。法典的條

④ Sœur是法語的詞，sister是英語的詞，都是「姊妹」的意思；Ochs是德語的詞，bœuf是法語的詞，都是「牛」的意思。——校注

款，宗教的儀式，以及航海信號等等，在一定的時間內，每次只跟一定數目的人打交道，相反，語言卻是每個人每時都在裡面參與其事的，因此它不停地受到大夥兒的影響。這一首要事實已足以說明要對它進行革命是不可能的。在一切社會制度中，語言是最不適宜於創制的。它同社會大眾的生活結成一體，而後者在本質上是惰性的，看來首先就是一種保守的因素。

然而，說語言是社會力量的產物不足以使人看清它不是自由的。回想語言始終是前一時代的遺產，我們還得補充一句：這些社會力量是因時間而起作用的。語言之所以有穩固的性質，不僅是因爲它被綁在集體的鎮石上，而且因爲它是處在時間之中。這兩件事是分不開的。無論什麼時候，跟過去有連帶關係就會對選擇的自由有所妨礙。我們現在說homme「人」和chien「狗」，因爲在我們之前人們就已經說homme和chien。這並不妨礙在整個現象中兩個互相抵觸的因素之間有一種聯繫：一個是使選擇得以自由的任意的約定俗成，另一個是使選擇成爲固定的時間。因爲符號是任意的，所以它除了傳統的規律之外不知道有別的規律；因爲它是建立在傳統的基礎上的，所以它可能是任意的。

二、可變性

時間保證語言的連續性，同時又有一個從表面看來好像是跟前一個相矛盾的效果，就是使語言符號或快或慢發生變化的效果；因此，在某種意義上，我們可以同時說到符號的不變性和可變性⑤。

最後分析起來，這兩件事是有連帶關係的：符號正因爲是連續的，所以總是處在變化的狀態中。在整個變化中，總是舊有材料的保持占優勢；對過去不忠實只是相對的。所以，變化的原則是建立在連續性原則的基礎上的。

時間上的變化有各種不同的形式，每一種變化都可以寫成語言學中很重要的一章。我們不作詳細討論，這裡只說明其中幾點重要的。

首先，我們不要誤解這裡所說的變化這個詞的意義。它可能使人認爲，那是特別指能指所受到的語音變化，或者所指的概念在意義上的變化。這種看法是不充分

⑤ 責備德・索緒爾認為語言有兩種互相矛盾的性質不合邏輯或似是而非，那是錯誤的。他只是想用兩個引人注目的術語的對立著重表明這個真理：語言發生變化，但是說話者不能使它發生變化。我們也可以說，語言是不可觸動的，但不是不能改變的。——原編者注

的。不管變化的因素是什麼，孤立的還是結合的，結果都會導致**所指和能指關係的轉移**。

試舉幾個例子。拉丁語的necāre原是「殺死」的意思，在法語變成了noyer「溺死」，它的意義是大家都知道的。音響形象和概念都起了變化。但是我們無需把這現象的兩個部分區別開來，只從總的方面看到觀念和符號的聯繫已經鬆懈，它們的關係有了轉移也就夠了[6]。如果我們不把古典拉丁語的necāre跟法語的noyer比較，而把它跟四世紀或五世紀民間拉丁語帶有「溺死」意義的necare對比，那麼，情況就有點不同。可是就在這裡，儘管能指方面沒有什麼顯著的變化，但觀念和符號的關係已有了轉移[7]。

古代德語的dritteil「三分之一」變成了現代德語的Drittel。在這裡，雖然概

---

⑥在十九世紀末和二十世紀初，許多語言學家和心理學家，如德國的保羅和馮德，常把語言變化分為語音變化和意義變化兩部分，並把它們對立起來。德．索緒爾在這裡認為應該把這兩部分結合起來，考慮它們之間的關係。——校注

⑦德．索緒爾在這期講課裡（一九一一年五月至七月），常把「觀念」和「符號」以及「所指」和「能指」這些術語交替運用，不加區別。——校注

念還是一樣，關係卻起了兩種變化：能指不只在它的物質方面有了改變，而且在它的語法形式方面也起了變化；它已不再含有Teil「部分」的觀念，變成了一個單純詞。不管是哪種變化，都是一種關係的轉移。

在盎格魯·撒克遜語裡，文學語言以前的形式fōt「腳」還是fōt（現代英語foot），而它的複數*fōti變成了fēt（現代英語feet）。不管那是什麼樣的變化，有一件事是確定的：關係有了轉移。語言材料和觀念之間出現了另一種對應。

語言根本無力抵抗那些隨時促使所指和能指的關係發生轉移的因素。這就是符號任意性的後果之一。

別的人文制度——習慣、法律等等——在不同的程度上都是以事物的自然關係爲基礎的；它們在所採用的手段和所追求的目的之間有一種必不可少的適應。甚至服裝的時式也不是完全任意的：人們不能過分離開身材所規定的條件。相反，語言在選擇它的手段方面卻不受任何的限制，因爲我們看不出有什麼東西會妨礙我們把任何一個觀念和任何一連串聲音聯結起來。

爲了使人感到語言是一種純粹的制度，輝特尼曾很正確地強調符號有任意的性質，從而把語言學置於它的眞正的軸線上⑧。但是他沒有貫徹到底，沒有看到這種任意的性質把語言同其他一切制度從根本上分開。關於這點，我們試看看語言怎麼發展就能一目了然。情況是最複雜不過的：一方面，語言處在大眾之中，同時又處在時間之中，誰也不能對它有任何的改變；另一方面，語言符號的任意性在理論上又使人們在聲音材料和觀念之間有建立任何關係的自由。結果是，結合在符號中的這兩個要素以絕無僅有的程度各自保持著自己的生命，而語言也就在一切可能達到它的聲音或意義的動原的影響下變化著，或者毋寧說，發展著。這種發展是逃避不了的；我們找不到任何語言抗拒發展的例子。過了一定時間，我們常可以看到它已有了明顯的轉移。

情況確實如此，這個原則甚至在人造語方面也可以得到驗證。人造語只要還沒有流行開，創制者還能把它控制在手裡；但是一旦它要完成它的使命，成爲每個人的東西，那就沒法控制了。世界語就是一種這樣的嘗試⑨；假如它獲得成功，它能

---

⑧ 輝特尼的這一觀點，見於他所著的《語言的生命和成長》。——校注

⑨ 世界語（Esperanto）是波蘭眼科醫生柴門霍夫（Zamenhof）於一八八七年創制的一種人造語，只有二十八個字母，十六條語法規則，詞根百分之七十五出自拉丁語，其餘的出自日耳曼語和斯拉

逃避這種注定的規律嗎？過了頭一段時期，這種語言很可能進入它的符號的生命，按照一些與經過深思熟慮創制出來的規律毫無共同之處的規律流傳下去，再也拉不回來。想要制成一種不變的語言，讓後代照原樣接受過去的人，好像孵鴨蛋的母雞一樣：他所創制的語言，不管他願意不願意，終將被那席捲一切語言的潮流沖走。

符號在時間上的連續性與在時間上的變化相連，這就是普通符號學的一個原則；我們在文字的體系，聾啞人的言語活動等等中都可以得到驗證。

但是變化的必然性是以什麼爲基礎的呢？人們也許會責備我們在這一點上沒有說得像不變性的原則那麼清楚。這是因爲我們沒有把變化的各種因素區別開來；只有考察了多種多樣的因素，才能知道它們在什麼程度上是必然的。

連續性的原因是觀察者先驗地看得到的，而語言隨著時間起變化的原因卻不是

夫語，簡單易學。這種語言自問世後曾引起許多語言學家的討論。新語法學派奧斯特霍夫和勃魯格曼於一八七六年曾撰《人造世界語批判》一書，對一般人造語持極端懷疑的態度。德・索緒爾在這裡對世界語的評價，大致採取了其中的觀點。但是擁護世界語的人，如波蘭的博杜恩・德・庫爾特內和法國的梅耶等，卻認為這種人造語只是一種國際輔助語，不能代替自然語言，不必考慮它會發生什麼樣的變化。——校注

這樣。我們不如暫時放棄對它作出確切的論述，而只限於一般地談談關係的轉移。時間可以改變一切，我們沒有理由認爲語言會逃脫這一普遍的規律。

我們現在參照緒論中所確立的原則，把上面陳述的各個要點總括一下。

1. 我們避免下徒勞無益的詞的定義，首先在言語活動所代表的整個現象中分出兩個因素：語言和言語。在我們看來，語言就是言語活動減去言語。它是使一個人能夠了解和被人了解的全部語言習慣。

2. 但是這個定義還是把語言留在它的社會現實性之外，使語言成了一種非現實的東西，因爲它只包括現實性的一個方面，即個人的方面。要有語言，必須有說話的大眾。在任何時候，同表面看來相反，語言都不能離開社會事實而存在，因爲它是一種符號現象。它的社會性質就是它的內在的特性之一。要給語言下一個完備的定義，必須正視兩樣分不開的東西，如下圖所示：

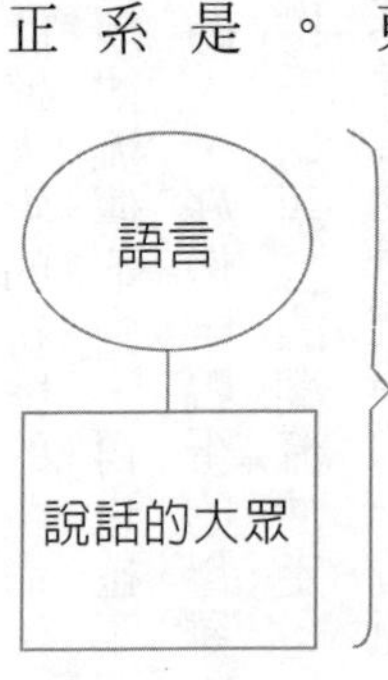

但是到了這一步，語言只是能活的東西，還不是活著的東西；我們只考慮了社會的現實性，而沒有考慮歷史事實。

3. 語言符號既然是任意的，這樣下定義的語言看來就好像是一個單純取決於理性原則的，自然而可以隨意組織的系統。語言的社會性質，就其本身來說，並不與這種看法正現抵觸。誠然，集體心理並不依靠純粹邏輯的材料進行活動，我們必須考慮到人與人的實際關係中使理性屈服的一切因素。然而我們之所以不能把語言看作一種簡單的、可以由當事人隨意改變的規約，並不是因爲這一點，而是同社會力量的作用結合在一起的時間的作用。離開了時間，語言現實性就不完備，任何結論都無法作出。

要是單從時間方面考慮語言，沒有說話的大眾——假設有一個人孤零零地活上幾個世紀——那麼我們也許看不到有什麼變化；時間會對它不起作用。反過來，要是只考慮說話的大眾，沒有時間，我們就將看不見社會力量對語言發生作用的效果。所以，要符合實際，我們必須在上頁圖中添上一個標明時間進程的符號：（見圖1）

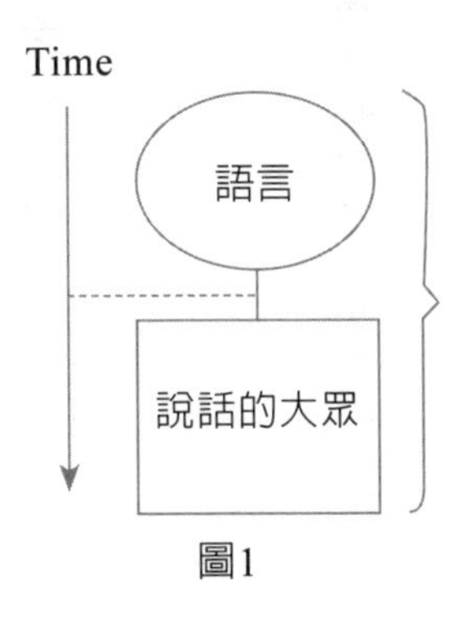

圖1

這樣一來，語言就不是自由的了，因爲時間將使對語言起作用的社會力量可能發揮效力，而我們就達到了那把自由取消的連續性原則。但連續性必然隱含著變化，隱含著關係的不同程度的轉移。

第三章 靜態語言學和演化語言學

一、一切研究價值的科學的內在二重性

很少語言學家懷疑時間因素的干預會給語言學造成特別的困難，使他們的科學面臨著兩條完全不同的道路。

別的科學大多數不知道有這種根本的二重性，時間在這些科學裡不會產生特殊的效果。天文學發現星球經歷過很大的變化，但並沒有因此一定要分成兩個學科。地質學差不多經常談到連續性，但是當它探討地層的固定狀態的時候，後者並沒有成爲一個根本不同的研究對象。我們有一門描寫的法律學和一門法律史，誰也沒有把它們對立起來。各國的政治史完全是在時間上展開的，但是如果一個歷史學家描繪某個時代的情況，人們並沒有認爲他已離開了歷史的印象。反過來，關於政治制度的科學主要是描寫的，但是遇到必要的時候也大可以討論歷史的問題而不致擾亂它的統一性。

相反，我們所說的二重性卻專橫地強加於經濟學上面。在這裡，同上述情況相反，政治經濟學和經濟史在同一門科學裡構成了兩個劃分得很清楚的學科；最

近出版的有關著作都特別強調這種區分。從事這種研究的人常常不很自覺地服從於一種內部的需要①。同樣的需要迫使我們把語言學也分成兩部分，每部分各有它自己的原則。在這裡，正如在政治經濟學裡一樣，人們都面臨著**價值**這個概念。那在這兩種科學裡都是涉及**不同類事物間的等價系統**，不過一種是勞動和工資，一種是所指和能指。

確實，任何科學如能更仔細地標明它的研究對象所處的軸線，都會是很有益處的。不管在什麼地方都應該依照圖1分出：(1)**同時軸線**（AB），它涉及同時存在的事物間的關係，一切時間的干預都要從這裡排除出去；(2)**連續軸線**（CD），在這軸線上，人們一次只能考慮一樣事物，但是第一軸線的一切事物及其變化都位於這條軸線上。

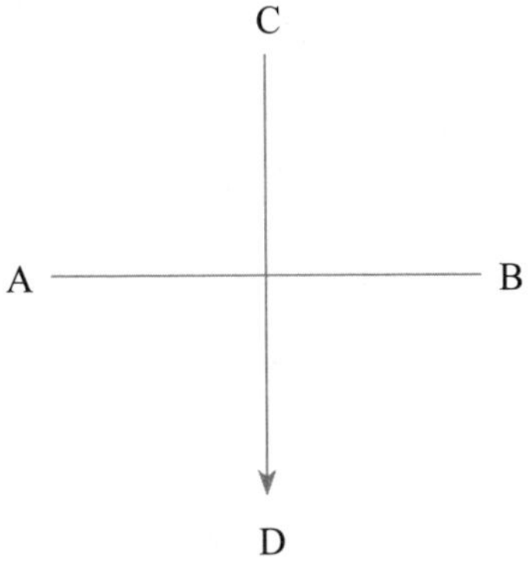

C

A　　　　B

D

圖1

① 在經濟學方面，德·索緒爾受到以華爾拉斯（Walras）等人為代表的瑞士正統經濟學派的影響比較深，從中吸取了一些觀點，用來闡明他的語言理論。——校注

對研究價值的科學來說，這種區分已成了實際的需要，在某些情況下並且成了絕對的需要。在這樣的領域裡，我們可以向學者們提出警告，如果不考慮這兩條軸線，不把從本身考慮的價值的系統和從時間考慮的這同一些價值區別開來，就無法嚴密組織他們的研究。

語言學家特別要注意到這種區別；因爲語言是一個純粹的價值系統，除它的各項要素的暫時狀態以外並不決定於任何東西。只要價值有一個方面扎根於事物和事物的自然關係（在經濟學裡，情況就是這樣。例如地產的價值和它的產量成正比），我們就可以從時間上追溯這價值一定的地步，不過要隨時記住它在任何時候都要取決於同時代的價值系統。它和事物的聯繫無論如何會給它提供一個自然的基礎，由此對它作出的估價絕不會是完全任意的，其中的出入是有限度的。但是正如我們剛才所看到的，在語言學裡，自然的資料沒有什麼地位。

不但如此，價值系統越是複雜，組織得越是嚴密，正因爲它的複雜性，我們越有必要按照兩條軸線順次加以研究。任何系統都不具備這種可與語言相比的特點，任何地方都找不到這樣準確地起作用的價值，這樣眾多、紛繁、嚴密地互相依存的要素。我們在解釋語言的連續性時提到的符號的眾多，使我們絕對沒有辦法同時研究它們在時間上的關係和系統中的關係。

所以我們要分出兩種語言學。把它們叫做什麼呢？現有的術語並不都同樣適宜於表明這種區別。例如歷史和「歷史語言學」就不能採用，因爲它們提示的觀念過於含糊。正如政治史既包括各個時代的描寫，又包括事件的敘述一樣，描寫語言的一個接一個的狀態還不能設想爲沿著時間的軸線在研究語言，要做到這一點，還應該研究使語言從一個狀態過渡到另一個狀態的現象。**演化**和**演化語言學**這兩個術語比較確切，我們以後要常常使用；與它相對的可以叫做**語言狀態**的科學或者**靜態語言學**。

但是爲了更好地表明有關同一對象的兩大秩序的現象的對立和交叉，我們不如叫做**共時**語言學和**歷時**語言學。有關語言學的靜態方面的一切都是共時的，有關演化的一切都是歷時的。同樣，共時態和歷時態分別指語言的狀態和演化的階段。

二、內在二重性和語言學史

我們研究語言事實的時候，第一件引人注目的事是，對說話者來說，它們在時間上的連續是不存在的。擺在他面前的是一種狀態。所以語言學家要了解這種狀態，必須把產生這狀態的一切置之度外，不管歷時態。他要排除過去，才能深入到說話者的意識中去。歷史的干預只能使他的判斷發生錯誤。要描繪阿爾卑斯山的全景，卻同時從汝拉山的幾個山峰上去攝取，那是荒謬絕倫的②；全景只能從某一點去攝取。語言也是這樣：我們要集中在某一個狀態才能把它加以描寫或確定使用的規範。要是語言學家老是跟著語言的演化轉，那就好像一個遊客從汝拉山的這一端跑到那一端去記錄景致的移動。

自有近代語言學以來，我們可以說，它全神灌注在歷時態方面。印歐語比較語法利用掌握的資料去構擬前代語言的模型；比較對它來說只是重建過去的一種手段。對各語族（羅曼語族、日耳曼語族等等）所作的專門研究，也使用同樣的方法；狀態的穿插只是片段的、極不完備的。這是葆樸所開創的路子；他對語言的理解是混雜的、猶豫不定的。

另一方面，在語言研究建立以前，那些研究語言的人，即受傳統方法鼓舞的「語法學家」，是怎樣進行研究的呢？看來奇怪，在我們所研究的問題上面，他們的觀點是絕對無可非議的。他們的工作顯然表明他們想要描寫狀態，他們的綱領

② 阿爾卑斯山在義大利北部，是歐洲一座最高的山。汝拉山在法國和瑞士交界處，與阿爾卑斯山遙遙相對。——校注

是嚴格地共時的。例如波爾・洛瓦雅耳語法③試圖描寫路易十四時代法語的狀態，並確定它的價值。它不因此需要中世紀的語言；它忠實地遵循著橫軸線（參看第一五一頁），從來沒有背離過。所以這種方法是正確的。但並不意味著它對方法的應用是完備的。傳統語法對語言的有些部分，例如構詞法，毫無所知；它是規範性的，認爲應該制定規則，而不是確認事實；它缺乏整體的觀點；往往甚至不曉得區別書寫的詞和口說的詞，如此等等。

曾有人責備古典語法不科學④，但是它的基礎比之葆樸所開創的語言學並不那麼該受批評，它的對象更爲明確。後者的界限模糊，沒有確定的目標，它跨著兩個領域，因爲分不清狀態和連續性。

語言學在給歷史許下了過大的地位之後，將回過頭來轉向傳統語法的靜態觀

---

③ 波爾・洛瓦雅耳（Port-Royal）是法國的一所修道院，原是「王港」的意思，建立於一二〇四年。一六六四年，該院佐理阿爾諾（A. Arnaud）和蘭斯洛（Lancelot）合編一本語法，叫做「唯理普遍語法」，完全以邏輯為基礎，試圖描寫路易十四時代法語的狀態。——校注

④ 這是指的新語法學派的看法。他們認為十九世紀以前的語法是不科學的，只有從歷史方面研究語法才是合乎科學原理的。——校注

點。但是這一次卻是帶著新的精神和新的方法回來的。歷史方法將作出貢獻，使它青春煥發。正是歷史方法的反戈一擊將使人更好地了解語言的狀態。古代語法只看到共時事實，語言學已揭露了一類嶄新的現象。但這是不夠的，我們應該使人感到這兩類事實的對立，從而引出一切可能的結果。

三、內在二重性例證

這兩種觀點——共時觀點和歷時觀點——的對立是絕對的，不容許有任何妥協。我們可以舉一些事實來表明這種區別是在什麼地方，為什麼它是不能縮減的。

拉丁語的crispus「波狀的、捲縐的」給法語提供了一個詞根crép-，由此產生出動詞crépir「塗上灰泥」和décrépir「除去灰泥」。另一方面，在某一個時期，人們又向拉丁語借了dēcrepitus「衰老」一詞，詞源不明，並把它變成了décrépit。確實，今天說話者大眾在un mur *décrépi*「一堵灰泥剝落的牆」和un homme *décrépit*「一個衰老的人」之間建立了一種關係，儘管在歷史上這兩個詞彼此毫不相干：人們現在往往說la façade *décrépite* d'une maison「一所房子的破舊的門面」。這就是一個靜態的事實，因為它涉及語言裡兩個同時存在的要素間的關係。這種事實之所以能夠產生，必須有某些演化現象同時迸發：crisp-的發音變成了crép-⑤，而在某個時期，人們又向拉丁語借來了一個新詞。這些歷時事實——我們可以看得很清楚——同它們所產生的靜態事實並沒有任何關係；它們是不同秩序的事實。

再舉一個牽涉面很廣的例子。古高德語gast「客人」的複數起初是gasti、hant「手」的複數是hanti，等等，等等。其後，這個i產生了變音（umlaut），使前一音節的a變成了e，如gasti→gesti、hanti→henti。然後，這個i失去了它的音色，因此gesti→geste等等。結果，我們今天就有了Gast:Gäste、Hand:Hände和一整類單複數之間具有同一差別的詞。在盎格魯・撒克遜語裡也曾產生差不多相同的事實：起初是fōt「腳」，複數*fōti；tōþ「牙齒」，複數*tōþi；gōs「鵝」，複數*gōsi等等。後來由於第一次語音變化，即「變音」的變化，*fōti變成了*fēti；由於第二次語音變化，詞末的i脫落了，*fēti又變成了fēt。從此以後，fōt的複數是fēt、tōþ的複數是tēþ、gōs的複數是gēs（即現代英語的foot:feet、tooth:teeth、

⑤ 法語的詞根crép-，在古代法語為cresp-，來自民間拉丁語的crespu，古典拉丁語的crispus。到八世紀，古代法語的cresp-由於s在輔音之前脫落，變成了現代法語的crép-。——校注

goose:geese）。

從前，當人們說gast:gasti，fōt:fōti的時候，只簡單地加一個i來表示複數；Gast:Gäste和fōt:fēt表明已有了一個新的機構表示複數。這個機構在兩種情況下是不同的：古英語只有元音的對立，德語還有詞末-e的有無；但這種差別在這裡是不重要的。

單複數的關係，不管它的形式怎樣，在每個時期都可以用一條橫軸線表示如圖2：

相反，不管是什麼事實，凡引起由一個形式過渡到另一個形式的，都可以置於一條縱軸線上面，全圖如圖3：

我們的範例可以提示許多與我們的主題直接有關的思考：

1.這些歷時事實的目標絕不是要用另外一個符號來表示某一個價值：gasti變成了gesti、geste(Gäste)，看來跟名詞的複數沒有什麼關係；在tragit→trägt「挑運」裡，同樣的「變音」牽涉到動詞的屈折形式，如此等等。所以，歷時事實是一個有它自己的存在理由的事件；由它可能產生什麼樣特殊

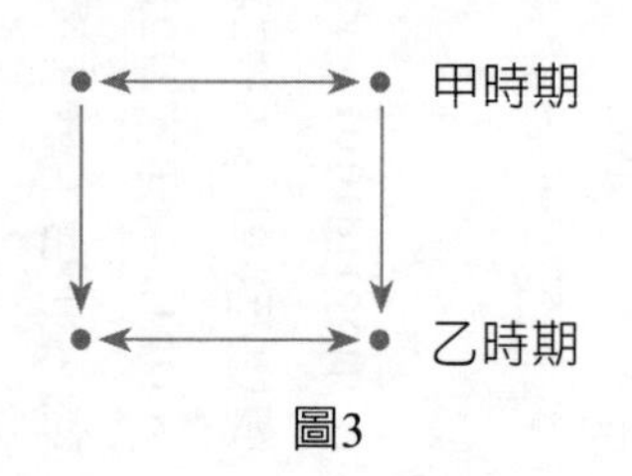

圖3

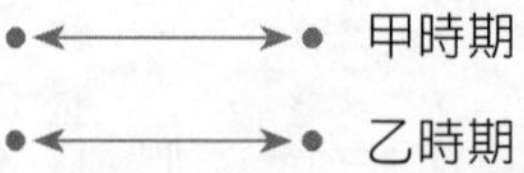

甲時期
乙時期

圖2

的共時後果，那是跟它完全沒有關係的。

2. 這些歷時事實甚至沒有改變系統的傾向。人們並不願意由一種關係系統過渡到另一種關係系統；變化不會影響到安排，而只影響到被安排的各個要素。我們在這裡又碰上了一條已經說過的原則：系統從來不是直接改變的，它本身不變，改變的只是某些要素，不管它們跟整體的連帶關係怎樣。情況有點像繞太陽運行的行星改變了體積和重量：這一孤立的事實將會引起普遍的後果，而且會改變整個太陽系的平衡。要表示複數，必須有兩項要素的對立：或是fōt:*fōti，或是fōt:fēt；兩種方式都是可能的，但是人們可以說未加觸動就從一個方式過渡到另一個方式。變動的不是整體，也不是一個系統產生了另一個系統，而是頭一個系統的一個要素改變了，而這就足以產生出另一個系統。

3. 這一觀察可以使我們更好地理解一個狀態總帶有**偶然**的性質。同我們不自覺地形成的錯誤看法相反，語言不是爲了表達概念而創造和裝配起來的機構。相反，我們可以看到，變化出來的狀態並不是注定了要表達它所包含的意思的。等到出現了一個偶然的狀態：fōt:fēt，人們就緊抓住它，使它負擔起單複數的區別；爲了表示這種區別，fōt:fēt並不就比fōt:*fōti更好些。不管是哪一種狀態，都在一定的物質裡注入了生機，使它變成了有生命的東西。這種看法是歷史語言學提示給我們的，是傳統語法所不知道的，而且也是用它自己的方法永遠得不到的。大多數的語言哲學家對這一點也同樣毫無所知，可是從哲學的觀點看，這是最重要不過的⑥。

4. 歷時系列的事實是否至少跟共時系列的事實屬於同一秩序呢？絕不，因爲我們已經確定，變化是在一切意圖之外發生的。相反，共時態的事實總是有意義的，它總要求助於兩項同時的要素；表達複數的不是Gäste，而是Gast:Gäste的對立。在歷時事實中，情況恰好相反：它只涉及一項要素；一個新的形式（Gäste）出現，舊的形式（gasti）必須給它讓位。

所以，要把這樣一些不調和的事實結合在一門學科裡將是一種空想。在歷時的展望裡，人們所要處理的是一些跟系統毫不相干的現象，儘管這些現象制約著系統。

現在再舉一些例子來證明和補充由前一些例子中所得出的結論。

---

⑥ 德·索緒爾在這裡完全採用了洪葆德（W. von Humboldt）在《論人類語言結構的差異及其對於人類精神發展的影響》一書中反對唯理語法所提出的論點。所謂傳統語法就是指唯理語法和十七世紀以前的語法；所謂大多數的語言哲學家就是指洪葆德以外的語言學家。——校注

法語的重音總是落在最後的一個音節上的，除非這最後一個音節有個啞e(ə)。這就是一個共時事實，法語全部的詞和重音的關係。它是從哪裡來的呢？從以前的狀態來的。拉丁語有一個不同的、比較複雜的重音系統：如果倒數第二個音節是一個長音節，那麼，重音就落在這個音節上面；如果是短音節，重音就轉移到倒數第三個音節（試比較amícus「朋友」、ánima「靈魂」）。這個規律引起的關係跟法語的規律毫無類似之處。重音，從它留在原處這個意義上看，當然還是同一個重音；它在法語的詞裡總是落在原先拉丁語帶重音的音節上：amícum→ami、ánimam→âme，然而，兩個公式在兩個時期是不同的，因爲詞的形式已經變了。我們知道，所有在重音後面的，不是消失了，就是弱化成了啞e。經過這種變化之後，重音的位置從總體方面看，已經不一樣了。從此以後，說話者意識到這種新的關係，就本能地把重音放在最後一個音節，甚至在通過文字借來的借詞裡（facile「容易」，consul「領事」，ticket「票」，burgrave「城關」）也是這樣。很顯然，人們並不想改變系統，採用一個新的公式，因爲在amícum→ami這樣的詞裡，重音總還是停留在同一個音節上面；但是這裡已插入了一個歷時的事實：重音的位置雖然沒有受到觸動，卻已經改變了。重音的規律，正如與語言系統有關的事實一樣，都是各項要素的一種安排，來自演化的偶然的，不由自主的結果。

再舉一個更引人注目的例子。古斯拉夫語的slovo「詞」，工具格單數是slovemь，主格複數是slova，屬格複數是slovъ等等，在變格裡，每個格都有它的詞尾。但是到了今天，斯拉夫語代表印歐語ĭ和ŭ的「弱」元音ь和ъ已經消失，由此變成了例如捷克語的slovo、slovem、slova、slov。同樣，žena「女人」的賓格單數是ženu，主格複數是ženy，屬格複數是žen。在這裡，屬格（slov、žen）的標誌是零。由此可見，物質的符號對表達觀念來說並不是必不可少的；語言可以滿足於有無的對立。例如在這裡，人們之所以知道有屬格複數的žen，只是因爲它既不是žena，又不是ženu，或者其他任何形式。像屬格複數這樣一個特殊的觀念竟至採用零符號，乍一看來似乎很奇怪，但恰好證明一切都來自純粹的偶然。語言不管會遭受什麼樣的損傷，都是一種不斷運轉的機構。

這一切可以確證上述原則，現在把它們概括如下：

語言是一個系統，它的任何部分都可以而且應該從它們共時的連帶關係方面去加以考慮。

變化永遠不會涉及整個系統，而只涉及它的這個或那個要素，只能在系統之外進行研究。毫無疑問，每個變化都會對系統有反響，但是原始事實卻只能影響到一點；原始事實和它對整個系統可能產生的後果沒有任何內在的關係。前後相繼的要素和同時存在的要素之間，以及局部事實和涉及整個系統的事實之間的這種本質上的差別，使其中任何一方面都不能成爲一門單獨科學的材料。

四、用比擬說明兩類事實的差別

爲了表明共時態和歷時態的獨立性及其相互依存關係。我們可以把前者比之於物體在平面上的投影。事實上，任何投影都直接依存於被投影的物體，但是跟它不同，物體是另一回事。沒有這一點，就不會有整個的投影學，只考慮物體本身就夠了。在語言學裡，歷史現實性和語言狀態之間也有同樣的關係，語言狀態無異就是歷史現實性在某一時期的投影。我們認識共時的狀態，不是由於研究了物體，即歷時的事件，正如我們不是因爲研究了，甚至非常仔細地研究了不同種類的物體，就會對投影幾何獲得一個概念一樣。

同樣，把一段樹幹從橫面切斷，我們將在斷面上看到一個相當複雜的圖形，它無非是縱向纖維的一種情景；這些縱向纖維，如果把樹幹垂直切開，也可以看到。這裡也是一個展望依存於另一個展望：縱斷面表明構成植物的纖維本身，橫斷面表明這些纖維在特定平面上的集結。但是後者究竟不同於前者，因爲它可以使人看到各纖維間某些從縱的平面上永遠不能理解的關係，見圖4。

但是在我們所能設想的一切比擬中，最能說明問題的莫過於把語言的運行比之於下棋。兩者都使我們面臨價值的系統，親自看到它們的變化。語言以自然的形式呈現於我們眼前的情況，下棋彷彿用人工把它體現出來。

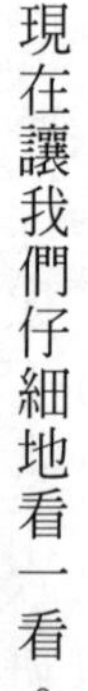

圖4

現在讓我們仔細地看一看。

首先，下棋的狀態與語言的狀態相當。棋子的各自價值是由它們在棋盤上的位置決定的，同樣，在語言裡，每項要素都由於它同其他各項要素對立才能有它的價值。

其次，系統永遠只是暫時的，會從一種狀態變爲另一種狀態。誠然，價值還首先決定於不變的規約，即下棋的規則，這種規則在開始下棋之前已經存在，而且在下每一著棋之後還繼續存在。語言也有這種一經承認就永遠存在的規則，那就是符號學的永恆的原則。

最後，要從一個平衡過渡到另一個平衡，或者用我們的術語說，從一個共時態過渡到另一個共時態，只消把一個棋子移動一下就夠了，不會發生什麼傾箱倒篋的大搬動。在這裡，歷時事實及其全部細節可以得到對照。事實上：

1. 我們每下一著棋只移動一個棋子；同樣，在語言裡受變化影響的只有一些孤立的要素。
2. 儘管這樣，每著棋都會對整個系統有所反響，下棋的人不可能準確地預見到這效果的界限。由此引起的價值上的變化，有的是零，有的很嚴重，有的具有中等的重要性，各視情況而不同。一著棋可能使整盤棋局發生劇變，甚至對暫時沒有關係的棋子也有影響。我們剛才看到，對語言來說，情況也恰好一樣。
3. 一個棋子的移動跟前後的平衡是絕對不同的兩回事。所起的變化不屬於這兩個狀態中的任何一個；可是只有狀態是重要的。

在一盤棋裡，任何一個局面都具有從它以前的局面擺脫出來的獨特性，至於這局面要通過什麼途徑達到，那完全是無足輕重的。旁觀全局的人並不比在緊要關頭跑來觀戰的好奇者多占一點便宜。要描寫某一局面，完全用不著回想十秒鐘前剛發生過什麼。這一切都同樣適用於語言，更能表明歷時態和共時態之間的根本區別。言語從來就是只依靠一種語言狀態進行工作的，介於各狀態間的變化，在有關的狀態中沒有任何地位。

只有一點是沒法比擬的：下棋的人有意移動棋子，使它對整個系統發生影響，而語言卻不會有什麼預謀，它的棋子是自發地和偶然地移動的——或者毋寧說，起變化的。由hanti變爲Hände「手」，gasti變爲Gäste「客人」的「變音」（參看第一五六頁）固然造成了一個構成複數的新方法，但是也產生了一個動詞的形式，如由tragit變爲trägt「搬運」等等。要使下棋和語言的運行完全相同，必須設想有一個毫不自覺的或傻頭傻腦的棋手。然而這唯一的差別正表明語言學中絕對有必要區別兩種秩序的現象，從而使這個比擬顯得更有教益。因爲在有意志左右著這類變化的時候，歷時事實尚且不能歸結到受自己制約的共時系統，如果歷時事實促使一種盲目的力量同符號系統的組織發生衝突，那麼情況就更是這樣了。

五、在方法和原則上對立的兩種語言學

歷時和共時的對立在任何一點上都是顯而易見的。

例如——從最明顯的事實說起——它們的重要性是不相等的。在這一點上，共

時方面顯然優於歷時方面⑦，因爲對說話的大眾來說，它是眞正的、唯一的現實性（參看第一五三頁）。對語言學家說來也是這樣：如果他置身於歷時的展望，那麼他所看到的就不再是語言，而是一系列改變語言的事件。人們往往斷言，認識某一狀態的起源是最重要不過的。這在某種意義上說是對的：形成這一狀態的條件可以使我們明瞭它的眞正的性質，防止某種錯覺（參看第一五八頁）。但是這正好證明歷時態本身沒有自己的目的。它好像人們所說的新聞事業一樣：隨波逐浪，不知所往。

它們的方法也不同，表現在兩個方面：

1. 共時態只知有一個展望，即說話者的展望，它的整個方法就在於搜集說話者的證詞。要想知道一件事物的實在程度，必須而且只消探究它在說話者意識中的存在程度。相反，歷時語言學卻應該區分兩個展望：一個是順時間的潮流而下的**前瞻的**展望，一個是逆時間的潮流而上的**回顧的**展望。因此而有方法上的二分，我們將在第五編加以討論。

⑦ 在這一點上，德·索緒爾和新語法學派處在完全相反的地位，因為新語法學派認為在語言研究中，只有語言的歷史研究才是合乎科學原理的。——校注

2.第二種差別來自這兩種學科各自包括的範圍的界限。共時研究的對象不是同時存在的一切，而只是與每一語言相當的全部事實，必要時可以分到方言和次方言。共時這個術語其實不夠精確，應該用稍稍長一些的特異共時來代替。相反，歷時語言學不但沒有這種需要，而且不容許對它作這樣的明確規定。它所考慮的要素不一定是屬於同一種語言的（試比較印歐語的*esti「是」，希臘語的ésti「是」，德語的ist「是」，法語的est「是」）。造成語言的分歧的正是歷時事實的繼起以及它們在空間上的增殖。爲了證明兩個形式的接近，只要指出它樣之間有一種歷史上的聯繫就夠了，不管這聯繫是多麼間接。

這些對立不是最明顯，也不是最深刻的。演化事實和靜態事實的根本矛盾所招來的後果是，它們雙方的有關概念都同樣程度地無法互相歸結。不論哪個概念都能用來表明這個眞理。因此，共時「現象」和歷時「現象」毫無共同之處（參看第一六〇頁）：一個是同時要素間的關係，一個是一個要素在時間上代替了另一個要素，是一種事件。我們在第一九六頁也將看到，歷時同一性和共時同一性是極不相同的兩回事：在歷史上，否定詞pas「不」和名詞pas「步」是同一的東西，可是就現代法語來說，這兩個要素卻是完全不同的⑧。這些已足以使我們明白爲什麼一定不能把這兩個觀點混爲一談；不過表現得最明顯的，還在於下面就要作出的區別。

六、共時規律和歷時規律

人們常常談到語言學的規律，但是語言事實是否眞受規律的支配呢？語言事實又可能是什麼性質的呢？語言既是一種社會制度，人們可以先驗地想到，它要受到一些與支配社會集體的條例相同的條例支配。可是，任何社會規律都有兩個基本的特徵⑨：它是命令性的，又是一般性的；它是強加於人的，它要擴展到任何場

---

⑧ 現代法語有些否定詞如**pas**「不」、**rien**「沒有什麼」、**personne**「沒有人」、**point**「一點也沒有」等等是由有肯定意義的詞變來的，如**pas**就是「腳步」的意思，**rien**就是「某種東西」的意思，**personne**就是「人」的意思，**point**就是「點」的意思，如此等等。這些意思之所以發生這種變化，是因為它們常與否定詞**ne**「不」連用，如**je ne sais pas**是「我不知道」的意思，結果受到**ne**的感染，由肯定詞變成了否定詞。——校注

⑨ 德・索緒爾對於社會規律的兩個基本特徵是按照法國社會學家涂爾幹（E. Durkheim）的理論來理

合——當然，有一定時間和地點的限制。

語言的規律能符合這個定義嗎？要知道這一點，依照剛才所說，頭一件要做的事就是要再一次劃分共時和歷時的範圍。這是不能混淆的兩個問題；一般地談論語言的規律，那就無異於捕風捉影。

我們在下面舉出幾個希臘語的例子，故意把兩類「規律」混在一起：

1. 印歐語的送氣濁音變成了送氣清音：*dhūmos→thūmós「生命」，*bherō→phérō「我攜帶」等等。
2. 重音從不越過倒數第三個音節。
3. 所有的詞都以元音或s、n、r結尾，排除其他一切輔音。
4. 元音之前開頭的s變成了h（強烈的送氣）：*septm（拉丁語septem）→heptá「七」。
5. 結尾的m變成了n：*jugom→zugón（試比較拉丁語的jugum「軛」⑩）。

解的。涂爾幹認為一切社會規律必須符合兩個基本原則：強制性和普遍性。德·索緒爾在這裡所說的命令性就等於涂爾幹的強制性，一般性就等於普遍性。——校注

⑩ 依照梅耶（A. Meillet）先生（《巴黎語言學學會學術報告》第九種第三六五頁及以下）和高提約

6.結尾的塞音脫落了：*gunaik →gúnai「女人」*epheret→éphere「（他）攜帶了」、*epheront→épheron「他們攜帶了」[11]。

這些規律當中，第一條是歷時的：dh變成了th等等。第二條表示詞的單位和重音的關係——兩項同時存在的要素間的一種結合，這是一條共時的規律。第三條也是這樣，因爲它涉及詞的單位和它的結尾。第四、第五和第六條規律都是歷時的：s變成了h，-n代替了-m、-t、-k等等消失了，沒有留下任何痕跡。

此外，我們要注意，第三條規律是第五條和第六條規律的結果；兩個曆時事實造成了一個共時事實。

（Gauthiot）先生（《印歐語詞的結尾》第一五八頁及以下）的意見，印歐語只有結尾的-n，沒有-m。如果我們接受這一理論，那麼，把第五條規律列成這樣就夠了：印歐語一切結尾的-n在希腊語裡都保存著。它說明問題的價值並不因此而減弱，因為一個語音現象最後結果是把一個古代狀態保存下來還是造成了一種變化，在性質上是相同的（參看第二五九頁）。——原編者注。

[11] *gunaik→gúnai是名詞gune「女人」的單數呼格，*epheret→éphere是動詞phéro「我攜帶」第三人稱單數直陳式未完成體的形式，*epheront→epheron是同一個動詞第三人稱複數直陳式未完成體的形式。——校注

我們把這兩種規律分開，就可以看到，第二、第三條和第一、第四、第五、第六條是不同性質的。

共時規律是一般性的，但不是命令性的。毫無疑問，它會憑藉集體習慣的約束而強加於個人（參看第一四一頁），但是我們在這裡考慮的不是與說話者有關的義務。我們的意思是說，在語言裡，當規律性支配著某一點的時候，任何力量也保證不了這一規律性得以保持下去。共時規律只是某一現存秩序的簡單的表現，它確認事物的狀態，跟確認果園裡的樹排列成梅花形是同一性質的。正因爲它不是命令性的，所以它所確定的秩序是不牢靠的。例如，支配拉丁語重音的共時規律是再有規則不過的了（可與第二條規律相比），然而，這一重音制度並沒有抵抗得住變化的因素，它終於在一個新的規律，即語法的規律面前讓步了（參看以上第一六〇頁以下）。總之，如果我們談到共時態的規律，那就意味著排列，意味著規則性的原理。

相反，歷時態卻必須有一種動力的因素，由此產生一種效果，執行一件事情。但是，這一命令性的特徵不足以把規律的概念應用於演化的事實；只有當一類事實全都服從於同一規則的時候，我們才能談得上規律。而歷時事件總有一種偶然的和特殊的性質，儘管從表面上看有些並不是這樣。

這一點從語義事實方面可以馬上看到。如果法語的poutre「母馬」取得了「木材、椽子」的意義，那是由於一些特殊的原因，並不取決於其他可能同時發生的變化。它只不過是紀錄在一種語言的歷史裡的所有偶然事件中的一件。

句法和形態的變化卻不是一開始就能看得這樣清楚的。在某一個時代，幾乎所有古代主格的形式都從法語中消失了；這難道不是整類事實都服從於同一規律嗎？不，因爲這些都不過是同一個孤立事實的多種表現。受影響的是主格這個獨特的概念，它的消失自然會引起一系列形式的消失。對於任何只看見語言外表的人來說，單一的現象會淹沒在它的多種表現之中；但是這現象本身，按它的深刻本質來說，卻是單一的，而且會像poutre所遭受的語義變化一樣在它自己的秩序中構成一個孤立的歷史事件。它只因爲是在一個系統中實現的，所以才具有「規律」的外貌：系統的嚴密安排造成了一種錯覺，彷彿歷時事實和共時事實一樣都服從於相同的條件。

最後，對語音變化來說，情況也完全一樣。可是人們卻常常談到語音規律。實際上，我們看到在某一個時期，某一個地區，一切具有相同的語音特點的詞都會受到同一變化的影響。例如第一七〇頁所說的第一條規律（*dhūmos→希臘語thūmós）就牽涉到希臘語一切含有送氣濁音的詞（試比較*nebhos→néphos、*medhu→méthu、*anghō→ánkhō等等）；第四條規律（*septm→heptá）可以適用於serpō→hérpo、*sūs→hûs和一切以s開頭的詞。這一規律性，有時雖然有人提出異議，但在我們看來已經很好地確立。有些明顯的例外不足以削弱這種變化的必然性，因爲例外可以用一些更特殊的語音規律（參看第一八一頁tríkhes:thriksí的例子）或者另一類事實（類比，等等）的干預來加以解釋。因此，看來再沒有什麼更符合上面對規律這個詞所下的定義了。然而，可以用來證明一條語音規律的例子不管有多少，這規律所包括的一切事實都不過是某一單個的特殊事實的表現罷了。

眞正的問題是要知道受到語音變化影響的是詞，抑或只是聲音。回答是沒有什麼可以懷疑的：在néphos、méthu、ánkhō等詞裡，那是某一個音位，印歐語的送氣濁音變成了送氣清音，原始希臘語的開頭的s變成了h等等，其中每一個事實都是孤立的，既與其他同類的事件無關，又與發生變化的詞無關⑫。所有這些詞的語

⑫ 不消說，上面援引的例子都是純粹屬於圖式性質的：當前的語言學家正在努力把盡可能廣泛的語音變化歸結為同一個根本的原理。例如梅耶先生就是用發音的逐步弱化來解釋希臘語塞音的變化（參看《巴黎語言學學會學術報告》第九種第一六三頁以下）。上述有關語音變化的性質的結論，最後分析起來，自然也適用於這些一般事實存在的一切場合。——原編者注

音材料自然都起了變化，但是這不應該使我們對於音位的眞正性質有什麼誤解。

我們憑什麼斷言詞不是跟語音變化直接有關的呢？只憑一個非常簡單的看法，即這些變化對詞來說畢竟是外在的東西，不能觸及它們的實質。詞的單位不只是由它的全部音位構成的，它還有物質以外的其他特徵。假如鋼琴有一根弦發生故障，彈琴的時候每次觸動它，都會發出一個不諧和的聲音。毛病在什麼地方呢？在旋律裡嗎？肯定不是。受影響的不是旋律，那只是因爲鋼琴壞了。語音學的情況也正是這樣。音位系統就是我們演奏來發出語詞的樂器；如果其中一個要素改變了，引起的後果可能是各種各樣的，但事實本身卻與詞無關，詞可以說就是我們演奏節目中的旋律。

所以歷時事實是個別的；引起系統變動的事件不僅與系統無關（參看第一五八頁），而且是孤立的，彼此不構成系統。

讓我們總括一下：任何共時事實都有一定的規律性，但是沒有命令的性質；相反，歷時事實卻是強加於語言的，但是它們沒有任何一般的東西。

一句話，而且這就是我們要得出的結論：兩者不論哪一種都不受上述意義的規律的支配。如果一定要談到語言的規律，那麼，這一術語就要看應用於哪一個秩序的事物而含有完全不同的意義。

七、有沒有泛時觀點？

直到現在，我們是就法律學上的意義來理解規律這個術語的⑬。但是在語言裡，是否也許有一些就物理科學以及博物學上的意義理解的規律，即無論在什麼地方，什麼時候都可以得到證明的關係呢？一句話，語言能否從泛時觀點去加以研究呢？

毫無疑問。例如，語音會發生變化，而且永遠會發生變化，因此，我們可以把這個一般的現象看作言語活動的一個經常的方面；這就是它的一個規律。語言學像下棋一樣（參看第一六四頁以下）都有一些比任何事件都更長壽的規則。但這些都是不依賴於具體事實而獨立存在的一般原則。一談到具體的看得見摸得著的事實，就沒有什麼泛時觀點了。例如，任何語音變化，不管它擴張的地域多麼寬廣，都只限於一定的時間和一定的地區⑭。沒有一個變化是任何時候和任何地點都發生的；

---

⑬ 西方語言中「法律」、「規律」、「定律」等都用的是同一個術語，如法語的loi，英語的law等等。——校注

⑭ 這是針對施來赫爾（A. Schleicher）的自然主義觀點來說的，因為施氏認為我們可以確立一個從塞納河和波河沿岸到恒河和印度河沿岸都相同的規律。——校注

它只是歷時地存在著。這恰好就是我們用來辨明什麼是語言的，什麼不是語言的一個準則。能加以泛時解釋的具體事實不是屬於語言的。比方法語的chose「事物」這個詞，從曆時觀點看，它來自拉丁語的causa，並與之對立；從共時觀點看，它跟現代法語裡一切可能與它有聯繫的要素相對立。只有把這個詞的聲音（šǫz）單獨拿出來加以考慮，才能對它進行泛時的觀察。但是這些聲音沒有語言的價值。而且即使從泛時的觀點看，šǫz在像ün šǫz admirablə（une chose admirable）「一件值得讚賞的事情」）這樣的語鏈中也不是一個單位，而是一個沒有定形的、無從劃分界限的渾然之物。事實上，爲什麼是šǫz，而不是ǫza或nšǫ呢？這不是一個價值，因爲它沒有意義。泛時觀點和語言的特殊事實永遠沾不上邊。

八、把共時和歷時混爲一談的後果

可能有兩種情況：

1. 共時眞理似乎是歷時眞理的否定。從表面看，人們會設想必須作出選擇，事實上沒有必要，一個眞理並不排斥另一個眞理。法語的dépit「氣腦」從前曾有「輕蔑」的意思，但是這並不妨礙它現在有了一個完全不同的意義。詞源和共時價值是有區別的兩回事。同樣，現代法語的傳統語法還教導我們，在某些情況下，現在分詞是可變的，要像形容詞一樣表示一致關係（試比較une *eau courante*「流水」），而在另外一些情況下卻是不變的（試比較une personne *courant* dans la rue「在街上跑的人」）。但是歷史語法告訴我們，那不是同一個形式：前者是可變的拉丁語分詞（currentem）的延續，而後者卻來自不變的離格動名詞（currendō）⑮。共時眞理是否同歷時眞理相矛盾，我們是否必須以歷史語法的名義譴責傳統語法呢？不，因爲這將是只看到現實性的一半。我們不應該相信只有歷史事實重要，足以構成一種語言。毫無疑問，從來源的觀點看，分詞courant裡有兩樣東西。但是語言的意識已把它們拉在一起，只承認其中一個。共時眞理和歷時眞理都同樣是絕對的，無可爭辯的。

2. 共時眞理和歷時眞理如此協調一致，人們常把它們混爲一談，或者認爲把它們拆散是多此一舉。例如，人們相信，說拉丁語的pater有相同的意義，就算解釋

---

⑮ 這個一般公認的理論最近曾為列爾赫（E. Lerch）先生所駁斥（《不變形的現在分詞》，埃爾蘭根，一九一三年），但是我們相信沒有成功。因此，這裡沒有必要把一個在任何場合都還有教學意義的例子刪去。——原編者注

了法語père「父親」這個詞的現有意義。再舉一個例子：拉丁語開音節非開頭的短 a 變成了 i，如 faciō「我做」：conficiō「我完成」、amīcus「朋友」：inimīcus「敵人」等等，見圖5。人們往往把它列成一條規律說：faciō的 a 變成了conficiō的 i，因爲它已不在第一個音節。這是不正確的：faciō的 a 從來沒有「變成」conficiō的 i。爲了重新確定眞理，我們必須區別兩個時期的四個要素。人們起初說faciō→confaciō；其後confaciō變成了conficiō，而faciō卻保持不變，因此說faciō——conficiō。如果說發生了「變化」，那是在confaciō和conficiō之間發生的。可是這規則表述得不好，頭一個詞連提也沒有提到！其次，除了這個變化——那自然是一個歷時的變化——，還有第二個跟頭一個絕對不同的事實，那是涉及faciō和conficiō之間的純粹共時的對立的。有人認爲這不是事實，而是結果。然而，它在它自己的秩序裡確實是一個事實，而且甚至所有共時的現象都是屬於這一性質的。妨礙大家承認faciō——conficiō的對立有眞正價值的，是因爲它不是很有意義。但是我們只要考慮一下

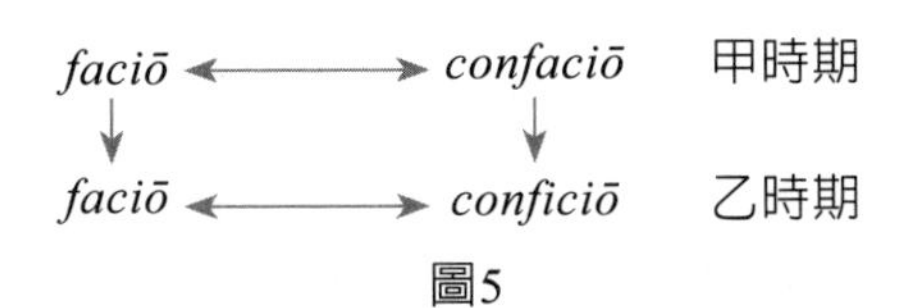

圖5

Gast→Gäste「客人」，gebegibt「給」的對立，就可以看到它們也是語音演變的偶然結果，但是在共時的秩序裡仍不失爲主要的語法現象。由於這兩個秩序的現象有極其緊密的聯繫，而且互相制約，所以到頭來人們終於相信用不著把它們區別開來。事實上，語言學已把它們混淆了幾十年而沒有發覺它的方法竟然一文不值。

然而，這種錯誤在某些情況下是顯而易見的。例如，要解釋希臘語的phuktós「逃跑了」這個詞，可能有人認爲，只要指出希臘語的g或kh在清輔音之前變成了k，同時舉一些共時的對應如phugeîn:phuktós、lékhos:léktron等等加以說明就夠了。但是碰上像tríkhes:thriksí這樣的例子，其中的t怎樣「過渡」到th卻是一個很複雜的問題。這個詞的形式只能從歷史方面用相對年代來解釋。原始詞幹*thrikh後面跟著詞尾-si變成了thriksí，這是一個很古老的現象，跟由詞根lekh-構成léktron是一模一樣的。其後，在同一個詞裡，任何送氣音後面跟著另一個送氣音，都變成了清音，於是*thríkhes就變成了tríkhes，而thriksí當然不受這一規律支配。

九、結論

於是，語言學在這裡遇到了它的第二條分叉路。首先，我們必須對語言和言語有所選擇（參看第四十六頁）；現在我們又處在兩條道路的交叉點上：一條通往歷時態，另一條通往共時態。

一旦掌握了這個二重的分類原則，我們就可以補充說：**語言中凡屬歷時的，都只是由於言語**。一切變化都是在言語中萌芽的。任何變化，在普遍使用之前，無不由若干個人最先發出。現代德語說：ich war「我從前是」，wir waren「我們從前是」，可是古代德語，直到十六世紀，還是這樣變位的：ich was，wir waren（現在英語還說：I was，we were）[16]。war是怎樣代替was的呢？有些人因爲受

---

⑯ 古高德語這個詞的變位是 ich was，wit wasen，到六世紀才變成了ich was，wir waren。變化的原因是由於這個詞的單數第一人稱，重音落在詞根音節上面，s在重音之後不變；複數第一人稱，重音落在屈折詞尾上面，s在重音之前濁音化變成了z，再變為r，如wir wasen→wir wazen→wir waren，至於後來ich was: wir waren 之所以變成ich war，wir waren，那完全是由於類比作用。——校注

了waren的影響，於是按類比造出了war；這是一個言語的事實。這個形式一再重複，爲社會所接受，就變成了語言的事實。但不是任何的言語創新都能同樣成功，只要它們還是個人的，我們就沒有考慮的必要，因爲我們研究的是語言。只要等到它們爲集體所接受，才進入了我們的觀察範圍。

在一個演化事實之前，總是在言語的範圍內先有一個或毋寧說許多個類似的事實。這絲毫無損於上面確立的區別，甚至反而證實這種區別。因爲在任何創新的歷史上，我們都可以看到兩個不同的時期：(1)出現於個人的時期；(2)外表雖然相同，但已爲集體所採納，變成了語言事實的時期。

圖6可以表明語言研究應該採取的合理形式：

應該承認，一門科學的理論上的和理想的形式並不總是實踐所要求的形式。在語言學裡，這些要求比別處更爲強烈；它們爲目前統治著語言研究的混亂提供幾分口實。

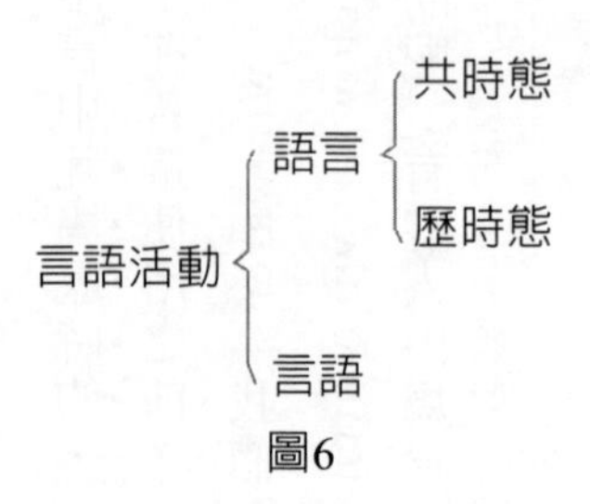

圖6

即使我們在這裡所確立的區別最後被接受了，我們或許也不能以理想的名義強行要求研究工作有明確的指針。

例如在古代法語的共時研究中，語言學家所使用的事實和原則，與他探索這種語言從十三世紀到二十世紀的歷史所發現的毫無共同之處，反之，與描寫當前的一種班圖語，西元前四百年的阿狄克希臘語，乃至現代法語所揭示的卻很相似，因爲其中種種陳述都是以類似的關係爲基礎的。儘管每種語言各自構成封閉的系統，卻都體現一定的永恆的原則，我們可以在不同的語言中找到，因爲我們是處在同一個秩序之中。歷史的研究也是這樣。我們試涉獵一下法語的某一時期（例如十三世紀到二十世紀），爪哇語或任何語言的某一時期的歷史，就可以看到，到處都是處理類似的事實，只要把它們加以比較就足以建立歷時秩序的一般眞理。最理想的是每個學者都專搞一方面的研究，掌握盡可能多的有關這方面的事實。不過要想科學地占有這許多不同的語言的確是很困難的。另一方面，每種語言實際上就構成一個研究單位。我們爲情勢所迫，不能不依次從靜態方面和歷史方面去加以考慮。儘管這樣，我們千萬不要忘記，在理論上，這一單位是表面上的，而語言的差異中實隱藏著深刻的一致。在語言的研究中，無論從哪一個方面進行觀察，都要想方設法把每一事實納入它的領域，不要把方法混淆起來。

語言學中這樣劃定的兩部分，將依次成為我們的研究對象。

•共時語言學研究同一個集體意識感覺到的各項同時存在並構成系統的要素間的邏輯關係和心理關係。

•歷時語言學，相反地，研究各項不是同一個集體意識所感覺到的相連續要素間的關係，這些要素一個代替一個，彼此間不構成系統。

第二編　共時語言學

第一章 概述

一般共時語言學的目的是要確立任何特異共時系統的基本原則，任何語言狀態的構成因素。前面講過的東西，有好些其實是屬於共時態的。例如符號的一般特性就可以看作共時態的組成部分，雖則我們當初用它來證明區別兩種語言學的必要性。

人們稱爲「普通語法」的一切都屬於共時態；因爲我們只有通過語言的狀態才能確立語法管轄範圍內的各種關係。我們在下面只考慮一些主要原則，沒有這些原則就沒法探討靜態語言學的更專門的問題，也沒法解釋語言狀態的細節。

一般地說，研究靜態語言學要比研究歷史難得多。演化的事實比較具體，更易於設想。我們在這裡觀察到的是不難理解的相連續的要素間的關係。要探索一系列變化並非難事，往往甚至是很有趣味的。但是老在價值和同時存在的關係中兜圈子的語方學卻會顯露出許多更大的困難。

實際上，語言狀態不是一個點，而是一段或長或短的時間，在這段時間內，變化的數量很小。那可能是十年、一代、一世紀，甚至更長一些的時間。一種語言可能長時期差不多沒有什麼改變，然後在幾年之間卻發生了很大的變化。同一時期內共存的兩種語言中，一種可能改變了許多，而另一種卻幾乎沒有什麼改變。在後一種情況下，研究必然是共時的，而在另一種情況下卻是歷時的。人們常把絕對狀態規定爲沒有變化。可是語言無論如何總在發生變化，，哪怕是很小的變化，所以研究一種語言的狀態，實際上就等於不管那些不重要的變化，正如數學家在某些運算，比如對數的計算中，不管那些無限小數一樣。

在政治史裡，人們把時代和時期區別開來。時代是指時間上的一點，時期卻包括一定的長度。但是歷史學家常說到的安托寧王朝時代，十字軍東征時代，這時他考慮的是各該期間全部的經常特點。我們也可以說，靜態語言學是研究時代的，但不如說狀態：一個時代的始末一般都有某種變革作爲標誌，它帶有不同程度的突發性，趨於改變事物的現狀。狀態這個詞可以避免使人們以爲語言裡也會發生類似的情況。此外，時代這個術語借自歷史學，它會使人想到環繞著語言和制約著語言的環境，而不是想到語言本身。一句話，它會喚起我們曾稱之爲外部語言學的那個觀念（參看第五〇頁）。

時間的劃定還不是我們確定語言狀態時所遇到的唯一困難；關於空間也會提出這同樣的問題。簡言之，語言狀態的概念只能是近似的。在靜態語言學裡，正如在大多數科學裡一樣，如果不按慣例把事實材料加以簡化，那麼，任何論證都是不可能的。

第二章 語言的具體實體

一、實體和單位，定義

構成語言的符號不是抽象的事物，而是現實的客體（參看第四十二頁）。語言學研究的正是這些現實的客體和它們的關係；我們可以管它們叫這門科學的具體•實體（entités concrétes）。

首先，讓我們回憶一下支配著整個問題的兩個原則：

1. 語言的實體是只有把能指和所指聯結起來才能存在的，如果只保持這些要素中的一個，這一實體就將化爲烏有。這時，擺在我們面前的就不再是具體的客體，而只是一種純粹的抽象物。我們每時每刻都會有只抓住實體的一部分就認爲已經掌握它的整體的危險。例如我們把語鏈分成音節，就會遇到這種情況。音節是只有在音位學中才有價値的。一連串聲音要支持著某一觀念，才是屬於語言學的；單獨拿出來，只是生理學研究的材料。

把所指同能指分開，情況也是這樣。有些概念，如「房子」、「白」、「看見」等等，就它們本身考慮，是屬於心理學的，要同音響形象聯結起來，才能成爲語言學的實體。在語言裡，概念是聲音實質的一種素質，正如一定的音響是概念的一種素質一樣。

人們往往把這種具有兩面的單位比之於由身軀和靈魂構成的人。這種比較是難以令人滿意的。比較正確的是把它比作化學中的化合物，例如水。水是氫和氧的結合；分開來考慮，每個要素都沒有任何水的特性。

2. 語言實體要劃定界限，把它同音鏈中圍繞著它的一切分開，才算是完全確定了的。在語言的機構中互相對立的，正是這些劃定了界限的實體或單位。

人們在開始的時候往往會把語言符號同能在空間並存而不相混的視覺符號看作同樣的東西，而且設想可以同樣把有意義的要素分開而不需要任何心理活動。人們往往用「形式」這個詞來表示有意義的要素——試比較「動詞形式」「名詞形式」等詞語——，這更助長了我們的這種錯誤。但是我們知道，音鏈的第一個特徵就是線條的（參看第一三五頁）。就它本身來考慮，那只是一條線，一根連續的帶子，人們用耳朵聽不出其中有任何充分而明確的劃分，爲此，必須求助於意義。當我們聽到一種我們不懂的語言的時候，說不出應該怎樣去分析那一連串聲音，因爲只考慮語言現象的聲音方面是沒法進行這種分析的。但是，假如我們知道音鏈的每一部分應該具有什麼意義和作用，那麼，這些部分就互相脫離開來，而那沒有定形的帶子也就切成各個片段；可是這種分析中並沒有任何物質的東西。

總之，語言不是許多已經預先劃定、只需要研究它們的意義和安排的符號，而是一團模模糊糊的渾然之物，只有依靠注意和習慣才能找出一個個的要素。單位沒有任何特別的聲音性質，我們可能給它下的唯一定義是：**在語鏈中排除前後的要素，作爲某一概念的能指的一段音響**①。

二、劃分界限的方法

懂得一種語言的人常用一種非常簡單的方法來劃分它的各個單位的界限——至少在理論上是這樣。這種方法就是以言語爲依據，把它看作語言的記錄，並用兩

① 關於怎樣劃分語言單位的界限，有些語言學家如英國的斯維特（H. Sweet），德國的保羅（H. Paul）和法國的高提約（Gauthiot）等曾主張要根據發音的特點。德·索緒爾在這裡批評了他們的理論，提出了他自己的辦法。——校注

條平行的鏈條表現出來，一條代表概念(a)，一條代表音響形象(b)，見圖1。

正確的劃分要求音響鏈條的區分（αβγ…）同概念鏈條的區分（α′β′γ′…）相符：

例如，法語的sižlaprã，能不能在1之後把鏈條切斷，使sižl成爲一個單位呢？不能：只要考慮一下概念就可以看出這樣區分是錯誤的。把它切成siž-la-prã等音節也不能想當然地認爲符合語言的情況。唯一可能的區分是：(1) si-ž-la-prã(si je la prends「如果我拿它」）。和(2) si-ž-l-aprã（si je l'apprends「如果我學習它」）。這是根據言語的意義來確定的。

要檢驗這一做法的結果並肯定那確實是一個單位，必須把一系列含有這同單位的句子拿來比較，看它是否在任何情況下都能從上下文中分出來，而且在意義上容許這樣劃分。例如lafọrsdüvã（la force du vent「風力」）和abudfọrs（à bout de force「精疲力竭」）這兩個句子成分，其中都有一個相同的概念跟相同的音段fọrs相吻合，它當然是一個語言單位。但

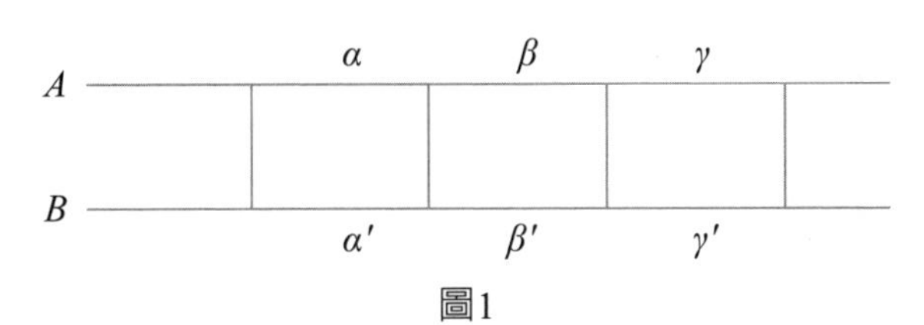

圖1

是在ilməfǫrsaparle（il me forceà parler「他強迫我說話」）一句中，fǫrs的意思完全不同，因此是另一個單位。

三、劃分界限的實際困難

這個方法在理論上很簡單，應用起來是否容易呢？如果認爲要劃分的單位是詞，那麼，從這一觀念出發，就會相信那是容易的：因爲一個句子如果不是詞的結合，又是什麼呢？難道有什麼比詞更能直接掌握的嗎？例如，再看上面所舉的例子，人們會說sižlaprā這個語鏈經過分析可以劃分爲四個單位，即si-je-l'-apprends四個詞。但是注意到人們對於詞的性質曾有過許多爭論，那就馬上會引起我們懷疑；可是稍爲細想一下就可以看到，對詞的理解是跟我們的具體單位的概念不相容的。

關於這一點，我們只要想一想cheval「馬」和它的複數chevaux就能明白是怎麼回事。人們常說這是同一個名詞的兩個形式；但是，從它們的整體來看，無論是在意義方面還是聲音方面，它們都是截然不同的兩回事。mwa（le *mois* de décembre「十二月」）和mwaz（un *mois* après「一個月後」）也是同一個詞有兩個不同面貌②，不會是一個具體單位的問題：意義一樣，但是音段不同。因此，只要我們把具體單位和詞看作同一樣東西，就會面臨一個進退兩難的困境：要麼不管cheval和chevaux、mwa和mwaz等等的儘管是明顯的關係，硬說它們是不同的詞，要麼滿足於把同一個詞的不同形式聯結起來的抽象的東西，閉口不談具體的單位。我們不能在詞裡找具體的單位，必須到別的地方去找。此外，許多詞都是複雜的單位，我們很容易從裡面區分出一些次單位（後綴、前綴、詞根）。有些派生詞，如désir-eux「切望」，malheur-eux「不幸」，可以分成不同的部分，每一部分都有明顯的意義和作用。反過來，也有一些比詞更大的單位：複合詞（porte-plume「筆桿」）、熟語（s'il vous plaît「請」）、屈折形式（il a été「他曾是」）等等。但是這些單位，跟固有的詞一樣，是很難劃定界限的；要在一條音鏈裡分清其中各個單位的作用，說明一種語言運用哪些具體的要素，是極端困難的。

毫無疑問，說話者是不知道這些困難的。在他們看來，任何程度上有一點兒意義的東西都是具體的要素，准能在話語中把它們區別開來。但是感覺到單位的這種

② 法語mois「月」單獨或在輔音之前念[mwa]，在元音之前要連續念成[mwaz]。——校注

迅速而微妙的作用是一回事，通過有條理的分析加以說明又是一回事。

有一種流傳得相當廣泛的理論認爲唯一的具體單位是句子：我們只用句子說話，然後從句子中提取詞。但是，首先，句子在什麼程度上是屬於語言的呢（參看第二二〇頁）？如果句子屬於言語的範圍，我們就不能把它當作語言單位。就算把這個困難撇開不談，試設想全部能夠說出的句子，它們的最明顯的特徵是彼此間毫無相似之處。我們起先會把五花八門的句子和在動物學上構成一個「種」的同樣五花八門的個體等量齊觀，但這是一種錯覺：在同屬一個「種」的動物裡，它們的共同的特徵遠比它們的差別重要得多；相反，在各個句子間，占優勢的卻是它們的差異。如果我們要探究究竟是什麼東西把如此紛繁的句子聯結在一起，那麼，無需探究就可以看到，那還是帶著語法特徵的詞，於是又陷入了同樣的困難。

四、結論

在大多數作爲科學研究對象的領域裡，單位的問題甚至並沒有提出：它們一開始就是給定了的。例如動物學的單位就是動物。天文學研究的也是在空間已經分開的單位，即天體。在化學裡，我們可以研究重鹽酸鉀的性質和組成，從不懷疑那是不是一個十分確定的對象。

如果一門科學沒有我們能夠直接認識的具體單位，那是因爲這些單位在這門科學裡並不必要。例如，在歷史學裡，具體單位是個人呢？時代呢？還是民族呢？不知道。但是那有什麼關係呢？不清楚照樣可以研究歷史。

但是正如下棋的玩意完全是在於各種棋子的組合一樣，語言的特徵就在於它是一種完全以具體單位的對立爲基礎的系統。我們對於這些單位既不能不有所認識，而且不求助於它們也將寸步難移；然而劃分它們的界限卻是一個非常微妙的問題，甚至使人懷疑它們是不是眞正確定了的。

所以語言有一個奇特而明顯的特徵：它的實體不是一下子就能看得出來，可是誰也無法懷疑它們是存在的，正是它們的作用構成了語言。這無疑就是使語言區別於其他任何符號制度的一個特性。

第三章 同一性、現實性、價值

剛才作出的驗證使我們面臨一個問題。這個問題，由於靜態語言學中任何基本概念都直接取決於我們對單位的看法，甚至跟它混淆，而顯得更爲重要。所以我們相依次說明共時的同一性（identité）、現實性（réalité）和價值（valeur）等概念。

1. 什麼叫做共時的同一性呢？這裡指的不是法語的否定詞pas「不」和拉丁語的passum「步」之間的同一性；這是屬於歷時方面的，——我們往後在第三二六頁再來討論——而是指的一種同樣有趣的同一性，由於這種同一性，我們說像法語je ne sais *pas*「我不知道」和ne dites *pas* cela「別說這個」這兩個句子裡有一個相同的要素。有人會說，這簡直是廢話：這兩個句子裡，同一個音段（pas）具有相同的意義，當然有同一性。但這種解釋是不充分的，因爲如果說音段和概念相對應就可以證明有同一性（參看上面的例子la *force* du vent「風力」和à bout de *force*「精疲力竭」），那麼，反過來說就不正確，因爲不存在這種對應也可能有同一性。我們在一次講演中聽見好幾次重複著Messieurs!

「先生們！」這個詞，感到每一次都是同一個詞語，但是口氣和語調的變化表明它在不同的段落中在語音上帶有明顯的差別——跟在別的地方用來區別不同的詞一樣明顯（試比較pomme「蘋果」和paume「手掌」、goutte「一滴」和je goûte「我嘗」、fuir「逃走」和fouir「挖掘」等等）。此外，即使從語義的觀點看，一個Messieurs!和另一個Messieurs!之間也沒有絕對的同一性，可是我們還是有這種同一性的感覺。同樣，一個詞可以表達相當不同的觀念，而它的同一性不致因此遭受嚴重的損害（試比較*adopter* une mode「採用一種時式」和*adopter* un enfant「收養一個小孩」、la *fleur* du pommier「蘋果花」和la *fleur* de la noblesse「貴族的精華」等等）。

語言機構整個是在同一性和差別性上面打轉的，後者只是前者的相對面。因此，同一性的問題到處碰到，但是另一方面，它跟實體和單位的問題部分一致，只不過是後一個問題的富有成效的複雜化。我們試把它跟一些言語活動以外的事實比較就能很清楚看到這種特徵。例如兩班「晚上八時四十五分日內瓦－巴黎」快車相隔二十四小時開出，我們說這兩班快車有同一性。在我們的眼裡，這是同一班快車，但是很可能車頭、車廂、人員，全都不一樣。或者一條街道被拆毀後重新建築起來，我們說這是同一條街道，但是在物質上，那舊的街道可能已經蕩然無存。一條街道爲什麼能夠從頭到尾重新建築而仍不失爲同一條街道呢？因爲它所構成的實體並不純粹是物質上的。它以某些條件爲基礎，而這些條件，例如它與其他街道的相對位置，卻是跟它的偶然的材料毫不相干的。同樣，構成快車的是它的開車時間，路程，和使它區別於其他快車的種種情況。每次這些相同的條件得以實現，我們就得到相同的實體。然而實體不是抽象的，街道或快車離開了物質的實現都無從設想。

再舉一個跟上述情況完全不同的例子：我有一件衣服被人偷走，後來在一家舊衣鋪的架子上找到。這是一個只由無生氣的質料：布、夾裡、貼邊等等構成的物質的實體。另一件衣服儘管跟前一件很相似，卻不是我的。但語言的同一性不是衣服的同一性，而是快車和街道的同一性。我每一次使用Messieurs這個詞都換上了新的材料，即新的發音行爲和新的心理行爲。把一個詞使用兩次，如果說其間有什麼聯繫，那不是在於物質上的同一性，也不是在於它們的意義完全相同，而是在於一些極待探討的要素，這些要素將可以使我們接觸到語言單位的眞正本質。

2. 什麼叫做共時的**現實性**呢？語言中什麼樣的具體要素或抽象要素可以稱爲共時的現實性呢？

試以詞類的區分爲例：我們根據什麼把詞分爲名詞、形容詞等等呢？那是像把經緯度應用於地球那樣，以純邏輯的、語言以外的原則的名義，從外邊應用於語法來區分的呢？還是與某種在語言的系統中占有地位，並受語言系統的制約的東西相對應呢①？一句話，它是共時的現實性嗎？這後一種解釋似乎是可能的，但是人們會爲前一種假設辯護。在法語**cesgants sont** *bon marché*「這些手套很便宜」這個句子裡，**bon marché**「便宜」是不是形容詞呢？在邏輯上，它的確有形容詞的意義，但是在語法上卻並不那麼確實，因爲它的舉止不像形容詞（它是不變形的，永遠不置於名詞之前等等）。此外，它由兩個詞組成，而詞類的區分正是應該用來爲語言的詞進行分類的，片語怎麼能劃入某一「類」呢？反過來，如果說*bon*「好」是形容詞，*marché*「市場」是名詞，那麼，人們對於這一詞語就會感到莫名其妙。可見這種分類是有缺陷的，或者不完備的；把詞分爲名詞、動詞、形容詞等等並不是無可否認的語言現實性。

①德·索緒爾在這裡所說「以純邏輯的、語言以外的原則的名義，從外邊應用於語法」云云，是指劃分詞類的語義標準；「與某種在語言的系統中占有地位，並受語言系統的制約的東西」云云，是指劃分詞類的形態標準和句法標準。——校注

語言學就這樣依靠語法學家所捏造的概念不斷地進行著工作，我們不知道這些概念是否眞的相當於語言系統的組成因素。但是怎樣知道呢？如果這些都是捕風捉影的東西，我們又拿什麼樣的現實性來同它們對抗呢？

爲了避免錯覺，我們首先要確信語言的具體實體是不會親自讓我們觀察得到的。我們要設法抓住它們，才能接觸現實，進而作出語言學所需要的一切分類，把它管轄範圍內的事實安頓好。另一方面，如果分類不以具體實體爲基礎，比方說，認爲詞類之所以是語言的因素，只是因爲它們與某些邏輯範疇相對立，那就是忘記了任何語言事實都不能脫離被切成表義成分的語音材料而存在。

3. 最後，本節涉及的概念都跟我們在別處稱爲**價值**的概念沒有根本差別。再拿下棋來比較，就可以使我們明白這一點（參看第一六四頁以下）。比方一枚卒子，本身是不是下棋的要素呢？當然不是。因爲只憑它的純物質性，離開了它在棋盤上的位置和其他下棋的條件，它對下棋的人來說是毫無意義的。只有當它披上自己的價值，並與這價值結爲一體，才成爲現實的和具體的要素。假如在下棋的時候，這個棋子弄壞了或者丟失了，我們可不可以用另外一個等價的來代替它呢？當然可以。不但可以換上另外一枚卒子，甚至可以換上一個外形上完全不同的棋子。只要我們授以相同的價值，照樣可以宣布它是同一個東西。由此可見，在像語言這樣的符號系統中，各個要素是按照一定規則互相保持平衡的，同一性的概念常與價值的概念融合在一起，反過來也是一樣。因此，簡言之，價值的概念就包含著單位、具體實體和現實性的概念。但是如果這些不同的方面沒有根本的差別，問題就可以用好幾種形式依次提出。我們無論要確定單位、現實性、具體實體或價值，都要回到這個支配著整個靜態語言學的中心問題。

從實踐的觀點看，比較有意思的是從單位著手，確定它們，把它們加以分類來說明它們的多樣性。這就需要探求劃分詞的依據，因爲詞的定義儘管很難下，它畢竟是一個加於我們的心理的單位，是語言的機構中某種中心的東西；但是只這一個題目就可以寫一部著作。其次，我們還要對次單位進行分類，然後是較大的單位，等等。這樣確定了我們這門科學所支配的要素，它就將完成自己的全部任務，因爲它已能把自己範圍內的一切現象全都歸結爲它們的基本原則。我們不能說我們一直正視這個中心問題，也不能說我們已經了解了這個問題的範圍和困難；就語言來說，人們常滿足於運用一些沒有很好地確定的單位。

但是，儘管單位很重要，我們還是以從價值方面來討論這個問題爲好，因爲在我們看來，這是它的最重要的方面。

第四章　語言的價値

一、語言是組織在聲音物質中的思想

要了解語言只能是一個純粹價值的系統，我們考慮兩個在語言的運行中起作用的要素就夠了，那就是觀念和聲音。

從心理方面看，思想離開了詞的表達，只是一團沒有定形的、模糊不清的渾然之物。哲學家和語言學家常一致承認，沒有符號的幫助，我們就沒法清楚地、堅實地區分兩個觀念。思想本身好像一團星雲，其中沒有必然劃定的界限。預先確定的觀念是沒有的。在語言出現之前，一切都是模糊不清的。

同這個飄浮不定的王國相比，聲音本身是否呈現為預先劃定的實體呢？也不是。聲音實質並不更為固定，更為堅實；它不是一個模型，思想非配合它的形式不

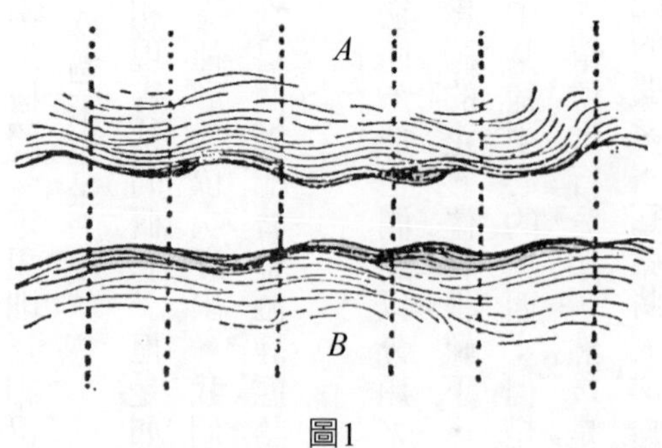

圖1

可，而是一種可塑的物質，本身又可以分成不同的部分，爲思想提供所需要的能指。因此，我們可以把全部語言事實，即語言，設想爲一系列相連接的小區分，同時畫在模模糊糊的觀念的無限平面（A）和聲音的同樣不確定的平面（B）上面，大致如圖1所示：

語言對思想所起的獨特作用不是爲表達觀念而創造一種物質的聲音手段，而是作爲思想和聲音的媒介，使它們的結合必然導致各單位間彼此劃清界限。思想按本質來說是渾沌的，它在分解時不得不明確起來。因此，這裡既沒有思想的物質化，也沒有聲音的精神化，而是指的這一頗爲神祕的事實，即「思想——聲音」就隱含著區分，語言是在這兩個無定形的渾然之物間形成時制定它的單位的。我們試設想空氣和水面發生接觸：如果大氣的壓力發生變化，水的表面就會分解成一系列的小區分，即波浪；這些波浪起伏將會使人想起思想和聲音物質的結合，或者也可以說交配。

我們可以按照第三十四頁所規定的意義把語言叫做分節的領域：每一項語言要素就是一個小肢體，一個articulus，其中一個觀念固定在一個聲音裡，一個聲音就變成了一個觀念的符號。

語言還可以比作一張紙：思想是正面，聲音是反面。我們不能切開正面而不同時切開反面，同樣，在語言裡，我們不能使聲音離開思想，也不能使思想離開聲音。這一點只有經過一種抽象工作才能做到，其結果就成了純粹心理學或純粹音位學。

所以語言學是在這兩類要素相結合的邊緣地區進行工作的；**這種結合產生的是形式**（forme），**而不是實質**（substance）。

這種觀點可以使我們更好地了解上面第一三一頁所說的符號的任意性。不但語言事實所聯繫的兩個領域是模糊而不定形的，而且選擇什麼音段表示什麼觀念也是完全任意的。不然的話，價值的概念就會失去它的某種特徵，因爲它將包含一個從外面強加的要素。但事實上，價值仍然完全是相對而言的，因此，觀念和聲音的聯繫根本是任意的。

符號的任意性又可以使我們更好地了解爲什麼社會事實能夠獨自創造一個語言系統。價值只依習慣和普遍同意而存在，所以要確立價值就一定要有集體，個人是不能確定任何價值的。

這樣規定的價值觀念還表明，把一項要素簡單地看作一定聲音和一定概念的結合將是很大的錯覺。這樣規定會使它脫離它所從屬的系統，彷彿從各項要素著手，把它們加在一起就可以構成系統。實則與此相反，我們必須從有連帶關係的整體出發，把它加以分析，得出它所包含的要素。

爲了發揮這個論點，我們將依次從所指或概念的觀點（第二節），能指的觀點（第三節）和整個符號的觀點（第四節）分別加以考察。

由於不能直接掌握語言的具體實體或單位，我們將以詞爲材料進行研究。詞雖然同語言單位的定義（參看第一九〇頁）不完全相符，但至少可以給我們一個近似的觀念，並且有一個好處，就是具體。因此，我們將把詞當作與共時系統實際要素相等的標本；由詞引出的原理對於一般實體也是同樣有效的。

二、從概念方面考慮語言的價值

談到詞的價值，一般會首先想到它表現觀念的特性，這其實是語言價值的一個方面。但如果是這樣，那麼，這價值跟人們所稱的意義又有什麼不同呢？這兩個詞是同義詞嗎？我們相信不是，儘管很容易混淆，特別是因爲這種混淆與其說是由術語的類似引起的，不如說是由它們所標誌的區別很細微引起的。

價值，從它的概念方面看，無疑是意義的一個要素，我們很難知道意義既依存於價值，怎麼又跟它有所不同。但是我們必須弄清楚這個問題，否則就會把語言歸結爲一個分類命名集（參看第一二八頁）。

首先，且就一般所設想的和我們在第一二八頁用插圖表示的意義來看。它正如圖中的箭頭所指出的，只是聽覺形象的對立面。一切都是在聽覺形象和概念之間，在被看作封閉的、獨自存在的領域的詞的界限內發生的。

但這裡存在著問題的奇特的方面：一方面，概念在符號內部似乎是聽覺形象的對立面，另一方面，這符號本身，即它的兩個要素間的關係，又是語言的其他符號的對立面。

語言既是一個系統，它的各項要素都有連帶關係，而且其中每項要素的價值都只是因爲有其他各項要素同時存在的結果，如圖2：

這樣規定的價值怎麼會跟意義，即聽覺形象的對立面發生混同呢？在這裡用橫箭頭表示的關係似乎不能跟上面用縱箭頭表示的關係等量齊觀。換句話說——再

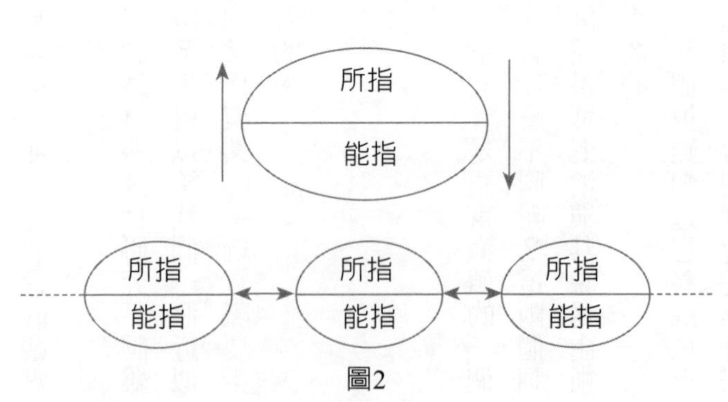

圖2

拿剪開的紙張相比（參看第二〇三節頁）——我們看不出爲什麼A、B、C、D等塊間的關係會跟同一塊的正面和反面間的關係，如A/A'、B/B'等等，沒有區別。

爲了回答這個問題，我們首先要看到，即使在語言以外，任何價值似乎都要受這個奇特原則支配。價值總是由下列構成：

1. 一種能與價值有待確定的物交換的不同的物；

2. 一些能與價值有待確定的物相比的類似的物。

要使一個價值能夠存在，必須有這兩個因素。例如，要確定一枚五法郎硬幣的價值，我們必須知道：⑴能交換一定數量的不同的東西，例如麵包；⑵能與同一幣制的類似的價值，例如一法郎的硬幣，或者另一幣制的貨幣（美元等等）相比。同樣，一個詞可以跟某種不同的東西即觀念交換；也可以跟某種同性質的東西即另一個詞相比。因此，我們只看到詞能跟某個概念「交換」，即看到它具有某種意義，還不能確定它的價值；我們還必須把它跟類似的價值，跟其他可能與它相對立的詞比較。我們要借助於在它之外的東西才能眞正確定它的內容。詞既是系統的一部分，就不僅具有一個意義，而且特別是具有一個價值；這完全是另一回事。

試舉幾個例子就可以表明情況的確是這樣的。法語的mouton「羊，羊肉」跟英語的sheep「羊」可以有相同的意義，但是沒有相同的價值。這裡有幾個原因，特別是當我們談到一塊燒好並端在桌子上的羊肉的時候，英語說mutton「羊肉」，而不是sheep。英語的sheep和法語的mouton的價值不同，就在於英語除sheep之外還有另一個要素，而法語的詞卻不是這樣。

在同一種語言內部，所有表達相鄰近的觀念的詞都是互相限制著的。同義詞如法語的redouter「恐懼」、craindre「畏懼」、avoir peur「害怕」，只是由於它們的對立才各有自己的價值。假如redouter不存在，那麼，它的全部內容就要轉到它的競爭者方面去。反過來，也有一些要素是因爲同其他要素發生接觸而豐富起來的。例如，法語décrépit（un vieillard *décrépit*「一個衰老的人」，參看第一一四頁）這個詞裡引入了新要素，就是由於它與décrépi（un mur *décrépi*「一堵剝落的牆」）同時存在的結果。因此，任何要素的價值都是由圍繞著它的要素決定的。甚至指「太陽」的詞，如果不考慮到它的周圍的要素，也沒法直接確定它的價值；有些語言是不能說「坐在**太陽**裡」的。

上面所說的關於詞的一切，也可以應用於語言的任何要素，比如應用於語法實體。例如法語複數的價值就跟梵語複數的價值不一樣，儘管它們的意義大體上相同。梵語有三個數，而不是兩個（「我的眼睛」、「我的耳朵」、「我的胳膊」、「我的腿」等等都要用雙數）；認爲梵語和法語的複數有相同的價值是不正確的，因爲梵語不能在任何情況下都按法語的規則採用複數。由引可見，複數的價值決定於在它之外和周圍的一切。

如果詞的任務是在表現預先規定的概念，那麼，不管在哪種語言裡，每個詞都會有完全相對等的意義；可是情況並不是這樣。法語對「租入」和「租出」都說louer（une maison「租房子」），沒有什麼分別，而德語卻用mieten「租入」和vermieten「租出」兩個要素，可見它們沒有完全對等的價值。德語schätzen「估價」和urteilen「判斷」這兩個動詞的意義總的跟法語estimer「估價」和juger「判斷」相當，但是在好些點上又不相當。

屈折形式的例子特別引人注目。時制的區別是大家所熟悉的，但是有些語言卻沒有這種區別。希伯來語甚至不知有過去式、現在式和將來式這種基本的區別。原始日耳曼語沒有將來式的固有形式，說它用現在式表示將來式是不適當的，因爲日耳曼語現在式的價值，跟除現在式之外又有將來式的語言不一樣。斯拉夫語有規則地區分動詞的兩種體：完成體表示動作的整體，好像是時間上沒有任何過程的一個點；未完成體表示在時間的線上正在進行的動作。這些範疇會給法國人造成很大困難，因爲他們的語言沒有這些範疇；如果它們是預先規定的，情況就不會是這樣。所以我們在這些例子裡所看到的，都不是預先規定了的**觀念**，而是由系統發出的**價**

值。我們說價值與概念相當，意外之意是指後者純粹是表示差別的，它們不是積極地由它們的內容，而是消極地由它們跟系統中其他要素的關係確定的。它們的最確切的特徵是：它們不是別的東西。

我們由此可以看到符號圖式的眞正解釋。例如：（見圖3）那就是說，在法語裡，「判斷」這個概念和juger這個音響形象相聯結；一句話，這就是意義的圖解。但是，不言而喻，這概念沒有什麼初始的東西，它不過是由它與其他類似的價值的關係決定的價值；沒有這些價值，意義就不會存在。如果我簡單地斷言詞意味著某種事物，如果我老是記住音響形象與概念的聯結，這在某種程度上可能是正確的，而且提出了對現實性的一種看法，但是絕沒有表達出語言事實的本質和廣度。

三、從物質方面考慮語言的價值

如果價值的概念部分只是由它與語言中其他要素的關係和差別構成，那麼對它的物質部分同樣也可以這樣說。在詞裡，重要的不是聲音本身，而是使這個詞區別於其他一切詞的聲音上的差別，因爲帶有意義的正是這些差別。

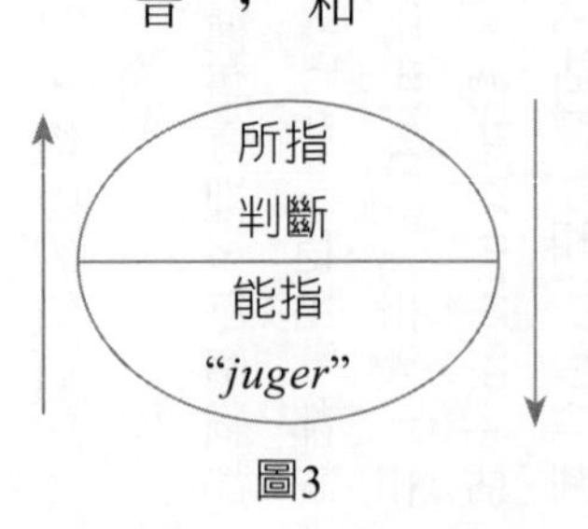

圖3

這樣說也許會使人感到驚奇，可是，事實上哪有相反的可能性呢？因爲聲音形象之表示事物，不存在誰比誰更合適的問題，所以任何語言片段歸跟到底除了不同於其他片段以外，哪怕是先驗地也顯然絕不可能有別的基礎①。任意和表示差別是兩個相關聯的素質。

語言符號的變化很可以表明這種相互關係。正因爲a和b兩項要素根本不能原原本本地達到意識的領域——意識所感到的永遠只是a/b的差別——所以其中任何一項都可以按照跟它的表意功能無關的規律自由發生變化。捷克語的複數屬格žen「妻子們的」沒有任何積極的符號表示它的特徵（參看第一六二頁），但是žena:žen這一組形式的功能卻跟以前žena:ženъ的一樣。起作用的只是符號的差別；žena只是因爲它與別的不同才有它的價值。

這裡還有一個例子可以使我們更清楚地看到這聲音差別的系統效能。在希臘語裡，éphēn「我從前說」是未完成過去式，而éstēn「我放置了」是不定過去式，但它們的構成方式相同。可是前者屬於現在式直陳式phēmí「我說」的系統，後者卻

---

① 這是指的有些人認為聲音和概念之間有一定的聯繫，如i表示小的東西，a表示大的東西，fl表示流動的東西等等。——校注

沒有像*stēmi這樣的現在式，正是phēmí——éphēn的關係相當於現在式和未完成過去式關係（試比較deíknūmi「我顯示」——edeíknūn「我從前顯示」）。由此可見，這些符號不是通過它們的內在價值，而是通過它們的相對位置而起作用的。

此外，聲音是一種物質要素，它本身不可能屬於語言。它對於語言只是次要的東西，語言所使用的材料。任何約定的價值都有這個不與支持它的、可以觸知的要素相混的特點。例如決定一枚硬幣的價值的不是它所包含的金屬。一枚在名義上值五法郎的銀幣所包含的銀可能只有這個數目的一半。它的價值多少會隨上面所鑄的頭像以及在政治疆界的這邊或那邊使用而不同。語言的能指更是這樣；它在實質上不是聲音的，而是無形的——不是由它的物質，而是由它的音響形象和其他任何音響形象的差別構成的。

這一原則是基本的，我們可以把它應用於語言的一切物質要素，包括音位在內。每種語言都是在音響要素的系統的基礎上構成它的詞的。每個要素都是界限分明的單位，它們的數目是完全確定的。它們的特點並不像大家所設想的那樣在於它們自己的積極的素質，而只是因爲它們彼此間不相混淆。音位首先就是一些對立的、相關的、消極的實體。

可證明的是，說話者在使各個聲音仍能互相區別的限度內享有發音上的自由。

例如法語的r按一般習慣是一個小舌音，但並不妨礙有許多人把它發成舌尖顫音，語言並不因此而受到擾亂。語言只要求有區別，而不像大家所設想的那樣要求聲音有不變的素質。我甚至可以把法語的r發成德語Bach「小河」、doch「但是」等詞中的ch②。可是說德語的時候，我卻不能用r作ch，因爲這種語言承認有這兩個要素，必須把它們區別開來。同樣，說俄語時不能隨便把t發成t'（軟t），因爲這將會混淆俄語中兩個有區別的音（試比較govorit'「說話」和govorit「他說」），但是把它發成th（送氣的t）卻有較大的自由，因爲俄語的音位系統裡沒有這個音。

這種情況在另一個符號系統——文字——裡也可以看到，我們可以拿來比較，藉以闡明這整個問題。事實上：

1. 文字的符號是任意的；例如字母t和它所表示的聲音之間沒有任何關係。

2. 字母的價值純粹是消極的和表示差別的，例如同一個人可以把t寫成好些變體，如：

②法語的r是一個小舌顫音，發音時小舌不顫動就很容易變成這個小舌擦音[χ]。——校注

唯一要緊的是，在他的筆下，這個符號不能跟l，d等等相混。

3. 文字的價值只靠它們在某一個由一定數目的字母構成的系統中互相對立而起作用。這個特徵跟第二個特徵不同，但是密切相關，因爲這兩個特徵都決定於第一個特徵。正因爲寫符號是任意的，所以它的形式是不重要的，或者毋寧說，只在系統所規定的限度內才是重要的。

4. 符號怎樣產生是完全無關輕重的。因爲它與系統無關（這也來自第一個特徵）。我把字母寫成白的或黑的，凹的或凸的，用鋼筆還是用鑿子，對它們的意義來說都是並不重要的。

四、從整體來考慮符號

綜上所述，我們可以看到，語言中只有差別。此外，差別一般要有積極的要素才能在這些要素間建立，但是在語言裡卻只有沒有積極要素的差別。就拿所指或能指來說，語言不可能有先於語言系統而存在的觀念或聲音，而只有由這系統發出的概念差別和聲音差別。一個符號所包含的觀念或聲音物質不如圍繞著它的符號所包含的那麼重要。可以證明這一點的是：不必觸動意義或聲音，一個要素的價值可以只因爲另一個相鄰的要素發生了變化而改變（參看第二〇八頁）。

但是說語言中的一切都是消極的，那只有把所指和能指分開來考慮才是對的：如果我們從符號的整體去考察，就會看到在它的秩序裡有某種積極的東西。語言系統是一系列聲音差別和一系列觀念差別的結合，但是把一定數目的音響符號和同樣多的思想片段相配合就會產生一個價值系統，在每個符號裡構成聲音要素和心理要素間的有效聯繫的正是這個系統。所指和能指分開來考慮雖然都純粹是表示差別的和消極的，但它們的結合卻是積極的事實；這甚至是語言唯一可能有的一類事實，因爲語言制度的特性正是要維持這兩類差別的平行。

在這一方面，有些歷時事實很是典型。無數的例子表明，能指的變化常會引起觀念的變化，我們並且可以看到，有區別的觀念的總數和表示區別的符號的總數在原則上是一致的。如果有兩個要素由於語音變化成了混而不分（例如法語中由décrépitus變來的décrépit「衰老」和由cripus變來的décrépi「剝落」），那麼它們的意義哪怕很不合適，也會有混同的傾向。一個要素會不會起分化（例如法語的

chaise「椅子」和chaire「講座」）呢？差別一經產生，必然會表示意義，儘管不一定成功，也不是一下子就能實現。反之，任何觀念上的差別，只要被人們感到，就會找到不同的能指表達出來；如果有兩個觀念，人們已感到沒有什麼區別，也會在一個能指裡混同起來。

如果我們把符號——積極要素——互相比較，我們就不能再談差別；差別這個詞是不妥當的，因爲它只適用於把兩個音響形象，如père「父親」和mère「母親」，或者兩個觀念，如「父親」和「母親」，互相比較。兩個符號各有所指和能指，它們不是有差別，而只是有區別。它們之間只有**對立**。我們下面所要討論的整個言語活動的機構都將以這種對立以及它們所包含的聲音差別和觀念差別爲依據。

價值是這樣，單位也是這樣（參看第二一三頁）。單位是語鏈中與某一概念相當的片段；二者在性質上都純粹是表示差別的。

應用於單位，差別的原則可以這樣表述：**單位的特徵與單位本身相合**。語言像任何符號系統一樣，使一個符號區別於其他符號的一切，就構成該符號。差別造成特徵，正如造成價值和單位一樣。

這一原則還有另一個奇特的後果：人們通常所稱的「語法事實」最後分析起來，實與單位的定義相符，因爲它總是表示要素的對立；不過這一對立格外意義深長，像德語Nacht:Nächte「夜」這一類複數的構成就是例子。語法事實中的每一項要素（單數沒有「變音」，也沒有e尾，複數有「變音」和e尾，二者相對立）本身都是由系統內部的對立作用構成的。孤立地考慮，Nacht和Nächte都算不了什麼：所以一切都在於對立。換句話說，我們可以用一個代數公式a/b來表示Nacht:Nächte的關係，其中a和b都不是簡單的項，兩者都產生於種種關係。語言可以說是一種只有複雜項的代數。在它所包含的各種對立當中，有些比另一些更表示意義；但單位和語法事實都只是用來表示同一個一般事實（語言對立的作用）的各個方面的不同名稱。情況確實是這樣，所以我們大可以從語法事實開始來研究單位的問題。提出Nacht:Nächte這樣一個對立，人們將會發生疑問：在這對立中起作用的是哪些單位？只是兩個詞呢，還是一系列相類似的詞？是a和ä呢，還是所有的單數和所有的複數？如此等等。

如果語言符號是由差別以外的什麼東西構成的，那麼，單位和語法事實就不會相合。但語言的實際情況使我們無論從哪一方面去進行研究，都找不到簡單的東西；隨時隨地都是這種互相制約的各項要素的複雜平衡。換句話說，語言是**形式**而不是**實質**（參看第二〇一頁）。人們對這個眞理鑽研得很不夠，因爲我們的術語中的一切錯誤，我們表示語言事實的一切不正確的方式，都是由認爲語言現象中有實質這個不自覺的假設引起的。

第五章　句段關係和聯想關係

一、定義

因此，在語言狀態中，一切都是以關係爲基礎的；這些關係是怎樣起作用的呢？

語言各項要素間的關係和差別都是在兩個不同的範圍內展開的，每個範圍都會產生出一類價值；這兩類間的對立可以使我們對其中每一類的性質有更好的了解。它們相當於我們的心理活動的兩種形式，二者都是語言的生命所不可缺少的。

一方面，在話語中，各個詞，由於它們是連接在一起的，彼此結成了以語言的線條特性爲基礎的關係，排除了同時發出兩個要素的可能性（參看第一三五頁）。這些要素一個挨著一個排列在言語的鏈條上面。這些以長度爲支柱的結合可以稱爲句段（syntagmes）①。所以句段總是由兩個或幾個連續的單位組成的（例如法語

① 句段（syntagmes）的研究與句法（syntaxe）不能混為一談，這是差不多不用指出的。我們在下面

的re-lire「再讀」；contre tous「反對一切人」；la vie humaine「人生」；Dieu est bon「上帝是仁慈的」；s'ilfait beau temps, nous sortirons「如果天氣好，我們就出去」，等等）。一個要素在句段中只是由於它跟前一個或後一個，或前後兩個要素相對立才取得它的價值。

另一方面，在話語之外，各個有某種共同點的詞會在人們的記憶裡聯合起來，構成具有各種關係的集合。例如法語的enseignement「教育」這個詞會使人們在心裡不自覺地湧現出許多別的詞（如enseigner「教」、renseigner「報導」等等，或者armement「裝備」、changement「變化」等等，或者éducation「教育」、apprentissage「見習」等等）；它們在某一方面都有一些共同點。

我們可以看到，這些配合跟前一種完全不同。它們不是以長度爲支柱的；它們的所在地是在人們的腦子裡。它們是屬於每個人的語言內部寶藏的一部分。我們管

第二六二頁將可以看到，句法只是句段研究的一部分。——原編者注

按：在法語裡，syntagme和syntaxe都有「組合」的意思，因此syntagme特別是rapport syntagmatique本來可以譯為「組合」和「組合關係」，可是因為習慣上已把syntaxe譯為「句法」，這裡也只好把它們譯為「句段」和「句段關係」。——校注

它們叫聯想關係。

句段關係是在現場的（in praesentia）；它以兩個或幾個在現實的系列中出現的要素爲基礎。相反，聯想關係卻把不在現場的（in absentia）要素聯合成潛在的記憶系列。

從這個雙重的觀點看，一個語言單位可以比作一座建築物的某一部分，例如一根柱子。柱子一方面跟它所支撐的軒椽有某種關係，這兩個同樣在空間出現的單位排列會使人想起句段關係。另一方面，如果這柱子是多里亞式的，它就會引起人們在心中把它跟其他式的（如伊奧尼亞式、科林斯式等等）相比，這些都不是在空間出現的要素：它們的關係就是聯想關係。

這兩類配合中的每一類都需要作一些特別的說明。

二、句段關係

我們在第二一八頁所舉的例子已可以使人理解句段的概念不僅適用於詞，而且適用於詞的組合，適用於各式各樣的複雜單位（複合詞、派生詞、句子成分、整個句子）。

只考慮一個句段各部分間的相互關係（例如法語contre tous「反對一切人」中的contre「反對」和tous「一切人」、contremaître「監工」中的contre「接近」和maître「主人」）是不夠的；此外還要估計到整體和部分間的關係（例如contre tous一方面跟contre對立，另一方面又跟tous對立，或者contremaître一方面跟contre對立，另一方面又跟maître對立。

在這裡可能有人提出異議：句子是句段的最好不過的典型，但是句子屬於言語，而不屬於語言（參看第三十八頁）；由此，句段豈不也是屬於言語的範圍嗎？我們不這樣想。言語的特性是自由結合，所以我們不免要問：難道一切句段都是同樣自由的嗎？

首先，我們可以看到，有許多詞語是屬於語言的。如有些現成的熟語，習慣不容許有任何變動，儘管經過一番思考我們也可以從裡面區別出一些表示意義的部分（試比較à quoibon?「何必呢？」allons donc!「得了！」等等）。有些詞語，比如prendre la mouche「易發脾氣」、forcer la main à quelqu'un「迫使某人行動（或表態）」、rompre une lance「論戰」，或者還有avoir mal à (la tête「頭痛」）、à force de (soins「出於關心」）、que vous ensemble「你覺得怎樣？」、pas n'est besoin de...「無需…」等等也是這樣，不過程度上略差一點罷了。從它們的意義上或句法上的特點也可以看出它們有慣用語性質②。這些表現法不可能是即興作出的。而是由傳統提供的。我們還可以舉出一些詞，它們雖然完全可以分析，但是在形態上總有一些由習慣保存下來的反常特徵（試比較法語的difficulté「困難」和facilité「容易」等等，mourrai「我將死」和dormirai「我將睡」等等）③。

---

② 這些慣用語，à quoi bon?「何必呢？」直譯是「對於什麼好」的意思：allons donc!「胡說！」是「讓我們走罷！」的意思：prendre la mouche「易發脾氣」是「拿蒼蠅」的意思：forcer la main à quelqu'un「迫使某人行動（表態）」是「強使別人攤牌」的意思：rompre une lance「論戰」是「折斷長矛」的意思：avoir mal à la tête「頭痛」是「有痛於頭」的意思：à force de soins「出於關心」是「借關心的力量」的意思：que vous ensemble?「你覺得怎樣？」是「什麼和你在一起」的意思：pas n'est besoin de...「無需…」應為il n'est pas besoin de...，在意義上或句法上都各有它們的特點。——校注

③ 法語difficulté來自拉丁語difficultas，facilité來自拉丁語facilitas。拉丁語difficultas按構詞法應為dif（= dis）+ facilitas，後來由於一種特殊的變化，變成了difficultas。法語動詞單數第一人稱將來式按正規應由不定式＋詞尾ai（<habeo「我有」）构成，如dormir-ai「我將睡」：mourrai「我將死」，實由mourirai變成，中間丟了一個i。——校注

不僅如此，一切按正規的形式構成的句段類型，都應該認爲是屬於語言的，而不屬於言語。事實上，由於在語言裡沒有抽象的東西，這些類型只有等到語言已經記錄了相當數量的標本方能存在。當一個像indécorable「無從裝飾的」這樣的詞在言語裡出現的時候（參看第三〇一頁以下），那一定已經有了一個確定的類型，而這類型又只因爲人們記住了相當數量的屬於語言的同樣的詞（impardonnable「不可原諒的」，intolé-rabie「不能忍受的」，infatigable「不知疲倦的」等等），才是可能的。按正規的模型構成的句子和詞的組合也完全是這樣。有些組合如la terre tourne「地球在旋轉」、que vous dit-il?「他對你說什麼？」等等是符合一般類型的，而這些類型在語言中又有具體記憶做它們的支柱。

但是我們必須承認，在句段的領域內，作爲集體習慣標誌的語言事實和決定於個人自由的言語事實之間並沒有截然的分界。在許多情況下，要確定單位的組合屬於哪一類是很困難的，因爲在這組合的產生中，兩方面的因素都曾起過作用，而且它們的比例是無法確定的。

三、聯想關係

由心理聯想構成的集合並不限於把呈現某種共同點的要素拉在一起，心理還抓住在每個場合把要素聯繫在一起的種種關係的性質，從而有多少種關係，就造成多少個聯想系列。例如在法語enseignement「教育」、enseigner「教」、enseignonos「我們教」等詞裡有一個共同的要素——詞根；但是enseigne-ment這個詞也可以出現在以另一個共同要素——後綴——爲基礎而構成的系列裡（試比較enseignement「教育」、armement「裝備」changement「變化」等等）。聯想也可以只根據所指的類似（enseignement「教育」、instruction「訓育」、apprentissage「見習」、éducation「教育」等等），或者相反，只根據音響形象的共同性（例如enseignement「教育」和justement「恰好」）[4]。因此，有時是意

[4] 這最後一種情況很少見，我們不妨認為是反常的，因為我們心中很自然會排除那些足以擾亂人們理解話語的聯想。但是有一類耍嘴皮子的現象可以證明它的存在，那就是依靠單純的同音所造成的荒謬的混淆。例如法國人說：Les musiciens produisent les sons et les grainetiers les vendent「音樂家生產麥麩，販賣種子商人出賣聲音」（按法語的sons有「聲音」和「麥麩」兩個意思）。有一種聯想應該同上述情況區別開來。它雖然是偶然的，但可能以觀念的接近為依據（試比較法語

義和形式都有共同性，有時是只有形式或意義有共同性。任何一個詞都可以在人們的記憶裡喚起一切可能跟它有這種或那種聯繫的詞。

句段可以使人立刻想起要素有連續的順序和一定的數目，而聯想集合裡的各項要素既沒有一定的數目，又沒有確定的順序。我們把法語désir-eux「切望」，chaleur-eux「熱烈」，peur-eux「膽怯」等等加以聯繫並不能預先說出我們的記憶所能提示的詞究竟有多少，它們將按照什麼樣的順序出現。一個給定的要素好像是星座的中心，其他無定數的同列要素的輻合點（參看下圖）。

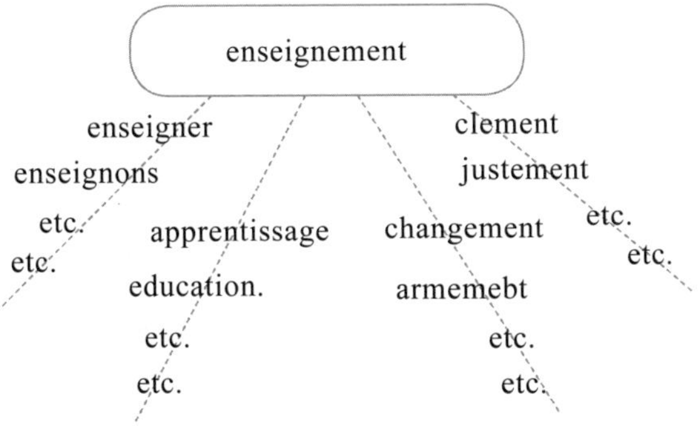

enseignement

enseigner
enseignons
etc.
etc.

apprentissage
education.
etc.
etc.

changement
armemebt
etc.
etc.

clement
justement
etc.
etc.

的ergot「激勵、促進」：ergoter「鬥嘴」：德語的blau「青色的」：durchbläuen「痛打」）。那是對兩個要素中的一個作了新的解釋。流俗詞源學的情況就是這樣（參看第三五三頁）。這種事實對語義的演變很有意思，但是從共時的觀點看，實只屬於上述enseigner：enseignement的範疇。——原編者注但是聯想系列的這兩個特徵：沒有確定的順序和沒有一定的數目，只有頭一個是常可以檢驗的，後一個可能經不起檢驗。例如名詞詞形變化範例就是這種集合中一個突出的典型。拉丁語的dominus「主人（主格）」、dominī「主人（屬格）」，domino「主人（與格）」等等顯然是一個由共同要素——名詞詞幹domin-——構成的聯想集合。但這個系列並不像enseignement、changement等等那樣沒有邊兒，格究竟有一定的數目。相反，它們在空間上卻沒有一定的先後次序，語法學家們把它們怎樣排列純粹是任意的；對說話者的意識來說，主格絕不是名詞的第一個格，各種要素可以按照不同的場合以任何的順序出現⑤。

⑤ 現在歐洲各種語言名詞變格的順序都依照希臘・拉丁語的傳統習慣以主格為第一格，詞典裡所收的也只是主格的形式。實際上，主格只是名詞的一種變格，在說話者的意識中並沒有什麼優先的地位。——校注

第六章　語言的機構

一、句段的連帶關係

所以，構成語言的全部聲音差別和概念差別都是兩種比較的結果；這些比較有時是聯想的，有時是句段的。任何一類集合，在很大程度上都是由語言確立的；正是這許多通常的關係構成了語言，並指揮它的運行。

在語言的組織中，頭一件引人注目的是**句段的連帶關係**：差不多語言中的一切單位都決定於它們在語鏈上的周圍要素，或者構成它們本身的各個連續部分。

詞的構成就足可以表明這一點。像法語的désireux「切望」這樣一個單位可以分解成兩個次單位（désir-eux）。但這不是兩個獨立的部分簡單地加在一起（désir+eux），這是一種產物，兩個有連帶關係的要素的結合，這兩個要素要在一個較高的單位（désir×eux）裡互起作用才獲得它們的價值。其中的後綴單獨拿出來是不存在的；使它在語言裡占有它的地位的是像chaleur-eux「熱烈」，chanc-eux「幸運的」等等這樣的一系列通常要素。同樣，詞根也不是獨立的，它只有同後綴結合才能存在[①]。在法語roul-is「(車船的)搖擺」一詞中,roul-這個要素如果沒有後綴,就什麼也不是。整體的價值決定於它的部分,部分的價值決定於它們在整體中的地位,所以部分和整體的句段關係跟部分和部分間的關係一樣重要。

這條一般原則在前面第二二〇頁所列舉的各種句段中都可以得到檢驗,那總是一些由較小的單位組成的較大的單位,這兩種單位相互間都有一種連帶關係。

當然,語言也有一些獨立的單位,無論跟它們的各部分或者跟其他單位都沒有句段關係。比如法語oui「是的」、non「不」、merci「謝謝」等等跟句子相等的詞就是一些很好的例子。但這一事實究竟只是例外,不足以損害上述的一般原則。按常規,我們不是通過孤立的符號說話的,而是通過符號的組合,通過本身就是符號的有組織的集合體話話的。在語言裡,一切都歸屬於差別,但是也歸屬於集合。這個由連續要素的作用構成的機構很像一部機器的運行,它的機件雖然安裝在單個

① 德·索緒爾的這一論斷,只有在派生詞中才是正確的。在單純詞中,詞根並不一定要跟後綴結合才能存在。這一點,本來在他下面所舉的法語oui「是的」、non「不」、merci「謝謝」等詞中已可以看到,但他認為這些只是例外,因為他所注意的都是一些形態比較複雜的語言。——校注

向度上，但彼此間卻有一種相互作用。

二、集合的兩種形式同時運行

在這樣構成的句段的集合之間有一種相互依存的聯繫，它們是互相制約的。事實上，空間上的配合可以幫助聯想配合的建立，而聯想配合又是分析句段各部分所必需的。

例如法語dé-faire「解除」這個合成詞，我們可以把它畫在一條相當於語鏈的橫帶上面（見圖1(a)）：

但是同時在另外一條軸線上，在人們的下意識中存在著一個或幾個聯想系列，其中所包含的單位有一個要素是跟這句段相同的。例如（見圖1(b)）：

同樣，如果拉丁語的quadruplex「四倍的」是一個句段，那是因爲它有兩個聯想系列作爲它的支柱，見圖2：

dé-faire ⟶ (a)

dé-faire ⟶ (b)

décoller　faire
déplacer　refaire
découdre　contrefaire
etc.　etc.

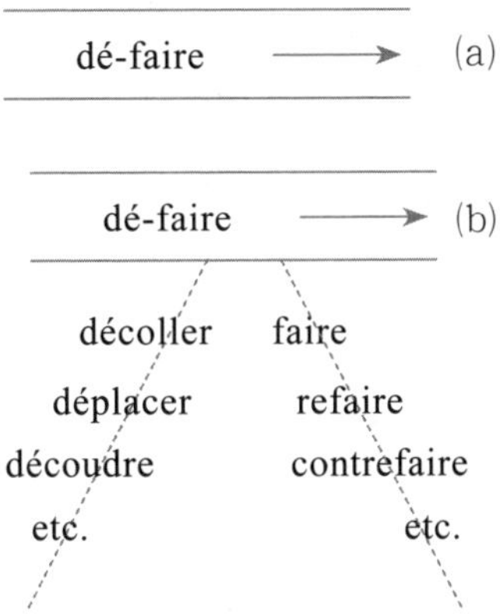

圖1

正因爲有這些不同的形式飄浮在défaire或quadruplex的周圍，這兩個詞才能分解成次單位，換句話說，才能成爲句段。假如其他包含dé-或faire的形式從語言中消失，那麼défaire就是不能分析的了。它將只是一個簡單的單位，它的兩個部分就不能互相對立。

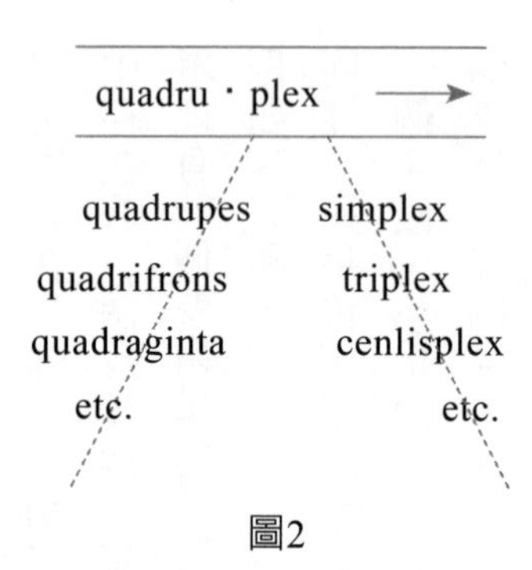

圖2

現在，這雙重系統在話語中的作用就清楚了。

我們的記憶常保存著各種類型的句段，有的複雜些，有的不很複雜，不管是什麼種類或長度如何，使用時就讓各種聯想集合參加進來，以便決定我們的選擇。當一個法國人說marchons!「我們步行吧！」的時候，他會不自覺地想到各種聯想的集合，它們的交叉點就是marchons!這個句段。它一方面出現在marche!「你步行吧！」，marchez!「你們步行吧！」這一系列裡，決定選擇的正是marchons!同這些形式的對立；另一方面，marchons!又喚起montons!「我們上去吧！」、mangeons!「我們吃吧！」等等的系列，通過同樣的程序從中選出。說話人在每一個系列裡都知道應該變化什麼才能得出適合於他所尋求的單位的差別。如果要改變所要表達的觀念，那就需要另外的對立來表現另外的價值；比方說marchez!「你們步行吧！」或者montons!

「我們上去吧！」。

所以，從積極的觀點看，認為說話者之所以選擇marchons!是因為它能表達他所要表達的觀念，是不夠的。實際上，觀念喚起的不是一個形式，而是整個潛在的系統，有了這個系統，人們才能獲得構成符號所必需的對立。符號本身沒有固定的意義。假如有一天，同marchons!相對的marche! marchez!不再存在，那麼，某些對立就會消失，而marchons!的價值也會因此而改變。

這一原則可以適用於句段，也可以適用於各種類型的句子，不管它們多麼複雜。當我們要說que *vous* dit-il?「他對您說什麼？」這句話的時候，我們只在一個潛在的句段類型中改變一個要素，例如que *te* dit-il?「他對你說什麼？」——que *nous* dit-il?「他對我們說什麼？」等等，直到選定了*vous*這個代詞。在這個過程中，說話者心裡把不能在指定的點上顯示所需差別的要素全都排除出去，聯想集合和句段類型都起著作用。

反過來，哪怕是最小的單位，直到音位要素，只要具有一個價值，無不受這一確定和選擇程序的支配。這裡不但指像法語的petit（寫作petite，「小，陰性」）：pəti（寫作petit，「小，陽性」），或者拉丁語的dominī「主人（屬格）」：dominō「主人（與格）」這樣湊巧是單個音位的差別，而且指音位能在語言狀態的系統中獨自起作用的更顯著、更微妙的事實。例如希臘語的m、p、t等等永遠不能出現在詞末，這就等於說，它們在這一位置上出現與否，關係到詞的結構和句子的結構。所以在這種情況下，單獨的音，如同其他單位一樣，也要經過一種雙重的心理對立之後選定。例如在anma這個想像的組合裡，m音跟它周圍的音有句段對立，跟人們心裡所能揭示的一切聲音又有聯想對立，比如：

a n m a
v
d

三、絕對任意性和相對任意性

語言的機構可以從另外一個特別重要的角度來看。

符號任意性的基本原則並不妨礙我們在每種語言中把根本任意的，即不能論證的，同相對任意的區別開來。只有一部分符號是絕對任意的；別的符號中卻有一種現象可以使我們看到任意性雖不能取消，卻有程度的差別：**符號可能是相對地可以論證的**。

例如法語的vingt「二十」是不能論證的，而dix-neuf「十九」卻不是在同等程度上不能論證，因爲它會使人想起它賴以構成的要素和其他跟它有聯繫的要素，例如dix「十」、neuf「九」、vingt-neuf「二十九」、dix-huit「十八」、soixante-dix「七十」等等。分開來看，dix「十」和neuf「九」跟vingt「二十」一樣，但是dix-neuf「十九」卻有相對的論證性。法語的poirier「梨樹」也是這樣；它會使人想起poire「梨子」這個單純詞，它的後綴-ier又會使人想起cerisier「櫻桃樹」、pommier「蘋果樹」等等。而frêne「榛樹」、chene「橡樹」等等卻毫無相似之處。試再比較berger「牧童」和vacher「放牛人」，前者是完全不能論證的，而後者卻是相對地可以論證的；geôle「監獄」和cachot「地牢」、hache「大斧」和couperet「鍘刀」、concierge「門房」和portier「守門人」、jadis「昔時」和autrefois「從前」、souvent「往往」和fréquemment「經常」、aveugle「盲目的」和boiteux「跛足的」、sourd「耳聾的」和bossu「駝背的」、second「第二」和deuxième「第二」、德語的Laub「全部樹葉」和法語的feuillage「全部樹葉」、法語的métier「手藝」和德語的Handwerk「手藝」這些成對的詞也是這樣。英語的複數ships「船」按它的結構會使人想起flags「旗幟」、birds「鳥」、books「書」等等一系列的詞，而men「人」、sheep「羊」卻不會使人想起什麼東西。希臘語dōsō「我將給」用來表示將來式觀念的符號可以使人聯想到lúsō「我將解鬆」、stēsō「我將放置」、lúpsō「我將敲打」等等，而eîmi「我將去」卻完全是孤立的。

每個例子裡的論證性由什麼因素決定，這裡不是探討的地方；但句段的分析越是容易，次單位的意義越是明顯，那麼，論證性就總越是完備。事實上，有些構詞要素，如poir-ier「梨樹」和ceris-ier「櫻桃樹」、pomm-ier「蘋果樹」等詞中的-ier雖然明澈可見，另外有些卻是意義含混或者完全沒有意義。例如後綴-ot究竟在什麼程度上跟cachot「地牢」的一個意義要素相當呢？我們把一些像coutelas「大庖刀」、fatras「雜物堆」、platras「石膏片」、canevas「帆布」這樣的詞加以比較，會有一種模模糊糊的感覺，認爲-as是一個名詞所固有的構詞要素，但不能更確切地說出它的意思。此外，即使在最有利的情況下，論證性也永遠不是絕對的。這不僅因爲可以論證的符號的各個要素本身是任意的（試比較dix-neuf「十九」中的dix「十」和neuf「九」），而且因爲整個要素的價值永遠不等於各部分的價值的總和；poir×ier不等於poir+ier（參看第二二七頁）。

至於現象本身，我們可以用上節所述原則來加以解釋。相對地可以論證的概念包含：(1)把某一要素加以分析，從而得出一種句段關係；(2)喚起一個或幾個別的要素，從而得出一種聯想關係。任何要素都要借助於機構才能表達某種觀念。到現在爲止，單位在我們看來都是價值，即系統的要素，而且我們特別從它們的對立方面去考慮；現在我們承認它們有連帶關係，包括聯想方面的和句段方面的，正是這些關係限制著任意性。法語的dix-neuf「十九」的聯想方面跟dix-huit「十八」、soixante-dix「七十」等有連帶關係，在句段方面又跟它的要素dix「十」和neuf「九」有連帶關係（參看第二二八頁）。這種雙重的關係使它具有一部分價值。

我們深信，凡是跟作爲系統的語言有關的一切，都要求我們從這個很少引起語言學家注意的觀點，即任意性的限制去加以研究。這是一個最好不過的基礎。事實上，整個語言系統都是以符號任意性的不合理原則爲基礎的。這個原則漫無限制地加以應用，結果將會弄得非常複雜；但是人們的心理給一大堆符號的某些部分帶來一種秩序和規律性的原則，這就是相對論證性的作用。如果語言的機構是全完合理的，人們就可以就其本身去加以研究。但是由於它只是對一個本來就很混亂的系統作局部的糾正，所以人們在研究這個限制任意性的機構的時候，就只好採取由語言的本質所給定的觀點。

一切都是不能論證的語言是不存在的；一切都可以論證的語言，在定義上也是不能設想的。在最少的組織性和最少的任意性這兩個極端之間，我們可以找到一切可能的差異。各種語言常包含兩類要素——根本上任意的和相對地可以論證的——

但是比例極不相同，這是我們進行語言分類時可能考慮的一個很重要的特點。

如果不摳得太死，以便看到這種對立的一種形式，那麼我們可以說，不可論證性達到最高點的語言是比較著重於**詞彙**的，降到最低點的語言是比較著重於**語法**的。這不是說，「詞彙」和「任意性」，「語法」和「相對論證性」始終各各同義，而是說它們在原則上有某些共同點。這好像是兩個極端，整個系統就在它們之間移動；又好像是兩股相對的潮流，分別推動著語言的運動：一方面是傾向於採用詞彙的工具——不能論證的符號；另一方面是偏重於採用語法的工具，即結構的規則。

例如，我們可以看到，英語的不可論證性就比德語占有重要得多的地位；但超等詞彙的典型是漢語，而印歐語和梵語卻是超等語法的標本[2]。在一種語言內部，整個演化運動的標誌可能就是不斷地由論證性過渡到任意性和由任意性過渡到論證性；這種往返變化的結果往往會使這兩類符號的比例發生很大的變動。例如同拉丁語相比，法語的一個最明顯的特徵就是任意性大爲增加：拉丁語的

---

② 德·索緒爾的這個論斷，是從史勒格耳（Schlegel）和施來赫爾（A. Schleicher）等認為漢語是孤立語的典型，印歐語和梵語是屈折語的極則來的。其實，漢語自古以來就有許多合成詞，特別是現代漢語由於語音簡化，合成詞大量增加，可以論證的符號也大為增加，已不能說是什麼超等詞匯的典型了。——校注

inimīcus「敵人」還會使人想起in-「非」和amīcus「朋友」，並可以用它們來加以論證，而法語的ennemi「敵人」卻無從論證；它已恢復到作爲語言符號主要條件的絕對任意性。我們在數以百計的例子裡都可以看到這種轉移，試比較：constāre(stāre):coûter「值」，fabrica(faber):forge「鐵鋪」，magister(magis):maître「主人」，berbīcārius(berbīx):berger「牧童」等等③。這些變化已使法語面目全非了。

③ 拉丁語constare「值」跟stāre「站立」有關，民間拉丁語為costare，其後變成了古代法語的coster和custer，從十三世紀起，s在清輔音之前停止發音，變成了現代法語的coûter「值」。fabrica「作坊」跟faber「工匠」有關，其後b在r之前變成ŭ，c在兩個元音之間濁音化變成g，非重讀的i脫落，結果變成了faurga：從十三世紀起，au單元音化變成o，收尾的a變成e，即現代法語的forge「鐵鋪」。magister「教師，長官」跟magis「較大」有關，其後g在兩個元音之間脫落，古代法語變成了maistre：從十三世紀起，s在清輔音之前停止發音，變成了現代法語的maître「主人」。berbīcārius「牧羊人」跟berbīx「綿羊」有關，民間拉丁語為berbicariu(m)，其後第二個b因異化而消失，非重讀的i脫落，c濁音化變成g，ariu變成ier，結果變成了古代法語的bergier，從十三世紀起變成了現代法語的berger「牧童」。由此可見，許多拉丁語的可以論證的符號，到了現代法語都已變成絕對任意的，即不能論證的了。——校注

第七章 語法及其區分

一、定義；傳統的區分

靜態語言學或語言狀態的描寫，按照我們在「棋法」、「交易所法」等說法裡的非常確切的通用意義，可以稱爲**語法**①，那都是指的一種使共存的價值發生作用的複雜而有系統的對象。

語法是把語言當作表達手段的系統來研究的；所謂「語法的」，就是指共時的和表示意義的。由於任何系統都不同時跨著幾個時代，所以在我們看來，並沒有什麼「歷史語法」；所謂「歷史語法」實際上不過是歷時語言學。

我們的定義同人們一般所下的比較狹隘的定義不一樣。實際上，人們只同意把**形態學**和**句法**結合在一起叫做語法，而**詞彙學**或詞的科學卻被排除在外。

---

① 在法語裡，「棋法」、「交易所法」的「法」和「語法」用的是同一個詞——grammaire。——校注

但是首先，這樣的區分是否符合實際呢？它們同我們剛才所提出的原則是否協調呢？

形態學研究詞的各種範疇（動詞、名詞、形容詞、代詞等等）和詞形變化的各種形式（動詞變位，名詞變格等等）。人們爲了要把這種研究同句法分開，竟說什麼句法的研究對象是各個語言單位的功能，而形態學卻只考慮它們的形式。形態學只滿足於指出例如希臘語phúlax「看守人」的屬格是phúlakos，而句法卻要說明這兩個形式的用法。

但這種區別實是一種錯覺：phúlax這個名詞的一系列形式只有比較了各該形式所附的功能，才能成爲詞形變化的範例；反過來，這些功能也只因爲其中每一個都與一定的聲音符號相當，才接受形態學的管轄。名詞變格不是一張形式表，也不是一系列邏輯上的抽象概念，而是這兩者的結合（參看第一八八頁）：形式和功能是有連帶關係的，要把它們分開即使不說沒有可能，也是很困難的。在語言學上，形態學沒有眞正的和獨立自主的對象；它不能構成一門與句法分立的學科。

另一方面，把詞彙學排除在語法之外是否合邏輯呢？乍一看來，詞典裡所登記的詞似乎不在語法研究之列，因爲語法研究一般只限於各單位間的關係。但是人們馬上可以看到，這些關係中有許多既可以用詞來表示，也可以用語法手段來表示。例如在拉丁語裡，fīō「我被做」和faciō「我做」的對立跟dīcor「我被說」和dicō「我說」的對立是一樣的，而後者是同一個詞的兩個語法形式。在俄語裡，完成體和未完成體的區別，sprosít':spráŝivat'「問」用語法手段來表示，而skazát':govorít'「說」卻用詞彙手段來表示。人們一般把前置詞歸入語法，但是，en considération de「考慮到」這個前置詞短語卻主要是屬於詞彙學的，因爲considération「考慮」這個詞在這裡還保存著它的本義。我們試把希臘語的peíthō「我說服」：peíthomai「我服從」和法語的je persuade「我說服」：j'obéis「我服從」加以比較，就可以看到，前者的對立是用語法手段表示的，而後者的對立卻用詞彙手段來表示。有許多在某些語言裡用變格或前置詞表示的關係，在另外一些語言裡卻用更接近於固有的詞的複合詞（法語的royaume des cieux「天國」和德語的Himmelreich「天國」），或者派生詞（法語的moulin à vent「風磨」和波蘭語的wiatr-ak「風磨」），或者甚至單純詞（法語的bois de chauffage「木柴」和俄語的drová「木柴」，法語的bois de construction「木材」和俄語的lês「木材」）來表示。在同一種語言裡，單純詞和複合詞組的交互使用也是很常見的（試比較considérer和prendre en considération「考慮」，se venger de和tirer vengeance de「報復」）。

由此可見，從功能的觀點看，詞彙的事實可能跟句法的事實混同。另一方面，任何詞，只要不是簡單的、不能縮減的單位，都跟句子成分、句法的事實沒有本質上的區別。這些詞中各個次單位的排列和詞組的構成都服從相同的基本原則。

總而言之，語法的傳統區分可能有它們的實際用途，但是不符合自然的區別，而且缺乏任何邏輯上的聯繫。語法只能建築在另一個更高的原則上面。

二、合理的區分

形態學、句法和詞彙學的相互滲透，可以用一切共時態事實都具有根本相同的性質來加以解釋。它們之間不可能有任何預先劃定的界限。只有我們在上面所確立的句段關係和聯想關係間的區別才能自己提出一種並非外加的分類方式，唯一可以作爲語法系統基礎的方式。

任何構成語言狀態的要素應該都可以歸結爲句段理論和聯想理論。今後，我們似乎可以把傳統語法中的某些部分毫不費力地歸入這兩種理論中的某一種：屈折變化在說話者的心中顯然是形式的聯合的一種典型形式；另一方面，句法，按照最流行的定義，即詞的組合理論，可以歸入句段理論，因爲這些組合至少要有兩個分布在空間的單位。不是任何句段事實都可以歸入句法②，但是任何句法事實都屬於句段。

語法中任何一點都可以表明，從這雙重的觀點研究每個問題是很重要的。例如詞的概念就可以提出兩個不同的問題，那要看我們是從聯想方面還是從句段方面去加以考慮。法語grand「大」這個形容詞在句段裡有兩個形式（grā garsō「grand garcon，大男孩」和grāt āfā「grand enfant，大孩子」），在聯想方面又有另外兩個形式（陽性的grā「grand」和陰性的grād「grande」）。

每一事實應該都可以這樣歸入它的句段方面或聯想方面，全部語法材料也應該安排在它的兩個自然的軸線上面。只有這樣分配才能表明我們對共時語言學的通常框架應該作哪些改變。當然，我們在這裡不能執行這一任務，因爲我們的目的只限於提出最一般的原則。

② 因為有些句段事實涉及詞的結構，不能歸入句法。——校注

第八章　抽象實體在語法中的作用

有一個重要的題目我們還沒有接觸到，而它正可以表明我們必須從上述兩個觀點來探究一切語法問題。那就是語法中的抽象實體。我們現在首先從聯想方面來考慮這些實體。

把兩個形式聯想在一起，不只是感到它們有某種共同點，而且也是對支配著聯想的關係的性質作出識別。例如說話者意識到法語enseigner「教」和enseignement「教育」，或者juger「判斷（動詞）」和jugement「判斷（名詞）」的關係，跟enseignement和jugement的關係不一樣（參看第二二四頁以下）。這樣就把聯想的系統和語法的系統聯結起來了。我們可以說，研究語言狀態的語法學家，如果不涉及歷史，那麼他所作出的自覺的和有條理的分類的總數應該跟言語中起作用的自覺的或不自覺的聯想的總數相吻合。正是這些聯想把各種詞族、詞形變化範例、構詞要素：詞根、後綴、詞尾等等固定在我們的心中（參看第三三三頁以下）。

但聯想是否只分出一些物質要素呢？顯然不是。上面說的是它聚集一些只在意義上有聯繫的詞（試比較enseignement「教學」、apprentissage「見習」、éducation「教育」等等）。語法方面也應該這樣。例如拉丁語的三個屬格：domin-ī「主人的」、rēg-is「國王的」、ros-ārum「玫瑰花的」；詞尾的聲音毫無可供聯想的類似之處，但是人們還是因爲感到它們有共同的價值，用法相同，而把它們聯合在一起。只這一點已足以造成聯想，儘管沒有任何物質上的支持。屬格的概念就是這樣在語言中取得它的地位的。詞形變化的詞尾-us，-ī，-ō等（如在dominus「主人（主格）」、dominī「主人（屬格）」、dominō「主人（與格）」等詞中的）也是通過完全同樣的程序在人們的意識中取得聯繫，並分出變格和變格詞尾這些更一般的概念的。有些同一類的但更廣泛的聯想把一切名詞、形容詞等等都聯合起來，確定了詞類的概念。

所有這一切都存在於語言中，但作爲**抽象實體**而存在。研究這些實體很困難，因爲我們無法確實知道說話者的意識是否走得像語法學家的分析那麼遠。但主要的是：**抽象實體**，最後分析起來，總是以**具體實體**爲基礎的。沒有一系列物質要素做底層，任何語法抽象都是不可能的，最後總還是要回到這些要素上面來。

現在，讓我們從句段的觀點看。一個組合的價值往往跟它的要素的順序相關聯。說話者在分析一個句段的時候並不只限於識別它的各個部分，他還會在這些部分之間看到某種連續的順序。法語désir-eux「切望」或拉丁語signi-fer「旗手」的意義決定於各個次單位的位置：人們不能說eux-désir或者fer-signum。價值甚至可以同具體要素（如-eux或-fer）沒有任何關係，而只是各個要素的排列的結果。例如法語jedois「我應該」和dois-je?「我應該嗎？」這兩個組合之所以有不同的意義，只是由於詞序不同。一種詞言有時用詞序來表示的觀念，另一種語言卻用一個或幾個具體的要素來表示。英語在gooseberry wine「醋栗酒」，gold watch「金表」等句段類型中用單純的詞序表示的關係，現代法語都用前置詞（如vin de groseilles、montre en or等等）。另一方面，要表示直接賓語的概念，現代法語只把名詞置於及物動詞之後（試比較je cueille une fleur「我摘花」），而拉丁語和其他語言卻用具有特殊詞尾的賓格，如此等等。

詞序無可爭辯地是一種抽象實體，但同樣確實的是，這個實體的存在端賴包含著詞序而排列在單個向度的各個具體單位。認爲在這些分布於空間的物質單位之外有什麼無形的句法，將是一種錯誤。英語的the man I have seen「我曾見過的人」表明有一種句法事實似乎用零來表示，而法語卻要用que①。但是使人產生這種錯

① 同樣的句子，英語可以說成 the man I have seen 或 the man whom I have seen，而法語卻必須說成

覺，認爲虛位也可以表示某種觀念的，正是把它跟法語的句法事實相比。實際上，只有排列成某種順序的物質單位才能創造這種價值。人們沒法脫離一列具體的要素去議論一個句法的事例。此外，人們之所以能夠理解一個語言複合體（例如上述英語的那些詞），也只因爲這個要素的序列適當地表達了思想。

物質單位只有依靠意義，依靠它所具有的功能才能存在。這一原則對於認識較小的單位特別重要，因爲人們往往會認爲它們是憑藉它們的純物質性而存在的，例如認爲aimer「愛」只依靠它賴以構成的聲音而存在。反過來——正如我們剛才所看到的，——意義和功能也只有在某種物質形式的支持下才能存在。如果這後一條原則是針對一些較大的句段或句法類型制定的，那是因爲人們往往傾向於把它們看作翱翔於句子要素之上的非物質的抽象概念。這兩條原則互相補充著，跟我們上面所說的單位的劃分（參看第一九〇頁）是一致的。

---

l'homme que j'ai vu。英語的 the man I have seen 這個句子可以不用 whom 而用零來表示一種句法事實，而法語的 que 卻是必不可少的。——校注

第二編　歷時語言學

第一章 概述

歷時語言學研究的已不是語言狀態中各項共存要素間的關係，而是在時間上彼此代替的各項相連續的要素間的關係。

事實上，絕對的不變性是不存在的（參看第一四五頁以下）；語言的任何部分都會發生變化。每個時期都相應地有或大或小的演化。這種演化在速度上和強度上可能有所不同，但是無損於原則本身。語言的長河川流不息，是緩流還是急流，那是次要的考慮。

的確，對於文學語言的注意，往往會把我們的眼睛矇住，看不見這種不斷的演化。我們在下面第三五三頁將可以看到，文學語言是凌駕於流俗語言即自然語言之上的，而且要服從於另外的一些生存條件。它一經形成，一般就相當穩定，而且有保持不變的傾向。對文字的依靠使它的保存有了特殊的保證。所以它不能向我們表明，自然語言擺脫了一切文學的統制會改變到什麼程度。

語音學，而且整個語音學，是歷時語言學的頭一個對象。事實上，語音演化是跟狀態的概念不相容的；把音位或音位的組合同以前的情況相比就等於是建立歷時態。以前的時代可能遠些，也可能近些；但是如果兩個時代混而不分，語音學就插不上手，這時只有語言狀態的聲音描寫，那是音位學所要做的。

語音學的歷時特性很符合一條原則，即語音學上的一切，就廣義來說，沒有什麼是表示意義的或語法的（參看第六十二頁）。研究一個詞的聲音歷史，可以不管它的意義，只考慮它的物質外殼，把它切成音段，而不過問這些音段是否有意義。例如我們可以探索阿狄克希臘語的-ewo-這個音組變成了什麼音，而這個音組是沒有意義的。要是把語言的演化歸結爲聲音的演化，那麼語言學兩個部分固有對象的對立就立即明若觀火。我們將可以很清楚地看到，歷時的就等於非語法的，正如共時的等於語法的一樣。

但是隨著時間起變化的只有聲音嗎？詞的意義改變著；語法範疇演變著，其中有些隨著表達它們的形式一起消失了（例如拉丁語的雙數）。如果聯想共時態和句段共時態的一切事實都各有它們的歷史，那麼歷時態和共時態的絕對區別又怎能得以維持呢？只要我們離開了純粹語音學的範圍，這就會變得非常困難。

但是我們要注意，許多我們認爲是語法的變化實際上都是語音的變化。像德語以Hand:Hände「手」代替hant:hanti這樣一種語法類型的創造（參看第一五六頁），就完全可以用語音事實來加以解釋。像Springbrunnen「噴泉」，

Reitschule「騎術學校」之類的複合詞也是以語音事實爲基礎的。在古高德語裡，它們的頭一個要素不是動詞，而是名詞。beta-hūs是「祈禱室」的意思，但是由於結尾元音在語音上的脫落（beta-→bet-等等），它跟動詞（beten「祈禱」等等）建立了語義上的接觸，而Bethaus終於變成了「祈禱用的房子」的意思了。

在古日耳曼語用līch「外貌」這個詞構成的複合詞中（試比較mannolīch「有男子漢的外貌的」、redolīch「有理性的外貌的」等等），也曾發生過完全同樣的變化。現在，在許多形容詞裡（試比較verzeihlich「可原諒的」、glaublich「可信的」等等），-lich已經變成後綴，可以跟法語pardonn-able「可原諒的」、croy-able「可信的」等等的後綴相比。同時，人們對於這些詞的頭一個要素的解釋也發生變化：不再把它看作名詞，而看作動詞詞根。那是因爲在許多情況下，頭一個要素由於結尾元音的脫落（例如redo→red-）而變得跟動詞詞根（red-來自reden）一樣了。

因此，在glaublich「可信的」一詞裡，glaub-與其說是跟Glaube「信仰」接近，不如說是跟glauben「相信」接近。儘管詞根不同，sichtlich「可見的」也只是跟sehen「見」相關聯，而不再跟Sicht「光景」相關聯。

在所有這些和其他許多類似的例子裡，歷時態和共時態的區別仍然是很明顯的。我們必須記住這種區別，這樣，當我們實際上在歷時的領域內研究語音變化，繼而在共時的領域內考究語音變化所產生的後果時，才不致輕率地斷言是在研究歷史語法。

但是這種限制不能解決一切困難。任何語法事實的演化，無論是聯想的聚合還是句段的類型，都不能跟聲音的演化相提並論。它不是簡單的，它可以分解成許多特殊的事實，其中只有一部分跟語音有關。在一個句段類型的產生中，如法語的將來式prendre ai變成了prendrai「我將拿」，我們至少可以分辨出兩個事實：一個是心理的，即兩個概念要素的綜合①；另一個是語音的，它並且取決於前一個事實，即組合中的兩個重音縮減爲一個重音（préndre aí→prendraí）。

日耳曼語強式動詞的屈折變化（如現代德語的geben「給」，gab、gegeben等等，試比較希臘語的leípo「我留下」，élipon、léloipa等等），大部分以詞根的元音交替爲基礎。這個交替系統（參看第二八三頁以下）最初是相當簡單的，無疑是純粹的語音事實的結果。但是要使這些對立在功能上變得這樣重要，那原始的屈

① 法語的將來式prendrai「我將拿」來自prendre＋ai，prendre（不定式）是「拿」的意思，ai是「我有」的意思，本來是兩個概念要素，可是在prendrai中已經綜合成為一個概念了。——校注

折變化系統必須通過一系列不同的過程進行簡化：現在式的多種變異及其所附的意義色彩的消失，未完成過去式、將來式和不定過去式的消失，全過去式重疊式的消除等等。這些在本質上同語音毫無關係的變化把動詞的屈折變化縮減爲一小組形式，使詞根的元音交替在裡面獲得了頭等重要的表示意義的價值。例如我們可以斷言，geben:gab中e:a的對立比希臘語léípo:léloipa中e:o的對立更具有表意價值，因爲德語的全過去式沒有基本音節的重疊。

所以語音學雖然經常從某一方面介入演化，卻不能說明它的全部。一旦把語音學的因素除去，就會剩下似乎證明「語法史」的概念有其正當理由的殘餘，這是眞正的困難所在。歷時態和共時態的區別——我們應該保持這種區別——需要詳密的解釋，而這是本教程的範圍所容納不了的②。

---

② 除了這個數學上的和外部的理由之外，也許還可以加上另外一個理由：費·德·索緒爾在他的講授中從來沒有講過言語的語言學（參看第四十六頁以下）。前面說過，一種新的用法總是從一系列個人的事實開始的（參看第一八二頁）。我們可以認為作者不承認這些個人事實具有語法事實的性質，因為一個孤立的行為必然跟語言及其只決定於全部集體習慣的系統無關。只要這些事實屬於言語，它們就只是一些利用已有系統的特殊而完全偶然的方式。一個創新，只有當它被反覆

我們在下面將依次研究語音變化、語音交替和類比事實，最後簡單地談談流俗詞源和黏合。

使用，銘刻在人們的記憶裡，並且進入了系統的時候，才能發生轉移價值平衡的效果，而語言也就因此而自發地起了變化。我們在第四十六頁和第一五六頁所說的關於語音演化的話也可以適用於語法的演化：它的轉變是在系統之外的，因為演化中的系統是永遠看不見的；我們只是不時感到它不是原來的面目。這一試作的解釋只是我們的一種簡單的提示。——原編者注

第二章　語音變化

一、語音變化的絕對規律性

我們在第一七三頁已經看到，語音變化不影響到詞，而只影響到音。發生變化的是音位。正如一切歷時的事件一樣，這是一個孤立的事件，但是它的後果會使凡含有這個音位的詞都同樣改變了樣子。正是在這個意義上，語音變化是絕對有規律的。

在德語裡，所有的ī都變成了ei，然後變成ai：wīn、trīben、līhen、zīt變成了Wein「酒」、treiben「趕」、leihen「借」、Zeit「時間」。所有的ū都變成了au：hūs、zūn、rūch→Haus「房子」、Zaun「籬笆」、Rauch「煙」。同樣，ǖ變成了eu：hǖsir Häuser「房子（複數）」等等。相反，複合元音ie變成了ī，仍寫作ie：試比較biegen「折」、lieb「親愛的」、Tier「獸類」；此外，所有的uo都變成了ū：muot→Mut「勇敢」等等。所有的z（參看第八〇頁）都變成了s（寫作ss）：wazer→Wasser「水」，fliezen→fliessen「流」等等。兩個元音間的h都消失了：līhen、sehen→leien、seen（寫作leihen「借」，

sehen「見」）。所有的 w 都變成了脣齒音 v（寫作 w）：wazer→wasr（Wasser「水」）①。

在法語裡，所有顎化的 l 都變成了 y：piller「搶劫」、bouillir「沸騰」念成 piye、buyir等等②。

在拉丁語裡，兩個元音間的 s 在另一個時代變成了 r：*genesis、*asēna→generis「產生」、arēna「決鬥場」等等③。

---

① 古代德語的長元音 ī、ū、ǖ 於十四世紀至十六世紀之間複合元音化，變成了 ei（其後念成 ai），au、äu（其後念成 eu），如 wīn→wein（念wain）、hūs→Haus、hǖsir→Häuser（念heuzər）。同時，複合元音 ie、uo，單元音化，變成了 iū，如tier→tir（仍寫作Tier）、muot→mūt。z 變成了 s（寫作 ss），如wazer→wasser。兩個元音間的 h 脫落了，如sehen→seen（仍寫作sehen）。w 變成了 v，但寫法不變，如wazer→vasr（寫作Wasser）。所有這些把中古德語和現代德語區別開來。——校注

② 古代法語顎化的 l 於十七世紀開始變為 y，十八世紀初有些語法學家曾譏為「巴黎小資產階級的發音」，直到十八世紀三十年代才逐漸固定了下來，但寫法不變。——校注

③ 古拉丁語的 s 在兩個元音間變成了 r，如*arbosen→arboren「樹」。這一點，古羅馬語法學家瓦羅（Varro）在《論拉丁語》（*De lingua latina*）一書中已經指出。——校注

任何語音變化，從它的眞實情況看，都可以證明這些演變是完全有規律的。

二、語音變化的條件

上面所舉的例子已可以表明，語音現象並不永遠都是絕對的，它們往往同一定的條件聯繫著。換句話說，發生變化的不是音種，而是在某些環境、重音等等條件下出現的音位。例如拉丁語的s只在兩個元音間和某些其他位置上變成了r，而在別處卻保持著不變（試比較est「他是」、senex「老人」、equos「馬」）。

絕對的變化是極其罕見的。它們往往是由於條件具有隱蔽的或過於一般的性質，才看來好像是絕對的。例如德語的i變成了ei、ai，但只是在重讀音節④。印歐語的$k_1$⑤變成了日耳曼語的h（試比較印歐語的k_1 olsom、拉丁語的collum、德

④ 德語有一部分後綴，雖然是非重讀音節，也由i變成了ei和ai，如Fräulein「姑娘」的-lein在中古德語是-lin，後變為-lein，念成-lain。——校注

⑤ 印歐語的k分兩種：一種是顎音，標作k_1；一種是舌根音，標作k_2。k_1在satəm語言中變成了s，如梵語的çgatam「一百」、阿維斯塔語的satəm「一百」、立陶宛語的šim̃tas「一百」、古斯拉夫

語的Hals「脖子」），但是在s的後面卻不發生變化（試比較希臘語的skótos和峨特語的skadus「陰影」）。

此外，把變化分爲絕對的變化和條件的變化，那是以一種對事物的膚淺的看法爲基礎的，比較合理的是像越來越多的人那樣，稱爲自發的語音現象和結合的語音現象。由內在的原因產生的是自發的變化，由一個或幾個別的音位引起的是結合的變化。例如由印歐語的o變爲日耳曼語的a（試比較峨特語的skadus「陰影」、德語的Hals「脖子」等等）⑥就是一個自發的事實。日耳曼語的輔音演變或「Lautverschiebungen」也屬自發變化的類型：例如印歐語的k_1變成了原始日耳曼語的h（試比較拉丁語的collum「脖子」和峨特語的hals「脖子」）。英語還保

語的съто：在centum語言中變成了k，如希臘語的*ε-κατόν*「一百」、拉丁語的centum「一百」、威爾士語的cant「一百」等等。日耳曼語屬centum語言，但這個k_1，卻變成了h，如峨特語的hund「一百」、德語的hundert「一百」，英語的hundred「一百」。這裡所舉的例子也屬這一類型。——校注

⑥ 峨特語skadus「陰影」源出於印歐語的skotos，德語的Hals「脖子」源出於印歐語的kıolson，其中由印歐語的o變成日耳曼語的a都是自發的語音變化。——校注

存著原始日耳曼語的t，但是在高德語裡已變成了z（念作ts）試比較峨特語的taihun「十」、英語的ten「十」、德語的zehn「十」⑦。相反，由拉丁語的ct、pt變爲義大利語的tt（試比較factum→fatto「事實」、captīvum→cattivo「俘虜」）卻是一個結合的事實，因爲前一個要素爲後一個要素所同化。德語的「變音」也是由外在的原因引起的，即下一個音節有一個i：gast不發生變化，而gasti卻變成了gesti、Gäste「客人們」⑧。

必須指出，不論哪種情況，結果不是問題所在，有沒有變化也並不重要。例如我們試把峨特語的fisks「魚」和拉丁語的piscis「魚」，峨特語的skadus「脖子」

⑦ 輔音演變規律或Lautverschiebung是德國語言學家格里木（J. Grimm）於十九世紀初發現的，又稱「格里木定律」，內分第一次輔音演變規律和第二次輔音演變規律兩部分（參看岑旗祥《語言學史概要》，第二一一頁）。第一次輔音演變規律把印歐語系日耳曼族語言和其他族語區別開來，第二次輔音演變規律把日耳曼族的高德語和其他語言區別開來。——校注

⑧ 拉丁語的ct、pt變成了義大利語的tt，這在語音學上是一種逆同化。德語的「變音」（Umlaut），如gasti的a因受i的影響變成了e，也是一種逆同化。在語音學上，凡音的同化都屬結合的變化。——校注

和希臘語的skótos「脖子」比較，就可以看到，在前一個例子裡，i保持著不變，而在後一個例子裡，o卻變成了a。這兩個音，頭一個不變，後一個卻起了變化；但主要的是，它們都是獨自行動的。

結合的語音事實總是有條件的；自發的事實卻不一定是絕對的，它可能是消極地因爲缺乏某些變化的因素而引起。例如印歐語的k_2自發地變成了拉丁語的qu（試比較quatuor「四」、inquilīna「外來的」等等），但是它的後面不能跟著比如o或u（試比較cottīdie「每天」、colō「我種田」、secundus「第二」等等）。同樣，印歐語的i在峨特語的fisks「魚」等詞中保持不變，也有一個條件，即後面不能跟著r或h，否則就變成了e，寫作ai（試比較wair=拉丁語的vir「男人」、maihstus = 德語的Mist「屎」）。

三、方法上的要點

表達這些現象的公式應該考慮到上述區別，否則就會出現假象。

下面是一些不正確的例子。

按照維爾納定律的舊公式⑨，「在日耳曼語裡，一切非開頭的þ，如果後面有重音跟著，都變成了đ'」：試比較一方面*faþer→*fađer（德語Vater「父親」）、*libumé→*liđumé（德語litten「受苦」），另一方面*þrīs（德語drei「三」）、*brōer（德語Bruder「兄弟」）、*liþo（德語leide「受苦」），在這裡，þ還繼續存在。這個公式認爲重音具有積極的作用，並爲開頭的þ引入了一個限制的條款。實際上完全不是這樣：日耳曼語和拉丁語一樣，p在詞的內部都有自發濁音化的傾向，只有落在前一元音的重音才能防止它。所以一切都給弄顛倒了。這事實是自發的，而不是結合的；重音是演變的障礙，而不是激發的原因。我們應該說：「一切詞中的p都變成了đ'除非有一個落在前一元音上的重音同它相對抗。」

爲了很好地把什麼是自發的和什麼是結合的區別開來，我們必須分析變化的各個階段，不要把間接的結果當作直接的結果。例如爲了解釋r音化現象（試比較拉丁語的*genesis→generis「產生」），認爲s在兩個元音間變成了r是不正確

⑨ 維爾納（K. Verner, 1846～1896），丹麥語言學家，哥本哈根大學教授，曾發現在日耳曼語裡，重音的位置對於塞音的變化有很大作用，一般稱為「維爾納定律」。德．索緒爾在這裡根據語音學原理批評了其中某些解釋上的錯誤。——校注

的。因爲s沒有嗓音，絕不能一下子變爲r。實際上，這裡有兩層動作：s由於結合變化成了z，但是拉丁語的語音系統沒有把z保存下來，於是爲很接近的r所代替，而這種變化卻是自發的。有人由於一種嚴重的錯誤，把這兩個不同的事實混爲一個單一的現象。這錯誤是在於一方面把間接的結果當作直接的結果（用s→r代替z→r），另一方面把整個現象看作是結合的；其實只有它的頭一部分才是結合的。說法語的e在鼻音之前變成了a，也是同樣的誤解。實際上是先有結合變化，即e爲n所鼻化（試比較拉丁語的ventum→法語的vent「風」，拉丁語的fēmina→法語的fēmə、fẽmə「女人」），然後提由ẽ變爲ã的自發變化（試比較vãnt、fãmə，現在是vã、fam）⑩。有人反駁說，這種變化只有在鼻輔音之前才能發生，那是徒勞的。問題不在於要知道e爲什麼要鼻化，而只是要知道ẽ變爲ã是

---

⑩ 拉丁語的ventum「風」和fēmina「女人」變成了現代法語的vent[vã]和femme [fam]，不是因為e在鼻音之前變成了a，而是經過ventum→vẽnt→vãnt→vã，fēmina→fēmə→fẽmə→fãmə→fam等等一系列過程的，這可以從以下兩方面得到證明：⑴直到十一世紀末，古代法語的文獻中還嚴格地保存著ẽ和ã這兩個聲音，不能相混；⑵直到現在，法國西北部的某些方言還保存著en和an的區別。——校注

自發的還是結合的。

我們在這裡追述的方法上的最嚴重的錯誤與上面介紹的原則無關，而是在於把一個語音定律表述爲現在式，彷彿它所包括的事實一個子就是那個樣子，而不是在一段時間內產生和消亡的。這就引起混亂，因爲這樣一來就把事件在年代上的一切順序都給取消了。我們在第一七九頁對說明trikhes:thriksí的二重性的連續現象進行分析的時候曾強調這一點。有人說：「拉丁語的s變成r。」他要使人相信r音化是語言的本質所固有的，可是遇到像causa「原因」、rīsus「笑」這樣的例外仍然感到爲難。只有「拉丁語兩個元音間的s在某一時代變成了r」這個公式可以使人想到，在s變爲r的時候，causa、rīsus等詞並沒有兩個元音間的s，因此避免了變化；事實上，人們那時還說caussa、rīssus。根據同樣的理由，我們必須說：「伊奧尼亞方言的ā變成了ē（試比較mátēr→mḗtēr「母親」等等）」，因爲要不是這樣，我們就無法解釋pâsa「一切」、phāsi「他們說」等等的形式（它們在發生變化的時代還是pansa、phansi等等）⑪。

⑪ 伊奧尼亞方言是古希臘的一種方言，它跟作為古希臘語基礎的阿狄克方言不盡相同，但是有對應關係。這裡所舉的例子，mátēr是阿狄克方言的形式，其餘的都是伊奧尼亞方言的形式。——校注

四、語音變化的原因

這些原因的探討是語言學中最困難的問題之一。曾有人提出過好幾種解釋，沒有一種是能夠完全說明問題的。

1. 有人說，人種有一些素質預先劃定了語音變化的方向⑫。這裡提出了一個有關比較人類學的問題：發音器官是否會隨人種而不同呢？不，並不比個人間的差異大多少。一個出生後就移居法國的黑人說的法語跟法國本地人所說的一樣漂亮。此外，如果我們使用像「義大利人的發音器官」或者「日耳曼人的嘴不容許這麼說」之類的說法，就會有危險把純粹歷史的事實變爲永恆的特質。這種錯誤無異於用現在式表述語音現象。硬說伊奧尼亞人的發音器官不適宜於發長

---

⑫ 當時持這種觀點的有洛茲（Lotze）、麥克爾（Merkel）、謝勒（Scherer）、奧斯特霍夫（Osthoff）諸人，他們都強調不同種族的發音器官具有特殊的生理結構。法國實驗語音學創始人盧斯洛（Rousselot）在所著《土語研究》一書中也認為語音變化決定於神經中樞系統的特點。德·索緒爾在這裡批評了他們的這種觀點。——校注

ā，所以把它變成ē，這跟說伊奧尼亞方言的ā「變成」⑬ē是一樣錯誤的。伊奧尼亞人的發音器官對於發ā音並沒有什麼嫌忌，因爲在某些情況下，它也容許發這個音。所以這並不是什麼人類學上的無能的問題，而是發音習慣改變的問題。同樣，拉丁語一度不保留兩個元音間的s（*genesis→generis「產生」），可是稍後又重新把它引了進來（試比較*rissus→rīsus「笑」）；這些變化並不表明拉丁人的發音器官有什麼永恆的素質。

誠然，一個民族在一個時代的語音現象有個一般的方向。現代法語複合元音的單元音化就是同一傾向的表現⑭。但是我們在政治史上也可以找到類似的一般潮流，卻從不懷疑它們的純歷史的特徵，也沒有看到有什麼人種的直接影響。

---

⑬「變成」在這裡用的是現在式（devient），不是指已成事實的「變成了」（est devenu）。——校注

⑭這是指的古代法語從十二世紀至十六世紀這段時間內複合元音的單元音化，如fait「事實」念[fɛ]、tout「完全」念[tu]、haut「高」念[o]等等。這些詞的複合元音雖然起了變化，但寫法還是一樣。——校注

2.往往有人把語音變化看作對土壤和氣候情況的適應⑮。某些北方的語言堆積著許多輔音，某些南方的語言更廣泛地利用元音，因此它們的聲音很和諧。氣候和人們的生活條件可能對語言有影響，但是仔細研究起來，問題卻很複雜：例如斯堪的納維亞的語言充滿著輔音，而毗鄰的拉普人和芬蘭人的語言，元音卻比義大利語還要多。我們還可以注意到，現代德語輔音的堆積，在許多情況下都是晚近由於重音後元音的脫落而產生的；法國南部的某些方言沒有北部的法語那麼厭惡輔音群，而塞爾維亞語和莫斯科的俄語卻有一樣多的輔音群，如此等等。

3.有人援引省力律來加以解釋，那就是用一次發音來代替兩次發音，或者用比較方便的發音來代替困難的發音。這一觀念，不管怎麼說，很值得考察。它在某種程度上可以說明現象的原因，或者至少指出應該往哪個方向去探討這種原因。

省力律似乎可以解釋某些情況：例如由塞音變擦音（拉丁語habēre→法語avoir

---

⑮當時持這種觀點的主要有梅耶爾（H. Meyer）、施里能（Schrijnen）等人，而馮德（Wundt）和鄂爾特爾（Oertel）卻是反對這一觀點的。——校注

「有」），許多語言中大量結尾音節的脫落，同化現象（例如ly→ll，*alyos→希臘語állos「別的」；to→nn，*atnos→拉丁語annus「年」），複合元音單元音化其實只是同化的一個變種（例如ai→ę，法語maizōn→męzõ「房子」）等等。

不過，我們也可以舉出一樣多的恰恰相反的情況。例如，同單元音化相對，我們可以舉出德語的ī、ū、ǖ變成了ei、au、eu。如果說斯拉夫語的ā、ē變成短音ă、ĕ是省力的結果，那麼德語的相反的現象（făter→vāter「父親」、gĕben→gēben「給」）就應該認爲是費力的結果了。如果認爲發濁音比清音容易（試比較pera→普羅旺斯語obra「工作」），那麼相反的就應該更加費勁，可是西班牙語的Ž卻變成了χ（試比較hiχo「兒子」，寫作hijo）日耳曼語的b、d、g變成了p、t、k。如果我們把送氣的消失（試比較印歐語*bherō→日耳曼語beran）看作力量的減省，那麼德語在原來沒有送氣的地方加上了送氣（Tanne「羅漢松」、Pute「火雞」等等念成Thanne、Phute），又該怎麼說呢？

這些評論並不是想要反駁大家提出的解決辦法。事實上，我們很難爲每種語言規定什麼音比較易發，什麼音比較難發。如果就音長來說，短音化符合省力的原則，這固然是對的，那麼，漫不經心的發音常落在長音上面，而短音卻要求更多的注意，這同樣也有道理。因此，假設有不同的素質，我們就可以從相同的觀點舉出兩個相反的事實。同樣，由k變爲tš（試比較拉丁語cēdere→義大利語cedere「退讓」），假如只考慮變化的兩頭，似乎是力量的增強；但是如果把演變的鏈條構擬出來，也許會得出不同的印象：k由於與後面的元音發生同化變成了顎化的k'，然後由k'變成ky，糾纏在k'音中的兩個要素明顯地起了分化，發音並不變得更加困難，然後由ky陸續變爲ty、tx、tš，處處都顯得用力更小。

這裡有一個廣泛的研究要進行，這個研究要做得完備，必須既考慮到生理觀點（發音問題），又考慮到心理觀點（注意力問題）。

4. 近年來有一個盛行一時的解釋，把發音的變化歸因於幼年時所受的語音教育⑯。兒童要經過多次的摸索、嘗試和糾正之後，才能發出他從周圍的人所聽到的聲音；這裡就是語音變化的萌芽。某些未經糾正的不正確的發音在個人方面獲得

⑯ 特別參看布雷默（Bremer）的《德語語音學》，鄂爾特爾（Oertel）的《語音研究講話》，他們都主張一種所謂「世代理論」。——校注

勝利，在成長的一代中固定了下來。我們的孩子往往把發k發成t，我們的語言在它們的歷史上並沒有表現出相應的語音變化；但是另外有些變形卻不是這樣。例如在巴黎，有許多孩子用顎化的l發fl’eur「花」、bl’anc「白」，義大利語的florem就是經過同樣的過程變爲fl’ore，然後變爲fiore「花」的。

這些驗證很值得注意，但是還解決不了問題。事實上，我們看不出爲什麼某一代人同意保存某些不正確的發音而排除另外一些不正確的發音，儘管它們都同樣自然。實際上，他們對於不正確的發音的選擇顯然是純粹任意的，我們看不出其中有什麼道理。此外，爲什麼某種現象這一次行得通，而在另一次卻行不通呢？

這種看法也適用於上面提到的一切原因，如果我們承認這些原因能起作用的話。氣候的影響、民族的素質、省力的傾向都是永恆的或持久的原因；它們爲什麼總是交替地起作用，有時影響到音位系統的這一點，有時影響到音位系統的哪一點呢？歷史事件應該有一個決定的原因，但是沒有人能說出在每種情況下，如果變化的一般原因久已存在，那麼，它是由什麼發動的呢？這就是最難解釋的一點。

5. 有時候，人們想從民族在某一時期的一般狀況去找一種決定的原因[17]。語言所經歷的各個時代，有些是多事之秋，於是有人企圖把語言跟外部歷史的動盪時期拉上關係，從而找出政治上的不穩定和語言的不穩定之間的聯繫；他們相信這樣一來就可以把一般關於語言的結論應用於語音變化。例如，大家看到，拉丁語變爲羅曼族諸語言的過程中，最嚴重的動盪就發生在非常混亂的入侵時代。爲了避免誤入歧途，我們應該緊握住以下兩種區別：

(1) 政治上的穩定和不穩定影響語言的方式是不同的，這裡面沒有任何相互關係。當政治的平衡延緩語言發展的時候，那是一種積極的，雖然是外部的原因，而具有相反效果的政治不穩定只能消極地起作用。一種語言的不變性，相對穩固性，可能來自語言外部的事實（宮廷、學校、科學院、文字等等的影響），這些事實又會因社會和政治上的平衡而獲得積極的維護。相反，如果民族的狀況中猝然發生某種外部騷動，加速了語言的發展，那只是因爲語言恢復了它的自由狀態，繼續它的合乎規律的進程。拉丁語在古典時代的穩

---

⑰ 特別參看施密德（J. Schmidt）的《印度日耳曼元音系統的歷史》和《響音理論》，浮士勒（K. Vossler）在《語言中的精神和文化》一書中也持這一主張。——校注

固不變是由於一些外部事實的結果，不能跟它後來遭受的變化相比，因爲這些變化是由於缺少某些外部條件而自發發生的。

(2)這裡討論的只是語音現象，不是語言的名種變更。我們要知道，語法變化正是這種原因產生的；語法事實總在某一方面跟思想有關聯，而且比較容易受到外部騷動的反響，這些騷動對於人們的心理有更直接的反應。但是誰也無法承認，一種語言聲音的急速發展會跟民族歷史的動盪時代相符。

此外，我們舉不出任何時代，哪怕是當語言處在一種人爲的不變狀態的時代，語音是不發生變化的。

6. 也有人援用「先居民族的語言底層」的假設，認爲有些變化是由於新來的民族併吞當地居民所產生的結果[18]。例如oc語和oïl語[19]的差別就跟克勒特語土著成分在高盧兩部分的不同比例相應。這一理論也曾被用來解釋義大利語方言的分

---

[18] 「底層理論」最先是由義大利語言學家阿斯戈里（Ascoli）提出用來解釋羅曼族諸語言間的差別的，其後許多語言學家如保羅、舒哈爾德和梅耶等都曾廣泛加以利用。——校注

[19] oc語指法國南部的方言，oïl語指法國北部的方言，以羅亞爾河為分界線。oc和oïl都是「是」的意思：oc語把「是」說成oc，oïl語把「是」說成oïl，因以得名。——校注

歧，把它們歸結爲各地區分別受過里古利亞語、埃特魯斯克語等等的影響。但是這一假設首先必然以很少見的情況爲依據。其次還是明確：那是不是說，以前的居民在採用新語言的時候，曾引進了自己的某些語音習慣呢？這是可以接受的，而且是相當自然的。但是假如再求助於種族等等無法估量的因素，那就會重新陷入上面所指出的漆黑一團。

7. 最後一個解釋——不大値得叫做解釋——把語音變化和風尙的變化看作一樣東西[20]。但是風尙的變化是什麼，誰也沒有解釋過。大家只知道這種變化要取決於模仿規律，那是許多心理學家所研究的。可是這種解釋儘管解決不了問題，卻有一個好處，就是把這問題帶進了另一個更廣泛的問題：語音變化的原則純粹是心理的。不過，模仿的出發點在哪裡，這對於語音變化和風尙的變化來說都是一個謎。

[20] 這是指的弗里德利希・繆勒（Friedrich Müiler）所主張的語音風尚理論。德・索緒爾在這裡順帶批評了塔爾德（Tarde）及其擁護者葉斯泊森（O. Jespersen）的模仿理論。——校注

五、語音變化的效能是無限的

如果我們要估量一下語音變化的效果，很快就可以看到，那是無限的，不可估量的，也就是說，我們無法預見它們將止於何處。認爲一個詞只能改變到某一點，彷彿它裡面有什麼東西會把它保持住，那是很幼稚的㉑。語音變化的這種特性決定於語言符號的任意性，它是跟意義毫無聯繫的。

我們完全能夠在某個時候指明一個詞的聲音受到損害，損害到什麼程度。但是無法說出它已經變了多少或將會變得無法辨認。

日耳曼語曾使印歐語的*aiwom試比較拉丁語的aevom「永遠、世紀」變成了*aiwan、*aiwa、*aiw，正如所有帶有這詞尾的詞一樣。其後，*aiw又變成了古德語的ew，如同一切包含著aiw這個音組的詞一樣。然後，由於所有結尾的w都變成了o，於是成了ēo。接著，ēo按照其他同樣普遍的規律又變成了eo、io；其後，io變成了ie、je，最後變成現代德語的jē（試比較das schönste、was ich *je* gesehen

---

㉑ 德・索緒爾在這裡堅決站在新語法學派的立場反對古爾替烏斯（Curtius）所說詞的各部分的意義會對語音變化發生影響。——校注

habe「我所見到的最漂亮的」）。

如果只考慮它的起點和終點，當前的這個詞已沒有任何一個原始的要素。可是孤立地看，每個階段都是絕對確實和合乎規律的，而且每一階段的效果都是有限制的。但是整個給人的印象是無限數的變化。我們把拉丁語的calidum直接跟它已變成現代法語的šo（寫作chaud「熱」）比較，然後重建出它的各個發展階段calidum，calidu，caldu，cald，calt，tšalt，tšaut，šaut，šot，šo，也能看到同樣的情況。同樣也可比較民間拉丁語的*waidanju→gẽ（寫作gain「收益」），minus→mwē（寫作moins「更少」），hoc illī→wi（寫作oui「是的」）。

語音現象可以影響到任何種類的符號，不分形容詞、名詞等等，不分詞幹、後綴、詞尾等等，在這個意義上，它也是無限制的和不可估量的。它應該先驗地就是這樣的，因爲如果有語法介入，語音現象就會同共時事實相混，而那是根本不可能的。這就是所謂語音演化的盲目性㉒。

例如希臘語的 s 在 n 之後已經脫落，不僅在沒有語法意義的*khānses「鵝」、

㉒ 這是指新語法學派所說的Die Lautgesetze wirken mit blinder Naturgewalt（語音定律以盲目的自然力量起作用）。——校注

*mēnses「月」（其後變成khênes，mênes）裡是這樣，在像*etensa「我鼓起」、*ephansa「我顯示」等等（其後變成éteina、éphēna等等）這樣用來表示不定過去式的動詞形式裡也是這樣。在中古高德語裡，重音後的元音ĭ、ĕ、ă、ŏ都取得了相同的音色e（gibil→Giebel「山頭」、meistar→Meister「主人」），儘管音色不同是許多詞尾的特徵。於是，單數賓格的boton和單數屬格以及與格的boten都變成了boten「使者」。

由此可見，如果語音現象沒有任何限制，它就會給語法構造帶來深刻的紊亂。我們現在將從這方面去考慮。

第三章　語音演化在語法上的後果

一、語法聯繫的破裂

語音現象的頭一個後果是割斷了兩個或幾個要素間的語法聯繫，因此人們有時會感到某個詞不是從另一個詞派生出來的。例如：

mansiō——*mansiōnāticus

maison「家」‖ménage「家務」

人們的語言意識從前把*mansiōnāticus看作mansiō的派生詞，後來，語音的變化把它們分開了。同樣：

(vervēx——vervēcārius)

民間拉丁語berbīx——berbīcārius

brebis「母羊」‖berger「牧童」

這種分隔對於意義自然有所反應，因此，在有些地方土語裡，berger已專指「看牛的人」。

又如：

Grātiānoplis——grātiānopolitānus　decem——undecim

Grenoble（地名）‖Grésivaudan「格雷西佛丹」　dix『十』‖onze『十一』

類似的情況還有峨特語的bītan「咬」——bitum「我們已經咬」——bitr「刺痛的，痛苦的」。一方面由於t→ts(z)變化的結果，另一方面由於保存著tr這個音組，西部日耳曼語把它變成了bīzan，bizum‖bitr。

語音演化還割斷了同一個詞兩個屈折形式間的正常關係。例如comes「伯爵（主格）」——comiten，「伯爵（賓格）」變成了古法語的cuens‖comte，barō「男爵（主格）」——barōnem「男爵（賓格）」→ber‖baron，presbiter「祭司（主格）」——presbiterum→「祭司（賓格）」→prestre‖provoire。

在別的地方，一個詞尾分成了兩個。印歐語的任何單數賓格都有同一個詞尾-m①（*ek$_1$ wom「馬」、*owim「酒」、*podm「腳」、*māterm「母親」等等）。拉丁語在這一方面沒有根本的變化；但是在希臘語裡，由於鼻響音和鼻輔響音的變化極不相同，因此造成了兩套不同的形式：híppon,ó(w)in:póda, mátera②。複數賓格的情況也十分相似（試比較híppous和pódas）。

二、詞的複合結構的消失

語音變化在語法上的另一個後果是使過去有助於確定一個詞的意義的不同部分變得不能分析：整個詞變成了分不開的整體。例如法語的ennemi「敵人」（試比較拉丁語的in-imīcus—amīcus「朋友」）、拉丁語的perdere「損失」（試比較

① 或者-n?試比較第一七一頁附注。——原編者注

② 德·索緒爾在這裡根據勃魯格曼於一八七六年在《希臘語和拉丁語語法研究》第九期發表的《印度日耳曼基礎語的鼻響音》一文和他自己於一八七九年發表的《論印歐語元音的原始系統》中關於響音的理論，從希臘語a和拉丁語em的對應關係確定印歐基礎語的鼻響音和鼻輔響音，認為它們在拉丁語裡沒有根本變化，但是在希臘語裡卻變成了兩套不同的形式。——校注

更古的per-dare-dare「給」），amiciō「我包上」（代替*ambjaciō—jaciō「拋擲」、德語的Drittel「三分之一」代替drit-teil——teil「部分」）。

我們還看到，這種情況可以歸結爲前一節的情況：例如，ennemi是不能分析的，那等於說我們不能像in-imīcus那樣把它跟單純詞amicus比較：

amīcus—inimīcus
ami「朋友」‖ennemi「敵人」

這個公式和

mansiō—mansiōnāticus
maison「家」‖ménage「家務」

完全一樣。又試比較：decem—undecim:dix「十」‖onze「十一」。

古典拉丁語的單純形式hunc「此（陽性、單數、賓格）」、hanc「此（陽性、單數、賓格）」、hāc「此（陽性、單數、離格）」等等，可以追溯到碑銘所表明的形式，hon-ce、han-ce、hā-ce，乃是代詞和虛詞-ce黏合的結果[3]。從前，hon-ce等等可以同ec-ce「由此」比較，後來由於-e的脫落，這已成爲不可能，那等於說，我們再也辨不出hunc、hanc、hāc等等的要素了。

語音演化在使分析成爲完全不可能之前，是從擾亂分析開始的。印歐語的名詞屈折變化可提供一個這樣的例子。

印歐語的名詞變格是：單數主格*pod-s、賓格*pod-m、與格*pod-ai、方位格*pod-i、複數主格*pod-es、賓格*podns等等。起初，*ek$_1$wos的屈折變化也完全一樣：*ek$_1$wos、*ek$_1$wo-m、*ek$_1$wo-ai、*ek$_1$wo-i、*ek$_1$wo-es、*ek$_1$wo-ns等等。在那個時代，*ek$_1$wo-同*pod-一樣，很容易分出。但是後來元音的縮減改變了這種狀態：與格*ek$_1$wōi，方位格*ek$_1$woi，複數主格*ek$_1$wōs。從此，詞幹*ek$_1$wo-的明晰性受到了損害，分析時不好捉摸。其後又發生了新的變化，例如賓格的分化（參看第二七六頁），把原始狀態的最後一點痕跡全給抹掉了。色諾芬

---

③ 古典拉丁語hĭc（陽性、單數）、haec（陰性、單數）、hŏc（中性、單數）是近指代詞，有「此」的意思。這裡所說hunc是hĭc的賓格，hanc是haec的賓格，hāc是haec的離格，其中的-c都是由-ce變來的，-ce原來是一個虛詞。——校注

同時代的人④或許已有一種印象，認爲詞幹是hipp-，詞尾是元音性的（hipp-os等等），其後，$*ek_1$ wo-s和*pod-s兩種類型就截然分開了。在屈折變化的領域內，如在其他地方一樣，擾亂分析就會促使語法聯繫的鬆弛。

三、沒有語音上的同源對似詞

在第一、第二節所考察的兩種情況裡，語音演化把兩項起初在語法上有聯繫的要素徹底地分開了。這種現象很可能引起解釋上的嚴重錯誤。

當我們看到中古拉丁語的barō: barōnem有相對的同一性，而古法語的ber:baron卻截然不同的時候，我們能不能說那是同一個原始單位（bar-）朝著兩個不同的方向發展，產生了兩個形式呢？不能。因爲同一個要素不可能同時在同一個地方發生兩種不同的變化；這是違反語音變化的定義的。語音演化本身不能創造兩個形式來代替一個形式。

---

④ 色諾芬（Xénophon），雅典史學家和將軍，約生於西元前四三四年，死於西元前三五五年。色諾芬的同時代人即指西元前五世紀至四世紀的希臘人。——校注

人們對我們的主張可能提出異議，我們假定這些異議以下列舉例的方式提出：有人說，拉丁語的collocāre變成了法語的coucher「躺下」和colloquer「安置」。不對。collocāre只變成了coucher；colloquer只是借用這拉丁詞的雅詞（試比較rançon「贖」和rédemption「贖罪」等等）。

但是cathedra不是變成了chaire「講座」和chaise「椅子」這兩個眞正的法語的詞嗎？實際上，chaise是一個方言的形式。巴黎土話把兩個元音間的r變成了z，例如把père「父親」、mère「母親」說成pèse、mèse。法蘭西文學語言只保存了這種地區發音的兩個樣品：chaise和bésicles（béricles的同源對似詞，來自béryl⑤）。這種情況恰好可以同畢卡迪方言的rescapé「脫險者」相比，它剛進入共同法語，一下子就同réchappé「倖免於難的人」對立而並存。現代法語有cavalier「騎兵」又有chevalier「騎士」，有cavalcade「騎馬隊」又有chevauchée

⑤ Bésicles是一種舊式的大型眼鏡，跟béricles是同源對似詞，來自一種綠柱石béryl，因為這種眼鏡就是用béryl製成的，加上後綴-cle表示「小」的意思。十五世紀至十七世紀這個期間，巴黎人習慣於把兩個元音間的r念成s[z]，於是béricles變成了bésicles。十七世紀後，巴黎人的這種特殊發音雖已消失，但是bésicles這個詞卻被保存了下來。——校注

「騎馬行列」，那是因爲cavalier和cavalcade是從義大利語借來的。這歸根到底跟拉丁語的calidum「熱」變成法語的chaud和義大利語的caldo是一樣的。所有這些例子都涉及借詞的問題。

如果有人問，拉丁語的代詞mē「我」在法語裡怎麼變成了me和moi兩個形式（試比較il me voit「他看見我」和c'est moi qu'il voit「他看見的是我」），那麼，我們可以回答：變成me的是拉丁語的非重讀的mē；重讀的mē變成了moi。然而是否出現重音並不取決於使mē變成me和moi的語音規律，而是取決於這個詞在句子中的作用；這是語法上的二重性。同樣，德語的*ur-在重讀音節仍然是ur-，而在重音之前卻變成了er-（試比較úrlaub「休假」：erlaúben「允許」）；但是重音的這種作用本身是跟含有ur-的結構類型相關聯的，因此也是跟語法條件和共時條件有關的。最後，回到我們在開頭所舉的列子，bárō:barṓnem這兩個詞在形式上和重音上的差別顯然在語音變化之前就已經存在了。

事實上，我們不管在什麼地方都看不到語音上的同源對似詞。語音演化只是加強了在它之前早已存在的差別。這些差別只要不是由於外部原因例如借詞引起的，就一定會有語法上的和共時的二重性，而這是跟語音現象絕對沒有關係的。

四、交替

在像maison：ménage這樣的兩個詞裡，或者由於其中表示差別的要素（-ezō和-en-）不好比較，或者由於沒有別的成對的詞具有相同的對立，人們往往不耐煩去探究它們何以會有差別。但是有時兩個相鄰要素間的差別只在於一兩個很容易挑出的成分，而且這個差別在一系列平行的成對的詞裡有規律地反覆出現，那就是語音變化在裡面起作用的最廣泛的、最平常的語法事實：我們管它叫**交替**。

在法語裡，所有拉丁語開音節的ǒ在重讀音節裡都變成了eu，在重音之前都變成了ou；因此而有像pouvons「我們能夠」：peuvent「他們能夠」、œuvre「作品」：ouvrier「工人」、nouveau「新」：neuf「新」：等等這樣的成對的詞，我們可以毫不費力地從中挑出一個表示差別的、有規律地起變化的要素來。在拉丁語裡，r音化使gerō「我引帶」和gestus「被引帶」、oneris「負擔（屬格）」和onus「負擔（主格）」、maeror「悲傷」和maestus「悲傷的」等等互相交替。在日耳曼語裡，由於s隨著重音的位置而有不同的變化，所以中古高德語有ferliesen「遺失」：ferloren「遺失（過去分詞）」、kiesen「選擇」：gekoren「選擇（過去分詞）」、friesen「冷凍」：gefroren「冷凍（過去分詞）」等等。現代德語beissen「咬」：biss「咬（過去式）」、leiden「遭受」：litt「遭受（過去式）」、reiten「騎」：ritt「騎（過去式）」等等的對立可以反映出印歐語e的脫落。

在所有這些例子裡，受影響的都是詞根要素；但是，不消說，詞的任何部分都可以有類似的對立。最普通的，像前綴可以隨詞幹開頭部分的性質而有不同的形式（試比較希臘語的apo-dídōmi「償還」：ap-érchomai「離開」、法語的inconnu「不認識的」：inutile「無用的」）。印歐語e：o的交替，最後分析起來，應該是由於語音的原因；這種交替，我們在許多後綴要素裡都可以找到【希臘語的híppos「馬」：híppe「馬（呼格）」、phér-o-men「我們攜帶」：phér-e-te「你們攜帶」、gén-os「宗族」：gén-e-os「出生」代替了*gén-es-os等等】。在古法語裡，拉丁語重讀的a在顎音後有特殊的變化；因此在許多詞尾裡都有e：ie的交替【試比較chant-er「唱」：jug-ier「判斷」、chant-é「唱（過去分詞）」：jug-ié「判斷（過去分詞）」、chant-ez「你們唱」：jug-iez「你們判斷」等等】。

因此，我們可以給交替下個定義：在兩系列共存的形式間有規則地互換的兩個音或音組的對應。

正如語音現象不能單獨解釋同源對似詞一樣，我們可以很容易看到，它同樣既不是交替的唯一原因，也不是主要原因。有人說拉丁語的nov-由於語音變化變成了neuv-和nouv-（法語的neuve「新」和nouveau「新」），那是一個捏造的虛幻的統一性，而且不知道在它之前早已存在著一種共時的二重性。nov-在nov-us和nov-ellus裡的位置不同[6]是語音變化之前就存在的，同時顯然是屬於語法方面的（試比較barō：barōnem）。正是這種共時的二重性引起一切的語音交替，並使它們成爲可能。語音現象沒有破壞統一性，它只是由於拋棄了一些聲音而使各項共存要素間的對立顯得更爲明顯。只是因爲聲音構成了交替的材料，以及聲音的更迭在交替的產生中起作用，而認爲交替屬於語音方面，這是不對的。不少語言學家有這錯誤看法。事實上，交替無論從它的起點或終點看，都總是屬於語法的和共時態的。

五、交替的規律

交替能否歸結爲規律，這些規律又是什麼性質的呢？

---

⑥ nov-在nov-us裡是重讀音節，到法語變成了neuv-；在nov-ellus裡是非重讀音節，到法語變成了nouv-。——校注

試舉現代德語裡常見的e:i交替⑦爲例。如果亂七八糟地把所有的例子都列舉出來【geben「結」：gibt「他給」、Feld「田地」：Gefilde「原野」、Wetter「氣候」：Wittern「嗅」、helfen「幫助（動詞）」：Hilfe「幫助（名詞）」、sehen「看見」：Sicht「景象」等等】，我們將無法定出任何一般的原則。但是如果我們從這一大堆雜亂無章的例子中抽出geben：gibt這成對的詞來同schelten「斥罵」：schilt「他斥罵」、helfen「幫助」：hilft「他幫助」、nehmen「拿」：nimmt「他拿」相對比，就可以看到，這種交替是跟時制、人稱等等的區別一致的。在lang「長」：Länge「長度」、stark「強」：Stärke「強度」、hart「硬」：Härte「硬度」等等裡，同樣的a：e對立⑧都跟用形容詞構成名詞有關；在Hand「手」：Hände「手（複數）」、Gast「客人」：Gäste「客人（複數）」，等等裡都跟複數的構成有關。諸如此類的許多常見的情況，日耳曼語語

⑦ 這是由於e為後一個音節的元音i所同化的結果，可是這最後的i在現代德語裡已經消失了。這種現象在德語語言學裡叫做「斷韻」（Brechung）。——校注

⑧ 這是指的a因為後一個音節的i所同化而變成了ä[ɛ]，i接著變成了e，如lang：Länge、Hand：Hände等等。這種現象，德國語言學家叫做「變音」（umlaut）。——校注

言學家叫做「轉音」⑨。【又參看finden「尋找」：fand「尋找（過去式）」，或finden：Fund「發現」、binden「捆綁」：band「捆綁（過去式）」，或binden：Bund「聯盟」、schiessen「射擊」：schoss「射擊（過去式）」：Schuss「發射」、flessen「流」：floss「流（過去式）」：Fluss「河流」等等】。轉音，或者與語法上的對立相合的詞根元音變化，是交替的主要例子，但是沒有任何特殊的特徵使它區別於一般現象。

由此可見，交替通常有規則地分布在幾項要素之間，而且同功能上、範疇上或限定上的重要的對立相吻合。我們可以談到交替的語法規律，但這些規律只是它們所由產生的語音事實的偶然結果。語音事實在兩系列具有意義對立的要素間創造了一種有規則的語音對立，人們的心理就緊握住這種物質上的差別，使它具有意義，擔負起概念上的差別（參看第一五六頁以下）。同一切共時規律一樣，交替規律也只是簡單的配置原則，沒有命令的力量。人們常隨便說，Nacht「夜」的a變成了複數Nächte的ä，這是非常錯誤的；它會給人一種錯覺，以爲由一個要素過渡到

⑨「轉音」（Ablaut）即與語法上的對立符合的詞根元音變化，如finden：fand，finden：Fund等等。——校注

另一個要素曾發生某種受命令性原則支配的變化。這其實只是一種由語音演化的結果造成的形式上的對立。誠然，我們下面將要討論的類比可以造成一些新的具有相同的語音差別的成對的詞【試比較仿照Gast「客人」：Gäste「客人（複數）」造成的Kränz「花冠」：Kränze「花冠（複數）」等等】；交替規律似乎可以當作向慣用法發號施令直至使它改變的規則來應用。但是我們不要忘記，在語言裡，這些轉換（permutation）是要受相反的類比影響擺布的，這已足以表明這類規則總是不牢靠的，而且完全符合共時規律的定義。

引起交替的語音條件，有時可能還更明顯。例如我們在第二八四頁所引的那些成對的詞在古高德語裡具有geban：gibit、feld：gafildi等形式。在那個時代，如果詞幹後面跟著一個i，那麼它本身就帶有i，而不是e，可是在其他情況下都帶有e。拉丁語faciō「我做」：conficiō「我完成」、amīcus「朋友」：inimīcus「敵人」、facilis「容易」：difficilis「困難」等等的交替也跟某一語音條件有關聯，說話者會把這條件說成：faciō、amīcus等等這類詞裡的a，如果在同族的詞裡處於內部的音節，那麼跟i相交替。

但是這些聲音上的對立恰恰向人們提示了適用於任何語法規律的同樣的看法：它們是共時的。忘記了這一點，就會犯上面第一八一頁指出的解釋上的錯誤。面對著像faciō：conficiō這樣的成對的詞，我們必須提防不要把這些共存的要素間的關係同歷時事實中前後連續的要素（confaciō→ conficiō）間的關係混爲一談。如果有人混爲一談，那是因爲語音分化的原因在這兩個詞裡還可以看得出來；但是它的效能已成過去，而且對說話者來說，只有一個簡單的共時的對立。

所有這一切可以證實我們上面所說的交替具有嚴格的語法特性。人們曾用「轉換」（permutation）這個術語來表示交替，那是很貼切的，但是最好還是避開不用，因爲人們往往把它用於語音變化，而且會在只涉及狀態的例子裡喚起一種運動的錯誤觀念。

六、交替和語法聯繫

我們在上面已經看到，語音演化改變詞的形式，其效果會怎樣割斷詞與詞之間可能存在的語法聯繫。但這只有對maison:ménage、Teil:Drittel等等孤立的、成對的詞是這樣。至於說到交替，情況就不同了。

首先，很明顯，兩個要素的任何稍有點規則的語音對立都有在它們之間建立一個聯繫的傾向。Wetter「天氣」在本能上就跟wittern有關，因爲人們已習慣於看到e與i交替。何況說話者一旦感到有某種一般規律支配著語音對立，這慣常的對應就必然會引起他們的注意，有助於加強而不是削弱語法聯繫。例如德語的「轉音」（參看第二八四頁）就是這樣透過元音的變化加強人們對於詞根單位的認識的。

對於那些不表示意義但是跟某種純語音的條件有聯繫的交替來說，情況也是這樣。法語的前綴re-（reprendre「取回」、regagner「恢復」、retoucher「校訂」等等）在元音之前縮減爲r-（rouvrir「再開」、racheter「買回」等等）。同樣，前綴in-雖然來自文言，但是還很有生命力，它在相同的情況下有兩個不同的形式：ẽ-（inconnu「不認識的」、indigne「不配」、invertébré「無脊椎的」等等）和in-（inavouable「不能承認的」、inutile「無用的」、inesthétique「非美學的」等等）。這種差別絲毫沒有破壞概念的統一性，因爲大家體會到它們的意義和功能都是相同的，並且語言已經確定了在什麼情況下要用這個形式或那個形式。

第四章　類比

一、定義和舉例

由上面所說可以看到，語音現象是一個擾亂的因素。無論什麼地方，語音現象不造成交替，就削弱詞與詞之間的語法聯繫。形式的總數陡然增加了，可是語言的機構反而模糊起來，複雜起來，以至語音變化產生的不規則形式壓倒了一般類型的形式，換句話說，絕對任意性壓倒了相對任意性（參看第二三五頁）。

幸而類比抵消了這些變化的後果。詞的外表上的正常變化，凡不屬於語音性質的，都是由類比引起的[①]。

① 德·索緒爾在這裡把類比看作語言形式劃一的原則，是跟新語法學派的觀點完全一致的。類比作用是新語法學派語言學理論中一個很重要的原則，這學派的每一個成員都曾採用它來解釋語言變化的現象。保羅在《語言史原理》第十章裡曾特別加以詳細的討論。法國亨利（Henri）也曾出版《類比》一書專門闡述它的意義和作用。——校注

類比必須有一個模型和對它的有規則的模仿。**類比形式就是以一個或幾個其他形式爲模型，按照一定規則構成的形式。**例如拉丁語的主格honor「榮幸」就是一個類比形式。人們起初說honōs「榮幸」：honōsem「榮幸（賓格）」，後來由於s的r音化變成了honōs:honōrem。此後，詞幹就有了雙重的形式。接著，這雙重的形式爲honor這個新的形式所勾銷；honor是仿照ōrātor「演說家」：ōrātōrem「演說家（賓格」）等等的模型造成的。模仿的程序我們下面再來研究，現在把它歸結爲以下一個四項比例式②：

ōrātōrem:ōrātor = honōrem:x

x=honor

由此可見，爲了抵消語音變化造成分歧的效能（honōs:honōrem），類比又重新把這兩個形式統一起來，再次使它們成爲有規則的（honor:honōrem）。

② 採用四項比例式來解釋借助類比構成新詞的方式，是新語法學派所慣用的方法。這方法經保羅推廣後在語言學中曾獲得了普遍的應用，所以又稱「保羅比例式」。——校注

法國人有一個很長的時期說：il preuve「他證明」、nous prouvons「我們證明」、ils preuvent「他們證明」、現在卻說il prouve、ils prouvent，這些形式在語音上是無法解釋的。il aime「他愛」來自拉丁語的amat，而nous aimons「我們愛」卻是代替amons的類比形式；同樣，aimable「可愛的」本來也應該是amable。希臘語的s在兩個元音間已經消失：-eso-變成了-eo-（試比較géneos代替了*genesos）。可是我們在元音式動詞的將來式和不定過去式裡仍能找到這種元音間的s：lūsō「我將解開」、élūsa「我解開了」等等。這是因爲類比了túpsō「我將敲打」、étupsa「我敲打了」型的形式，其中的s沒有脫落，還保存著用s表示將來式和不定過去式的陳跡。在德語裡，Gast「客人」：Gäste「客人（複數）」，Balg「獸皮」：Bälge「獸皮（複數）」等等是語音上的，而Kranz「花冠」：Kränze「花冠（複數）」（更早是kranz:kranza），Hals「脖子」：Hälse「脖子（複數）」（更早是hals:halsa）等等卻是模仿的結果。

類比作用有利於規則性，傾向於劃一構詞和屈折的程序，但有時也反覆無常。例如德語除了Kranz「花冠」：Kränze「花冠（複數）」等等之外，還有Tag「日子」：Tage「日子（複數）」、Salz「鹽」：Salze「鹽（複數）」等等，由於某種原因抗拒了類比作用的形式。所以我們不能預言一個模型的模仿會擴展到什麼地步，或者什麼樣的類型會引起大家模仿。例如發動類比的不一定都是最多數的形式。希臘語的全過去式，除主動態的Pépheuga「我逃跑了」、pépheugas「你逃跑了」、pepheúgamen「我們逃跑了」等等以外，一切中動態的屈折變化都沒有a，如péphugmai「我自己逃跑了」、pephúgmetha「我們自己逃跑了」等等，而且荷馬的語言表明，這個a在古代主動態的複數和雙數裡都是沒有的（試比較荷馬的idmen「我們知道了」、éïkton「但願你們知道了」等等）。類比只是以主動態單數第一人稱做出發點的，然後擴展到直陳式全過去式的幾乎整個範例③。這種情況很值得注意，因爲在這裡，類比把一個本來是屈折變化的要素-a-歸屬於詞幹，因而有pepheúga-men。相反的情況——把詞幹要素歸屬於後綴——我們在下面第三四八頁將可以看到，更爲常見得多。

兩三個孤立的詞往往就足以造成一個一般的形式，比方說一種詞尾。在古高德語裡，象habēn「有」、lobōn「誇獎」等等這樣的弱式動詞的第一人稱單數現在

---

③德·索緒爾在這裡完全同意了勃魯格曼的觀點。後者認為類比的出發點是一個最常用的形式，然後擴展到整個詞形變化範例，見他在《形態學研究》創刊號上發表的〈動詞後綴a〉一文。——校注

式有一個-m，如habēm,lobōm。這個-m可以一直追溯到類似希臘語以-mi結尾的一些動詞：bim「是」、stām「站立」、gēm「去」、tuom「做」，正是它們把這個詞尾強加於整個弱式的屈折變化。應該指出，在這裡，類比並沒有抹掉語音上的分歧，而是把一個構詞的方式推廣了。

二、類比現象不是變化

早期的語言學家沒有了解類比現象的性質，把它叫做「錯誤的類比」④。他們認為拉丁語發明honor的時候是把honōs那個原型「弄錯」了。在他們看來，一切偏離規例的現象都是不規則的，都是對理想形式的違反。由於那個時代特有的一種錯覺，他們把語言的原有狀態看作某種優越的、盡善盡美的東西，甚至不屑查問一下在這狀態之前是否還有其他狀態，因此稍有不合就認為是變則。新語法學派指出，類比同語音變化一樣，都是語言演化的重要因素，語言從一種組織狀態過渡到

④「錯誤的類比」這個術語是古爾替烏斯在他跟新語法學派的論戰中提出來的，德‧索緒爾在這裡站在新語法學派的立場批評了他的這種觀點。——校注

另一種狀態所經由的程序，從而確定了類比的適當地位。

但類比現象的性質是怎樣的呢？它們眞像一般人所相信的那樣是變化嗎？

任何類比事實都是由三種角色合演的一齣戲，即⑴傳統的、合法的繼承人（例如honōs）；⑵競爭者（honor）；⑶由創造這競爭者的各種形式（honōrem、ōrātor、ōrātōrem等等）組成的集體角色。人們常願意把honor看作honōs的一種變化，一種「後生質」，彷彿它的大部分實質都是從honōs抽取出來的。可是在honor的產生中，唯一不算數的形式恰恰是honōs！

我們可以把類比現象繪成圖1：

我們可以看到，這是一種「旁生質」，把競爭者安頓在傳統形式旁邊，畢竟是一種創造。語音變化引入新的，必須把舊的取消（honōrem代替了honōsem），而類比形式卻不一定非使它的雙重形式消失不可。Honor和honōs曾同時共存了一個時期，而且是可以互相代用的。可是由於語言不喜歡保持兩個能指來表示同一個觀念，那比較不規則的原始形式往往就因爲沒

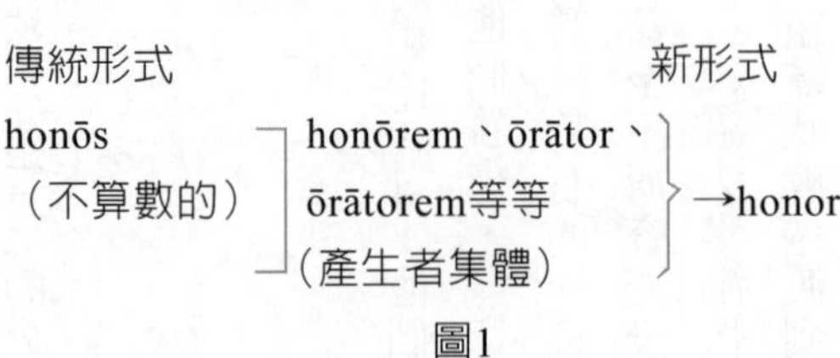

圖1

有人使用而消失了。正是這種結果使人以爲那是一種變化：類比的效能一經完成，那舊狀態（honōs:honōrem）和新狀態（honor:honōrem）的對立看來似乎跟語音演化所造成的對立沒有區別。然而在honor產生的時候，什麼也沒有改變，因爲它並不代替任何東西；honōs的消失也並不是變化，因爲這種現象不依存於前者。只要我們能跟蹤語言事件的進程，就到處可以看到類比創新和舊形式的消失是不同的兩回事，哪裡都找不到變化。

類比的特點很少是用一個形式代替另一個形式，因此我們往往看到它產生一些並不代替任何東西的形式。德語可以從任何帶有具體意義的名詞派生出以-chen結尾的指小詞；如果有一個形式Elephantchen「小象」被引進那語言裡，它並不代替任何前已存在的形式。同樣，在法語裡，人們可以按照pension「寄宿舍」：pensionnaire「寄宿生」、réaction「反動」：réactionnaire「反動派」等等的模型創造出interventionnaire或répressionnaire來表示「干涉派」、「鎮壓派」。這個程序顯然跟剛才產生honor的一樣：二者都可以列成同一個公式：

réaction:réactionnaire=répression:x

x=répressionnaire

不論哪種情況，都沒有一點可以談到變化的藉口；répressionnaire並不代替任何東西。再舉一個例子：一方面，我們可以聽見人家按類比把大家認爲更有規則的finals「最後的（複數）」說成finaux；另一方面，可能有人造出firmamental「天空的」這個形容詞，並把它的複數說成firmamentaux。我們可以說finaux是變化而firmamentaux是創造嗎？這兩種情況都是創造。曾有人按照mur「牆」：emmurer「圍以牆」的模型造出了tour「周圍」：entourer「圍繞」和jour「光線」：ajourer「透孔」（如un travail ajouré「網眼織品」）；這些晚近出現的派生詞，我們覺得似乎都是創造。但是如果我注意到人們在前一個時代已經在torn和jorn的基礎上構成了entorner和ajorner，我是否要改變意見，宣稱entourer和ajourer是由這些更古的詞變來的呢？可見，關於類比「變化」的錯覺來自人們要在新要素和它所篡奪的舊要素之間建立一種關係。但這是一種錯誤，因爲所謂變化的構成（如：honor）跟我們所稱的創造的構成（如répressionnaire）是性質相同的。

三、類比是語言創造的原則

指出了類比不是什麼之後，如果我們從正面去進行研究，那麼馬上可以看到它的原則簡直跟一般語言創造的原則沒有什麼分別。什麼原則呢？

類比是屬於心理方面的，但是這不足以把它跟語音現象區別開來，因爲語音現象也可以看作屬於心理方面的（參看第二七二頁）。我們還要進一步說類比是語法方面的：要我們意識和理解到各形式間的關係。觀念在語音現象裡沒有什麼作用，但是類比卻必須有觀念參與其事。

在拉丁語的兩個元音間的s變爲r的過程中（試比較honōsem→honōrem），我們看不到它跟其他形式的比較，也看不到詞的意義參與其間：那是honōsem這個形式的屍體變成了honōrem。相反，爲了理解怎樣在honōs面前出現honor，卻必須求助於其他形式，如下面的四項比例式所表明的：

ōrātōrem:ōrātor=honōrem:x

x=honor

要是人們不在心中把組成這結合的各個形式按照它們的意義聯結起來，那麼這結合就絕不會出現。

因此，在類比中，一切都是語法的；但是我們要馬上補充一句：作爲類比結果的創造，首先只能是屬於言語的；它是孤立的說話者的偶然產物。我們首先應該在這個範圍內和語言的邊緣尋找這種現象。但是必須區別開兩樣東西：(1)對各個能產形式間相互關係的理解；(2)比較所提示的結果，即說話者爲了表達思想臨時構成的形式。只有這個結果是屬於言語的。

所以類比再一次教導我們要把語言和言語分開（參看第四十六頁以下）。它向我們表明，後者要依存於前者，而且指出了我們在第二二九頁所描繪的語言機構的作用。在任何創造之前都應該對語言的寶庫中所儲存的材料作一番不自覺的比較，在這寶庫中，各個能產的形式是按照它們的句段關係和聯想關係排列好了的。

所以類比現象一大部分是新形式出現之前就已經完成了的。連續不斷的言語活動把提供給它的各個單位加以分解，它本身不僅含有按照習慣說話的一切可能性，而且含有類比構成的一切可能性。所以，認爲只有在創造出現的瞬間才發生生產的過程，那是錯誤的；要素是現成的。臨時構成的詞，例如in-décor-able「不可裝飾的」，早已潛存於語言之中，它的全部要素都可以在比如décor-er「裝飾（動詞）」、décor-ation「裝飾（名詞）」；pardonn-able「可以原諒的」、mani-able「易於管理的」；in-connu「不認識的」、in-sensé「沒有理智的」等句段中找到。它在言語中的實現，跟構成它的可能性比較起來是微不足道的。

總之，類比就其本身來說，只是解釋現象的一個方面，是識別單位以便隨後加以利用的一般活動的一種表現。因此，我們說，它完全是語法的和共時的。

類比的這種性質有兩點可以證實我們關於絕對任意性和相對任意性的看法（參看第二三一頁以下）：

1. 詞由於本身可分解的程度不同，產生其他詞的相對能力也不一樣。我們可以把各個詞按照這相對的能力加以分類。單純詞，按定義說，是非能產的（試比較magasin「商店」、arbre「樹」、racine「根」等等）。magasinier「店員」不是由magasin產生的，而是按照prisonnier「監犯」：prison「監獄」等等的模型構成的。同樣，emmagasiner「入棧」是按emmailloter「裹以繈褓」，encadrer「鑲以框架」encapuchonner「戴上風帽」等等的類比構成的，其中就包含著maillot「繈褓」、cadre「框架」、capuchon「風帽」等等。

所以每種語言都有能產的詞和非能產的詞，但是二者的比例不同。總括起來，又使我們回到第二三六頁所作出的「詞彙的」語言和「語法的」語言的區別。漢語的大多數的詞都是不能分解的；相反，人造語言的詞差不多都是可以分析的。世界語者有充分的自由根據某一詞根構成新詞[5]。

2.我們在第二九二頁已經指出，任何類比創造都可以描繪成類似四項比例式的運算。人們往往用這個公式來解釋現象本身，而我們卻在分析和重建語言所提供的要素中探索了它的存在理由。

這兩個概念是互相衝突的。如果四項比例式的解釋是充分的，何苦還要進行要素分析呢？爲了構成indécorable，我們沒有必要抽出它的各個要素（in-décor-able），只消把它整個放進方程式裡就夠了，例如：

pardonner:inpardonnable等等=décorer:x

x=indécorable

這樣，我們就不必假定說話者方面要進行一種極像語法學家的有意識的分析那樣的複雜的運算。在按照Gast:Gäste的模型構成Kranz:Kränze這一例子裡，分解似乎沒

---

⑤ 例如patr-o是「父親」的意思，patr-in-o是「母親」的意思，bo –patr-o是「岳父」的意思，bo-patr-in-o是「岳母」的意思，如此等等。——校注

有四項比例式那麼接近眞實，因爲那模型的詞幹有時是Gast-，有時是Gäst-；人們只消把Gäste的語音特點移到Kranze上面去就行了。

這些理論中哪一個是符合實際的呢？首先我們要注意，Kranz並不一定要排除分析。我們已經看到詞根和前綴中的交替（參看第二八三頁），交替的感覺是大可以跟積極的分析同時並存的。

這兩個相反的概念反映在兩種不同的語法理論裡。我們歐洲的語法是運用四項比例的；例如它們從整個詞出發來解釋德語過去式的構成。人們對學生說：按照setzen「安放」：setzte「安放（過去式）」的模型構成lachen「笑」等等的過去式。相反，印度的語法卻在某一章研究詞根（setz-、lach-等等），另一章研究詞尾（-te等等）；它只舉出一個個經過分析所得到的要素，人們必須把它們重新構成整個的詞。在任何梵語詞典裡，動詞都是按照詞根所指示的順序排列的⑥。

語法理論家將按照每一語群中占優勢的趨勢，傾向於採用這種或那種方法。

---

⑥ 這就是巴尼尼語法體系來說的。按照這個體系，先要把每個詞的詞根分析出來，然後按一定順序排列成詞典。這跟西方語文的詞典名詞用單數主格的形式，動詞用不定式的形式按字母的順序排列截然不同。——校注

古拉丁語似乎有利於採用分析的方法。這裡有一個明顯的證據。făctus「事實」和āctus「動作」的音長是不同的，儘管也有făciō「我做」和ăgō「我行動」。我們假定āctus是由*ăgtos變來的，而其中元音之所以延長是由於後面有一個濁音。這個假設在羅曼族語言中得到了充分的證實。法語dépit「怨恨」（=despĕctus）和toit「屋頂」（=tēctum）反映出spĕciō「我看」：spĕtus「景象」與tĕgō「我蓋」：tēctus「屋頂」的對立：試比較confĭciō「我完成」：confĕctus「漬物」（法語confit）與rĕgō「我校正」：rēctus「正確」（dīrēctus→法語droit「直的」）的對立。但是*agtos、*tegtos、*regtos並不是從印歐語繼承下來的，印歐語一定是說*ăktos、*tĕktos等等。那是史前拉丁語把它們引進來的，儘管在清音之前發出濁音很困難。這要對ag-、teg-等詞根單位有很強烈的意識才能做到。可見古拉丁語對詞的各種零件（詞幹、後綴等等）及其安排有高度的感覺。也許我們的現代語言已沒有這樣敏銳的感覺了，但是德語的感覺要比法語的敏銳（參看第三三七頁）

第五章　類比和演化

一、類比創新是怎樣進入語言的

任何東西不經過在言語中試驗是不會進入語言的；一切演化的現象都可以在個人的範圍內找到它們的根子。我們在第一八一頁已經說過的這個原則特別適用於類比創新。在honor變成一個可能代替honōs的競爭者之前一定有某個說話者最先把它臨時製造出來，另外一些人模仿它，反覆使用，直到成爲習慣。

並不是任何類比創新都會有這樣的好運氣。我們每時每刻都會碰到一些也許不被語言採用的沒有前途的結合。兒童的語言裡就有許多這樣的結合，因爲他們還沒有很好地養成習慣，所以不受習慣的束縛。他們常把法語的venir「來」說成viendre,mort「死」說成mouru等等①。但是成年人的說話裡也有這種結合。例如

① 法語venir「來」的第一人稱單數將來式是viendrai「我將來」，mourir「死」的過去分詞是mort，法國的小孩常按éteindrai「我將熄滅」：éteindre「熄滅」的比例式把venir說成viendre，按venir「來」：venu「來（過去分詞）」的比例式把mort說成mouru。——校注

許多人用traisait來代替trayait「他擠奶」②（我們在盧梭的著作中也可以找到）。所有這些創新本身都是很有規則的，我們可以按照已爲語言所接受的方式來加以解釋；例如viendre是按照這樣的比例式構成的：

éteindrai:éteindre=viendrai:x

x=viendre

traisait也是按照plaire:plaisait等等的模型構成的。

語言只保存言語中極少部分的創造；但能持久的創造還是相當多，所以過了一個時代，人們可以看到，許多新形式已使詞彙和語法換上了一副全新的面貌。

前一章所述的一切很清楚地表明，類比本身不是演化的因素；可是我們同樣可以認爲，經常以新形式代替舊形式確實是語言變化中最引人注目的一個方面。每當一種創造穩固地確定下來，並排除了它的競爭者的時候，的確有被創造的東西和被

② 法語traire「擠奶」的第三人稱單數半過去式是trayait，但是有些人按plaire「取悅」：plaisait「他從前取悅」的比例式把它說成traisait。——校注

廢棄的東西，正因爲這樣，所以類比在演化的理論中占有舉足輕重的地位。

這正是我們要強調的一點。

二、類比創新是解釋上發生變化的徵兆

語言不斷解釋和分解給予自己的單位。但是解釋怎麼會常隨世代而不同呢？變化的原因必須到不斷威脅著我們對某一語言狀態的分析的大量因素中去尋找。這裡試舉出其中幾個。

頭一個而且最重要的因素是語音變化（參看第二章）。它使得某些分析曖昧不明，另一些分析成爲不可能；它改變分解的條件和結果，從而移動單位的界限並改變它們的性質。試參看上面第二五〇頁所說的beta-hûs和redo-lîch等複合詞和第二七九頁所說的印歐語的名詞屈折變化。

除語音事實以外，還有黏合，我們下面再來討論，其效果會把要素的結合縮減爲一個單位。其次是雖在詞之外，但可能改變對詞的分析的各種情況。事實上，分析是大量比較的結果，所以很顯然，它每時每刻都要取決於要素的聯結環境。例如印歐語的最高級*swād-is-to-s含有兩個獨立的後綴：一個是表示比較觀念的-is-

（例如拉丁語的mag-is「更大」），另一個是表明事物在系列中確定地位的-to-（試比較希臘語的trí-to-s「第三」）。這兩個後綴是互相黏合的（試比較希臘語的hḗd-isto-s或者毋寧說hḗd-ist-os「可吃的」）。但是這種黏合又從一個與最高級無關的事實中得到了很大的幫助：以is-結尾的比較級被廢止使用，爲以-jos結尾的結構所代替；人們既認不出-is-是獨立的要素，因此也就不再把它從-isto-中區分出來了。

順便指出，這裡有一個縮短詞幹要素，拉長構形要素的總趨勢，尤其當詞幹要素以元音結尾的時候更加明顯。例如拉丁語的後綴-tāt-(vēri-tāt-em「眞理」代替了*vero-tāt-em，試比較希臘語的deinó-tēt-a）奪取了詞幹中的i，因此把它分析成vēr-itāt-em；同樣，Rōmā-nus「羅馬人」、Albā- nus「阿爾巴尼亞人」（試比較aēnus代替了*aes-no-s）變成了Rōm-ānus等等。

然而，不管這些解釋的改變來自何方，它們總要通過類比形式的出現而顯露出來。事實上，如果說話者在某個時期感覺到的活的單位能夠單獨產生類比的形成，那麼，反過來，單位的每次確定的分布也就意味著它們的使用可能擴大。因此類比完全可以證明某個構形要素確實作爲有意義的單位存在於某個時期。merīdiōnālis「南方」（拉克唐提烏士）代替了merīdiālis，說明當時的劃分是septentri-ōnālis

「北方」和regiōnālis「地區」。我們只要引celer-itātem「速度」這個詞，就可以證明後綴-tat-從詞幹中借來要素i而擴充了自己。由pāg-us「農村」構成的pāg-ānus「村民」，足以證明拉丁人從前是這樣分析Rōm-ānus「羅馬人」的。sterblich「死的」是用動詞詞根構成的，這個詞的存在可以證實redlich「誠懇的」的分析（第二五〇頁），如此等等。

有一個特別奇怪的例子可以表明類比怎樣一個時代一個時代地製造新單位。在現代法語裡，人們把somnolent「睡態朦朧」分析成somnol-ent，彷彿是個現在分詞③；依據是法語有somnoler「昏昏欲睡」這個動詞。但是在拉丁語裡，人們把它切成somno-lentus，正如succu-lentus「多汁的」等等一樣。在那以前更把它切成somn-olentus「有睡味的」，來自olēre「氣味」，如vin-olentus「有酒味的」。

所以類比的最明顯、最重要的效果就是用一些比較正常的由活的要素構成的形式代替舊有的、不規則的和陳腐的形式。

毫無疑問，事情不會總是這樣簡單：語言的效能常貫穿著無限的猶豫，無限

---

③ 現代法語的現在分詞是加-ant構成的，如chantant「在唱」、parl-ant「在說」等等，但是古代法語加-ent，如serpent「蛇」即「爬的東西」的意思。——校注

的差不多，無限的半分析。在任何時侯，語言都不會有完全固定的單位系統。我們在上面第二七八頁所說的和*pod「腳」相對的*ekwos「馬」的屈折變化就是例子。這些不完全的分析有時就會引起類比創造的混亂。我們可以從印歐語的*geus-etai、*gus-tos、*gus-tis這些形式中分出一個詞根geus-、gus-「嘗味」。但是在希臘語裡，兩個元音間的s脫落了，於是對geúomai、geustós的分析就受到了擾亂；結果弄得游移不定，有時分出geus-，有時分出geu。類比也可以證明這種搖擺不定，我們甚至可以看到有些以eu-結尾的詞根也帶上了這個結尾的s（例如pneu-、pneûma、形動詞pneus-tós）。

但是即使在這些摸索中，類比還是對語言發揮效能。它本身雖不是演化的事實，但是每時每刻都反映著語言體制中發生的變化，用新的結合認可這些變化。它和一切不斷改變語言結構的力量進行有效的合作，正因爲如此，它是演化的一個有力的因素。

三、類比是革新和保守的原則

人們有時會發生疑問：類比是否眞的像上面所說的那麼重要，是否有像語音變化那樣廣泛的效能。其實我們在任何語言的歷史上都可以找到許許多多重重疊疊的類比事實，總起來看，這些連續不斷的修修補補在語言的演化中起著重大的作用，甚至比語音變化所起的還要重大。

但是有一件特別使語言學家發生興趣的事：在好幾個世紀的演化表現出來的大量類比現象當中，差不多所有要素都被保存了下來，只是分布有所不同罷了。類比創新都是表面上的，而不是實實在在的。語言好像一件袍子，上面綴滿了從本身剪下來的布料製成的補丁。如果考慮到構成句子的實質材料，法語中五分之四都是印歐語的，但是從印歐母語一直流傳到現代法語而沒有經受過任何類比變化的詞，整個卻只占一頁的篇幅（例如est「是」=*esti，數目的名稱以及某些詞如ours「熊」、nez「鼻子」、père「父親」、chien「狗」等等）。絕大多數的詞都是這樣或那樣從古老的形式撥下來的聲音要素的新結合。在這個意義上我們可以說，類比創新總要利用舊材料，因此它顯然是非常保守的。

但是作爲單純的保守因素，類比仍然起著很大的作用。我們可以說，不但當人們把原先的材料分配給新單位的時候有它的份兒，就是當形式保持不變的時候也有它的份兒。這兩種情況都涉及同樣的心理過程。要了解這一點，我們只消回想它的原則歸根也就是言語活動機構的原則（參看二九八頁）。

拉丁語的agunt「他們行動」差不多完整無缺地從史前時期（那時人們說*agonti）一直流傳到羅馬時代初期。在這期間，歷代都相繼沿用，沒有任何競爭的形式來取代它。對這個形式的保存，類比是否沒起過任何作用呢？不，相反的，agunt的穩定，如同任何創新一樣，也是類比的業績。agunt被鑲嵌在一個系統的框子裡；它跟有些形式如dicunt「他們說」、legunt「他們念書」等等以及另外一些形式如agimus「我們行動」、agitis「你們行動」等等都有連帶關係。沒有這一環境，它就有許多機會爲一個由新要素組成的形式所代替。流傳下來的不是agunt，而是ag-unt；形式並沒有改變，因爲ag-和-unt在其他系列裡都可以有規律地得到驗證，正是這些互相聯繫著的形式作爲侍從，把agunt保護下來。試再比較sex-tus「第六」，它也要依靠一些結合得很緊密的系列：一方面如sex「六」、sex-āginta「六十」等等，另一方面如quartus「第四」、quin-tus「第五」等等。

所以，形式之所以得以保存，是因爲它們是不斷地按照類比重新製作的。一個詞既被理解爲單位，又被理解爲句段，只要它的要素沒有改變，它就被保存下來。反過來說，形式的存在只是隨著它的要素退出使用而受到損害。試看法語dites「你們說」和faites「你們做」的情況，它們是直接跟拉丁語的dic-itis、fac-itis對應的，但是在當前的動詞屈折變化中已無所依靠。語言正在設法用別的形式來代替它們；我們現在可以聽到有人按照plaisez「你們取悅」、lisez「你們念」等等的模型把它們說成disez、faisez，而且這些新的詞尾在大多數的複合詞中（contredisez「反駁」等等）已經是很通行的了。

類比無所施其技的形式自然是孤立的詞，例如專有名詞，特別是地名（試比較Paris「巴黎」、Genève「日內瓦」、Agen「阿根」等等）。這些詞不容許作任何的分析，因此也不容許對它們的要素作任何的解釋。在它們的旁邊不會出現任何競爭的創造。

可見一個形式的保存可能由於兩個正好相反的原因：完全孤立或者緊密地鑲嵌在一個系統的框子裡，只要這系統的主要部分沒有改變，就會經常給它以支援。創新的類比正是對得不到環境的足夠支持的中間地帶的形式才施展它的效能。

但無論是由幾個要素組成的形式的保存，還是語言材料在新結構中的重新分布，類比的作用都是巨大的，它總是要起作用的。

第六章　流俗詞源

我們有時會歪曲形式和意義不大熟悉的詞，而這種歪曲有時又得到慣用法的承認。例如古法語的coute-pointe（來自couette「羽毛褥子」的變體coute和poindre「絎縫」的過去分詞pointe）變成了courte-pointe「絎過的被子」，好像那是由形容詞court「短」和名詞pointe「尖端」構成的複合詞似的。這些創造不管看來怎麼離奇，其實並不完全出於偶然；那是把難以索解的詞同某種熟悉的東西加以聯繫，藉以作出近似的解釋的嘗試。

人們把這種現象叫做流俗詞源[1]。乍一看來，它跟類比好像沒有多大區別。當一個說話者忘記了surdité「聾（名詞）」這個詞，按照類比創造出sourdité其結果跟不大知道surdité，憑自己對形容詞sourd「聾」的記憶而使它變了形沒有兩樣。

①「流俗詞源」這個術語最先是佛爾斯特曼（Förstemann）在《庫恩雜誌》第一卷上發表的一篇論文裡提出的。其後專門從事這種研究的有克勒（Keller）的《拉丁語的流俗詞源》（一八九一年）、安德遜（Anderson）的《德語的流俗詞源》（一九二〇年）等等。——校注

唯一的差別在於類比的構成是合理的，而流俗詞源卻多少有點近於亂彈琴，結果弄得牛頭不對馬嘴。

但這個差別只涉及結果，那不是主要的。更深刻的是性質上的不同。爲了讓大家看清楚性質上的不同是在什麼地方，我們先舉一些流俗詞源的主要類型的例子。

首先是詞獲得了新的解釋，而它的形式沒有改變的例子。德語的durchblaüen「痛打」源出於bliuwan「鞭撻」；但是人們把它跟blau「青色的」加以聯繫，因爲毆打可以產生「青色的傷痕」。在中世紀，德語曾向法語借來aventure「奇遇」一詞，按規律把它變成了ābentüre，然後變成了Abenteuer；沒有改變詞的形式，但是把它跟Abend「夜」加以聯繫（人們在晚上聊天時所講的故事），到十八世紀竟然把它寫成了Abendteuer。古代法語的soufraite「喪失」（=suffracta，來自subfrangere）曾產生出souffreteux「虛弱」這個形容詞，人們現在把它跟souffrir「受苦」加以聯繫，其實它們毫無共同之處。法語的lais是laisser「遺留」的動名詞，但是現在人們把它看作léguer「遺贈」的動名詞，並寫成legs「遺產」；甚至有人把它念成le-g-s。這可能使人想到新的解釋引起了形式上的改變，其實這只是書寫形式的影響：人們原想通過這個詞的書寫形式來表示他們對它的詞源的理解，而不改變它的發音。同樣，法語的homard「龍蝦」是從古斯堪的納維亞語的

humarr借來的（試比較丹麥語的hummer），它類比法語中以-ard結尾的詞，詞末添上了一個d。不過，在這裡，由正字法引起的解釋上的錯誤只影響到詞的最後部分，使它跟一個通用的後綴（試比較bavard「話匣子」等等）相混了。

但最常見的是把詞的形式加以改變來適應人們自以爲認識的要素。例如法語的choucroute「酸白菜」（來自德語的Sauerkraut）就是這樣②。在德語裡，dromedārius「雙峰駝」變成了Trampeltier「踢腳獸」；這是一個新的複合詞，但是裡面包含著一些已經存在的詞：trampeln「踢腳」和Tier「獸」。古高德語從拉丁語的margarita「珍珠粒」造成了mari-greoz「海裡的卵石」，把兩個已經認識的詞結合起來。

最後還有一個特別富有教益的例子：拉丁語的carbunculus「小煤塊」變成了德語的karfunkel「紅寶石」（同funkeln「閃閃發光」有聯繫）和法語的escarboucle「紅寶石」（同boucle「鬈髮環」有關）。法語的calfeter、calfetrer在feutre「氈」的影響下變成了calfeutrer「堵塞漏縫」。在這些例子裡，乍一看來

② 法語的choucroute是從德語的Sauerkraut來的，可是德語的sauer是「酸」的意思，kraut是「白菜」的意思，而法語的chou是「白菜」的意思，crouto是「麵包皮」的意思。——校注

最引人注目的是，其中除了也存在於別處的可以理解的要素以外，都含有不代表任何舊有東西的部分（kar-,escar-,cal-）。但是如果認爲這些要素中有一部分創造出現了與這現象有關的東西，那就錯了。情況恰恰相反，它們是一些還不知該怎樣解釋的片段。我們可以說，這些都是停留在半途的流俗詞源。karfunkel和Abenteuer的立足點是相同的（如果承認-teuer是一個還沒有解釋的殘餘部分）；它也可以跟homard相比，其中hom-是沒有意義的。

所以，變形的程度在蒙受流俗詞源損害的各個詞之間不造成本質的區別；這些詞都有一個特點，即用已知的形式對不了解的形式作單純的解釋。

由此可見詞源和類比相似之點在什麼地方，相異之點又在什麼地方。

這兩種現象只有一個共同的特點：都利用語言所提供的帶有意義的要素。此外都正好相反：類比始終需要把舊形式忘掉；il traisait「他擠奶」這個類比形式（參見第三〇六頁）並不是在分析舊形式trayait的基礎上產生的；忘掉這個形式甚至是使它的敵手能夠出現的必要條件。類比並不從它所代替的符號的實質材料裡提取什麼。相反，流俗詞源卻只是對舊形式的一種解釋；對舊形式的記憶，哪怕是模糊的記憶，正是它遭受變形的出發點。因此，分析的基礎，一種是記憶，另一種是遺忘，這是最重要的差別。

所以流俗詞源只在一些特殊的情況下起作用，而且只影響到一些說話者掌握得很不完備的技術上的或外來的罕用詞。相反，類比卻是一種屬於語言正常運行的非常普遍的事實。這兩種現象儘管在某些方面很相似，本質上卻彼此對立，我們應該仔細地加以區別。

第七章　黏合

一、定義

類比的重要性，我們剛才在上面已經講過了。在新單位的產生中，除類比以外，還有另一個因素，那就是黏合。

除此之外，別的構成方式都不值得認眞考慮：例如擬聲詞（參看第一三三頁）和未經類比插手的全部由個人創造的詞（例如gaz「煤氣」），甚至流俗詞源，都是不很重要或者並不重要的。

黏合是指兩個或者幾個原來分開的但常在句子內部的句段裡相遇的要素互相熔合成爲一個絕對的或者難於分析的單位。這就是黏合的過程。我們說的是過程，而不是程序，因爲後者含有意志、意圖的意思，而沒有意志的參與正是黏合的一個主要特徵。

這裡試舉幾個例子。法語起初說ce ci，把它分成兩個詞，其後變成了ceci「這個」：這是一個新詞，儘管它的材料和組成要素沒有改變。再比較法語的tous jours→toujours「時常」、au jour d'hui→aujourd'hui「今天」、dès jà→déjà「已經」、vert jus→verjus「酸葡萄汁」。黏合也可以溶合一個詞的次單位，例如我們在第三〇七頁看到的印歐語的最高級*swād-is-to-s和希臘語的最高級hēd-isto-s。

仔細考慮一下，我們可以把這一現象分爲三個階段：

1.幾個要素結合成一個無異於其他句段的句段；

2.固有意義的黏合，即句段的各個要素綜合成一個新單位。這種綜合是由於一種機械的傾向而自發產生的：當一個複合的概念用一串極其慣用的帶有意義的單位表達的時候，人們的心理就會像抄小路一樣對它不作分析，直接把概念整個附到那組符號上面，使它變成一個單純的單位。

3.出現能使舊有的組合變得更像個單純詞的其他變化，如重音的統一（vért-jús→verjús），特殊的語言變化等等。

人們往往認爲這些語音變化和重音變化3.先於觀念領域內發生的變化2.，因而必須用物質的黏合和綜合解釋語義的綜合。情況也許並不是這樣。vert jus、tous jours等等之成爲單純詞，很可能正因爲先把它們看作單一的觀念。把這種關係顛倒過來，恐怕不對。

二、黏合和類比

類比和黏合的對比是很明顯的：

1. 在黏合裡，兩個或幾個單位經過綜合熔合成一個單位（例如法語的encore「還」來自hanc horam），或者兩個次單位形成一個次單位（試比較希臘語的hḗd-isto-s來自*swād-isto-s）。相反，類比卻從低級單位出發，把它們構成一個高級單位。例如把詞幹pāg-和後綴-ānus聯結起來構成pāgānus。

2. 黏合只在句段範圍內進行；它的效能可以影響到某個組合而絕不考慮其他。相反，類比既求助於聯想系列，又求助於句段。

3. 特別是在黏合裡，沒有什麼是出於意志的，也沒有什麼是主動的。我們在上面已經說過，那只是一種簡單的機械的過程，其中的要素都是自行裝配起來的。相反，類比卻是一種程序，需要有分析和結合，理智的活動和意圖。

至於構詞法，人們往往採用「構造」和「結構」這兩個術語；但這些術語應用於黏合和類比時意義各不相同。應用於黏合，它們使人想起各個要素的緩慢的凝合，這些要素在句段內的接觸中經受了使它們原先的單位完全模糊不分的綜合作用。相反，應用於類比，構造卻是指在某一次言語行爲中由於從不同的聯想系列取來的若干個要素聯結在一起而一下子獲得的安排。

由此可見，區別這兩種構詞方式是多麼重要。例如拉丁語的possum「能夠」不過是把potis sum「我是主人」兩個詞焊接起來構成的，是一個黏合詞。相反，signifer「旗手」、agricola「莊稼人」等等卻是類比的產物，按照語言所提供的模型製成的構造。複合詞和派生詞這些術語①，應該保留給類比的創造。

一個能夠分析的形式是由於黏合產生的呢，還是作爲類比的構造而出現的呢，這往往很不容易斷定。語言學家曾對印歐語的*es-mi「我是」、*es-ti「他是」、

---

①這等於說，在語言史裡，這兩種現象是把它們的效能結合起來的。但黏合總是在前，並把模型提供給類比。例如構成希臘語hippó-dromo-s「跑馬場」等詞的複合詞的格式是在印歐語某個時代通過局部黏合產生的，那時還沒有詞尾（ekwo dromo就等於像英語的country house「別墅」這樣的複合詞）。但是在各個要素完全溶合之前，類比已使它變成了一個能產的構詞方式。法語的將來式（je ferai「我將做」等等）也是這樣，它在民間拉丁語裡是由不定式和動詞habêre「有」的現在式黏合產生的（facere habēo「我有做」）。所以黏合通過類比的介入而創造句段格式，為語法服務；如果聽之任之，它會把各個要素的綜合一直發展成為絕對的單位，只產生一些不能分解的、非能產的詞（如hanc hōram→encore），就是說，為詞彙服務了。——原編者注

*ed-mi「我吃」等形式爭論不休。有人認爲es-、ed-等要素在很古的時代曾是眞正的詞，其後才同另一些要素mi、ti等等黏合的。有人認爲*es-mi、*es-ti等等是用其他同類複雜單位中取出的要素結合而成，即把這黏合一直追溯到印歐語詞尾形成以前的時代。由於缺乏歷史證據，這個問題也許是無法解決的②。

只有歷史才能夠開導我們。無論什麼時候，只要歷史能使我們斷定某一單純的要素從前曾經是句子中的兩個或幾個要素，那就是黏合詞：例如拉丁語的hunc「此」可以一直追溯到hom ce（ce有碑銘爲證）。但是如果缺乏歷史知識，我們就很難確定什麼是黏合，什麼是類比引起的結果。

---

② 老一輩的歷史比較語言學家如葆樸、施來赫爾等人都主張前一說，即認為這些詞起初是由獨立的成分黏合構成的。新語法學派批評他們的這種看法不科學。德·索緒爾在這裡附和了新語法學派的觀點。——校注

第八章 歷時的單位，同一性和現實性

靜態語言學處理沿著共時的聯繫而存在的單位。我們剛才所說的一切可以證明，在一個歷時的順序中，各個要素不是如下圖1(a)所表示的那樣只一次就劃定了界限的：相反，由於語言舞臺上發生的事件，它們每時每刻都會有不同的分布，因此，它們的情況更符合下圖1(b)所表示的：這是上面所說的一切有關語音演化、類比、黏合等等產生的結果。

直到現在，我們所引的例子幾乎全部都是屬於構詞法的，這裡試舉一個來自句法的例子。印歐語沒有前置詞，前置詞表示的關係，用爲數多而表義

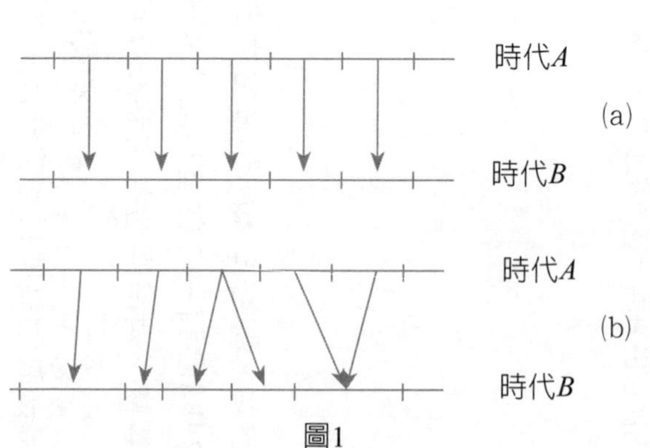

圖1

力強的變格來表達。它也沒有用動詞前綴構成的動詞，只用一些助詞，即小詞，加在句子裡使動詞的動作明確並具有各種不同的色彩。例如，古代沒有類似拉丁語中īre ob mortem「走向死亡」或obīre mortem的說法，人們只是說īre mortem ob。原始希臘語還是這樣的狀態：(1)在óreos baínō káta中，óreos baínō本身是「我從山上來」的意思，屬格具有離格的價值；káta給添上了「下」的色彩。在另外一個時代，人們說(2)katà óreos baínō，其中katà起著前置詞的作用，或者(3)kata-baínō óreos，動詞和助詞黏合變成了動詞前綴。

這裡是兩種或三種不同的現象，都以對單位的解釋爲基礎：(1)創造了一類新的詞，即前置詞，這只消把原有的單位移動一下。一種起初無關緊要的特殊的次序，也許由於偶然的原因造成了一種新的聚合：kata起初是獨立的，後來同名詞óreos聯合，整個同baínō連接在一起作爲它的補語。(2)出現了一種新的動詞類型（katabaínō）。這是另一種心理上的聚合，也是由一種單位的特殊分布促成，而且通過黏合得以鞏固。(3)自然的後果是屬格詞尾（óre-os）的意義弱化了；以往由屬格單獨表示的主要觀念現在由katà負責表達，詞尾-os的重要性也因此相應地縮小。它未來的消失就在這一現象裡萌芽了。

所以，這三種情況所涉及的都是單位的重新分布問題。物質是一樣的，可是功能不同；因爲値得注意的是，這些移動中沒有一種是由語音變化引起的。另一方面，雖然材料沒有改變，但是我們不要以爲一切都是在意義的領域內發生的：句法現象無不把一定的概念鏈條和一定的聲音單位鏈條聯結在一起（參看第二四四頁），而改變的恰恰就是這種關係。聲音保持不變，但是表示意義的單位已經不一樣了。

我們在第一四三頁說過，符號的變化就是能指和所指的關係的轉移。這個定義不僅適用於系統的各個要素的變化，而且適用於系統本身的演變。整個歷時現象無非就是這樣。

但是確認共時單位有某種轉移，還遠沒有說出語言中發生了什麼。這裡有一個**歷時單位**本身的問題：那就是要查問，在每一事件裡直接受變化影響的是哪一個要素。我們討論語音變化的時候已經遇到過這樣的問題（參看第一七四頁）。語音變化只影響到孤立的音位，至於詞的單位卻是與它無關的。歷時的事件是各種各樣的，我們要解決許許多多這樣的問題，而在歷時領域內劃分的單位不一定相當於共時領域內的單位。根據第一編所提出的原則，單位的概念在這兩個秩序裡不可能是相同的。無論如何，只要我們沒有從單位的兩個方面，即靜態方面和演化方面去加以研究，就不能把它完全解釋清楚。只有把歷時單位的問題解決了，才能透過演化現象的外表，深入到它的本質。在這裡，正如在共時態裡一樣，要區別什麼是錯覺，什麼是現實性，對單位的認識是必不可少的（參看第一九九頁）。

但是還有另一個特別微妙的問題，那就是**歷時同一性**的問題。事實上，爲了說出某一個單位還保持著它的同一性，或者雖然改變了形式或意義，但仍然是一個獨特的單位，——因爲這兩種情況都是可能的——我們必須知道根據什麼來斷定某一時代的要素，例如法語的chaud「熱」，和另一時代的要素，例如拉丁語的calidum，是同一個詞。

對於這個問題，人們毫無疑問會回答，calidum按語音定律有規則地變成了chaud，因此chaud=calidum。這就是所謂語音同一性。sevrer「斷乳」和sēparāre「隔開」也是這樣。相反，fleurir「開花」和flōrēre（「開花」，應變爲*flouroir）卻不是同一回事，如此等等。

這種對應，乍一看來，似乎跟一般歷時同一性的概念恰相吻合。但是事實上只靠聲音去理解同一性是不可能的。人們無疑有理由說，拉丁語的mare在法語裡就以mer「海」的形式出現，因爲一切a在一定條件下都變成了e，因爲非重讀的結尾的e脫落了，如此等等。但是認爲正是這些a→e、e→零等等的關係構成同一性，那就是本末倒置，相反，我正是根據mare:mer的對應來判斷a變成了e，結尾的e脫落了等等的。

如果有兩個人，來自法國的不同地區，一個說se fâcher「發脾氣」，另一個說se fôcher，其中的差別，同使我們能夠從這兩個不同的形式中認出同一個語言單位的語法事實比較起來是非常次要的。像calidum和chaud這樣兩個不同的詞的歷時同一性只意味著人們是通過言語中一系列共時同一性從一個形式過渡到另一個形式的，它們的聯繫從來沒有被連續的語音變化切斷。因此，我們在第一八六頁能夠說，知道在一篇演說中連續反覆出現的Messieurs!「先生們！」是怎樣同一的，跟知道pas「不（否定詞）」爲什麼和pas「步（名詞）」同一，或者同樣，知道chaud爲什麼和calidum同一，是同樣地有意思。事實上，第二個問題只不過是第一個問題的引申和複雜化罷了。

第三編和第四編　附錄

一、主觀分析和客觀分析

說話者對語言單位隨時進行的分析可以叫做**主觀分析**。我們必須提防不要把主觀分析同以歷史爲依據的**客觀分析**混爲一談。語法學家把像希臘語的híppos「馬」這樣的一個形式分爲三個要素：詞根、後綴和詞尾（híp-p-o-s）；從前希臘人只把它看作兩個要素（hípp-os，參看第二七五頁）。客觀分析把amābās「你從前愛」看作四個次單位（am-ā-bā-s）①；從前拉丁人把它切成amā-bā-s；他們甚至可能把-bās看作一個與詞幹對立的屈折整體。歷史家從法語的entier「完全」拉丁語in-teger「原封未動」、enfant「小孩」（拉丁語in-fans「不說話的」）、enceinte「懷孕的」（拉丁語in-cincta「沒有腰帶的」）等詞中分出一個共同的前綴en-，與拉丁語表示否定的in-相同；說話者的主觀分析卻完全不知道有這個前綴。

語法學家往往要把語言的自發分析看作錯誤；其實主觀分析並不比「錯誤的」

① 十九世紀末西歐語法學家把拉丁語的amābās分成非詞幹的動詞詞幹am＋後綴 a＋動詞「是」的詞幹ba＋第二人稱單數的詞尾 s。德·索緒爾在這裡所說的客觀分析就是指的這種分析的結果。——校注

類比（參看第二九五頁）更爲錯誤。語言是不會錯的；它的觀點不同，如此而已。說話者個人的分析和歷史家的分析沒有共同的尺度，儘管二者都使用相同的程序，即對比具有相同要素的系列。這兩種分析都是正當的，各有自己的價值；但究竟只有說話者的分析是重要的，因爲它直接以語言事實爲依據。

歷史分析只是主觀分析的一種派生的形式。它說到底是把不同時代的構造投射在一個單一的平面上。正如自發分解一樣，它的目的是要認識詞裡的次單位，它只是把不同時期作出的各種區分加以綜合以便求出最古老的區分。詞好像是一所幾經改變內部布置和用途的房子。客觀分析把這些連續的布置總計一下，積在一起，算筆總帳，但是對住房子的人來說從來只有一種布置。上述hípp-o-s的分析並沒有錯，因爲那是說話者的意識所確立的；它只是「時代錯誤」；它所屬的時代不是人們分析這個詞的時代。這個hípp-o-s同古典希臘語的hípp-os並不矛盾，但是不應該對它作同樣的判斷。這等於又一次提出了歷時態和共時態的根本區別。

這並且使我們有可能解決語言學中一個懸而未決的方法問題。舊派的語言學家把詞分爲詞根、詞幹、後綴等等，認爲這些區別具有絕對的價值。人們讀了葆樸和他的門徒們的著作會以爲希臘人無法追憶的時代起就背上了詞根和後綴的包袱；他們說話時總是在從事詞的製作，例如patḗr「父親」在他們看來就是詞根pa+後綴

ter，dṓsō「我給」在他們的嘴裡就代表dō+so+表示人稱的詞尾等等②。

我們必須抵制這些錯誤，而進行抵制的最恰當的口號就是：觀察今天的語言裡，日常的言語活動中發生的情況，不要把當前不能確認的任何過程、任何現象歸結於語言的古代時期。由於當代語言大都不容許我們冒冒失失地作出像葆樸那樣的分析，新語法學家們堅決遵守著他們的原則，宣稱詞根、詞幹、後綴等等都是我們精神的純粹的抽象物，我們拿來使用，只是爲了陳述上的便利。但是如果沒有正當理由建立這些範疇，我們爲什麼要建立呢？就算建立了，我們憑什麼斷言，例如分割成hípp-o-s一定要比分割成hípp-os更爲可取呢？

新學派認識到舊學說的缺點之後——這並不困難——只滿足於在理論上拋棄它，可是在實踐上好像陷在什麼科學裝置裡似的，沒法擺脫。我們如果仔細考察這些「抽象物」，就可以看到它們所代表的現實性的部分，而且只要稍加修改，就能使語法學家的這些製作具有合理的、確切的含義。我們在上面就想這樣做，指出客

② 葆樸當時曾受過波爾．洛瓦雅耳語法理論的影響，他在他的著作中常把印歐系語言的詞任意作不適當的分析，梅耶在《印歐系語言比較研究導論》中說他「採用了那些陳舊的觀念，對各種來源作出空洞的投機的理論」（參看原書第四四六頁），指的就是這一點。——校注

觀分析同當代語言的主觀分析有一種內在的聯繫，它在語言學的方法論上占有合法的、確定的地位。

二、主觀分析和次單位的確定

所以，說到分析，我們只有站在共時的平面上才能建立一種方法，下一些定義。下面，我們通過對詞的前綴、詞根、詞幹、後綴、詞尾等各部分提出一些看法，來表明這一點③。

先談**詞尾**，即用來區別名詞或動詞變化範例各個形式的詞末屈折變化或可變要素。在zeúgnū-mi「我套車」、zeúgnū-s「你套車」、zeúgnū-si「他套車」、zeúgnū-men「我們套車」等詞中，-mi、-s、-si等詞尾只是因爲它們互相對立和跟

③ 德·索緒爾至少沒有從共時的觀點討論複合詞的問題。所以問題的這一方面應該全部予以保留。不消說，上面確定的複合詞和黏合詞在歷時方面的區別不能照搬到這裡來，因為這裡談的是分析語言狀態的問題。我們無需指出，這個有關次單位的陳述不要求解決上面第一九二頁和第一九三頁所提出的關於給詞單位下定義的更微妙的問題。——原編者注

詞的前一部分（zeugnū́-）對立才被劃定的。我們在上面已經看到（第一六一頁和第二〇五頁），捷克語的屬格žen和主格žena「妻子」對立，沒有詞尾可以跟通常的詞尾起一樣的作用。同樣，希臘語的zeúgnū!「套車吧！」跟zeúgnū-te!「你們套車吧！」等等對立，或者呼格rhêtor!「演說家啊！」跟rhḗtor-os「演說家的」等等對立，法語的marš（寫作marche!「步行吧！」）跟maršõ（寫作marchons!「我們步行吧！」）對立，這些都是帶零詞尾的屈折變化形式。

把詞尾除去就可以得出詞幹。一般說來，詞幹是從一系列有屈折變化或者沒有屈折變化的同族詞的比較中自發地湧現出來，並帶有這些詞所共有的意義要素。例如在法語的roulis「擺動」、rouleau「卷軸」、rouler「滾動」、roulage「回轉」、roulement「運轉」這一系列中我們不難看出有一個詞幹roul-。但是說話者的分析在同一個詞族中往往會分出好幾種或好幾級詞幹。上述從zeúgnū-mi、zeúgnū-s等等分出的要素zeugnū́是第一級詞幹。它不是不能再分的，因爲如果我們把它跟其他系列相比（一方面是zeúgnūmi「我套車」、zeuktós「已套好的」、zeûksis「套車」、zugón「牲口套」等等，另一方面是zeúgnūmi「我套車」、deíknūmi「我顯示」、órnūmi「我喚醒」等等），zeug-nu的區別就自然顯現出來了。所以zeug-（及其交替形式zeug-、zeuk-、zug-，參看第二八九頁）就是第二級詞幹。但它本身是不能再分的，因爲我們不能更進一步通過同族形式的比較進行分解。

人們把所有同族詞中不能再分的共同要素叫做**詞根**。另一方面，任何主觀的和共時的分解要分出物質要素都必須考慮同每個要素相配合的意義部分，所以在這一點上，詞根就是所有同族詞的共同意義達到最高抽象和概括程度的要素。自然，這種不確定性是隨詞根而不同的，但是在一定程度上也取決於詞幹是否能夠再分的程度；詞幹越是切短，它的意義就越有變成抽象的機會。例如zeugmátion是「小套具」的意思，zeûgma表示任何「套具」，沒有特殊的限制，最後zeug-卻含有「套」的不確定觀念。

因此，詞根本身不能構成詞和直接添上詞尾。事實上，詞總是表現相對確定的觀念，至少從語法的觀點看是這樣，這是跟詞根所固有的概括性和抽象性相反的。這樣說來，我們對於屈折形式中詞根和詞幹互相混同的極其常見的情況，例如把希臘語的phlóks，屬格phlogós「火焰」，和在同族的任何詞中都可以找到的詞根phleg-:phlog-（試比較phleg-o等等）相比，應該怎麼看呢？這不是跟我們剛才確立的區別相矛盾嗎？不。因爲我們必須把帶有一般意義的phleg-:phlog和帶有特殊意義的phlog-區別開來，否則就會有排除意義只考慮物質形式的危險。在這裡，同一個聲音要素具有兩種不同的價值，因此構成兩個截然不同的語言要素（參看第一九二頁）。正如上面所說zeúgnū!「套車吧！」是一個帶零詞尾的詞一樣，phlóg-「火焰」也可以說是一個帶零後綴的詞幹。不可能有任何混淆：儘管語音相同，詞幹和詞根仍然是有區別的。

所以詞根是說話者意識中的一種現實性。誠然，說話者不能總是把它分得一樣確切；在這一方面，無論是在同一種語言內部或者不同語言之間都會有一些差別。

在某些語言裡，詞根有一些很確切的特徵引起說話者的注意。德語就是這樣：它的詞根有一個相當整齊的面貌，差不多都是單音節的（試比較streit-「鬥爭」、bind-「綁捆」、haft-「黏著」等等），服從於一定的結構規則：音位不能隨便以任何的順序出現；有些輔音的結合，如塞音+流音，不能在詞末出現：werk-「工作」是可能的，而wekr-卻不可能，helf-「幫助」、werd-「變成」可以找到，而hefl-、wedr-卻找不到。

前面說過，有規律的交替，特別是元音間的交替一般會增強而不是削弱人們對於詞根和次單位的感覺。在這一點上，德語由於它的「轉音」能起各種各樣的作用（參看第二八四頁），也跟法語大不相同。閃語的詞根在更高的程度上具有類似的特徵。它們的交替都是很有規則的，而且支配著許多複雜的對立（試比較希伯來語的qāṭal、qtaltem、qṭōl、qiṭlū等等，都是表示「殺死」的同一個動詞的形式④）。此外，它們還有一種類似德語單音節的特性，但更引人注目，它們總是包含著三個輔音（參看下面第四一三頁以下）。

在這一方面，法語完全不同。它的交替很少，除單音節詞根（roul-，march-，mang-）以外還有許多兩個音節甚至三個音節的（commenc-，hésit-，epouvant-）。此外，這些詞根的形式，特別是它們的最後部分，都有非常多樣的結合，我們無法把它們歸結為規則（試比較tu-er「殺死」、réng-er「統治」、guid-er「引導」、grond-er「叱罵」、souffl-er「吹」、tard-er「延緩」、entr-er「進入」、hurl-er「吼叫」等等）。所以詞根的感覺在法語裡極不發達，那是不足為奇的。

詞根的確定，結果會引起前綴和後綴的確定。**前綴**位於詞中被認為詞幹的那一部分之前，例如希臘語hupo-zeúgnūmi「我套車」中的hupo-。**後綴**卻是加於詞

④ qāṭal是第三人稱單數陽性全過去式的形式，qṭaltem是第二人稱複數陽性全過去式的形式，qṭōl是第二人稱單數陽性命令式的形式，qiṭlū是第二人稱複數陽性命令式的形式，表示「殺死」的意思的只有q-ṭ-l三個輔音，其餘都是表示語法意義的。——校注

根，使成爲詞幹的要素（例如zeug-mat-），或者加於第一個詞幹使成爲第二級詞幹的要素（例如zeug-mat-io-）。我們在上面已經看到，這個要素，正如詞尾一樣，也可能是零。所以把後綴抽出只是詞幹分析的另一面。

後綴有時有具體意義，即語義價值，例如zeuk-tēr-「套車人」，其中的-tēr-表示施事，即作出某種動作的人；有時只有純粹的語法功能，例如zeúg-nū(-mi-)「我套車」中的-nū-表示現在式的觀念。前綴也可以起這種或那種作用，但是我們的語言使它具有語法功能的很少；例如德語過去分詞的ge-（ge-setzt「已放置」等等），斯拉夫語表示完成體的前綴（俄語na-pisát「寫」等等）。

前綴還有一個特徵跟後綴不同，雖然不是絕對的，但也相當普遍；它的界限比較清楚，因爲它比較容易跟整個詞分開。這跟這個要素固有的性質有關。在大多數情況下，除去了前綴，剩下的還是一個完整的詞（試比較recommencer「重新開始」：commencer「開始」、indigne「不配」：digne「配」、maladroit「笨拙」：adroit「靈巧」、contrepoids「平衡重量」：poids「重量」等等）。這在拉丁語，希臘語、德語裡更爲引人注目。此外，有好些個前綴還可以用作獨立的詞：試比較法語的contre「相反」、mal「不好」、avant「在前」、sur「在上」、德語的unter「在下」、vor「在前」等等，希臘語的katá「向下」、pró

「在前」等等。後綴卻完全不是這樣，刪去了這個要素所得的詞幹就是一個不完全的詞。例如法語的organisation「組織」：organis-，德語的Trennung「分離」：trenn-希臘語的zeûgma「套車」：zeug-等等。另一方面，後綴本身不能獨立存在。

因此，詞幹的開頭部分大都是預先劃定界限的。說話者用不著把它跟其他形式比較就可以知道前綴和後面各部分的界限在什麼地方。但詞的最後部分卻不是這樣。在這裡，除了把具有相同的詞幹或相同的後綴的形式加以對比以外找不到任何界限，而且通過這些比較所獲得的界限會隨所比較的要素的性質而不同。

從主觀分析的觀點看，後綴和詞幹的價值是從它們的句段對立和聯想對立得來的。一個詞的兩個對立部分，不管是什麼部分，只要出現對立，我們就可以在裡面按照不同的情況找到一個構形要素和一個詞幹要素。例如拉丁語的dictātōrem「獨裁者」，如果我們把它跟consul-em「執政官」、ped-em「腳」等等相比，就可以看到詞幹dictātōr-(em)；但是如果把它跟lic-tō-rem「侍衛官」、scrip-tōrem「書記官」等等相比，卻可以看到詞幹dictā-(tōrem)；如果想到pō-tātōrem「狂飲者」、can-tātōrem「歌唱者」，又可以看到詞幹die-(tātōrem)。一般地說，在有利的情況下，說話者可以作出任何想像得到的分割（例如按照am-ōrem「愛情」、

ard-ōrem「熱情」等等切成dictāt-ōrem；按照ōr-ātōrem「雄辯家」、ar-ātōrem「農人」等等切成dict-ātōrem）。我們知道（參看第三四四頁），這些自發分析的結果都表現在每個時代的類比構成上面；它們使我們有可能區分出語言意識到的各個次單位（詞根、前綴、後綴、詞尾）和它們的價值。

三、詞源學

詞源學既不是一門分立的學科，也不是演化語言學的一部分，它只是有關共時事實和歷時事實原則的一種特殊應用。它追溯詞的過去，直至找到某種可以解釋詞的東西。

當我們說到某個詞的來源，某個詞「來自」另一個詞的時候，可能包含幾種不同的意思：例如法語的sel「鹽」來自拉丁語的sal只是由於聲音的變化；現代法語的labourer「耕田」來自古法語的labourer「工作」只是由於意義的變化；法語的couver「孵卵」來自拉丁語的cubāre「躺下」是由於意義和聲音的變化；最後，當我們說法語的pommier「蘋果樹」來自pomme「蘋果」的時候，那卻表示一種語法上的派生關係。前三種情況都跟歷時的同一性有關，第四種情況卻以幾個不同要素的共時關係爲基礎；而前面所說有關類比的一切表明這正是詞源研究的最重要的部分。

我們追溯到dvenos，不能確定bonus「好」的詞源；但是如果發現bis「再一次」可以追溯到dvis，從而把它跟duo「二」建立起一種關係，那麼這就可以稱爲詞源學的工作。把法語的oiseau「鳥」跟拉丁語的avicellus相比也是這樣，因爲它使我們找到了oiseau和avis的聯繫⑤。

所以詞源學首先是通過一些詞和另外一些詞的關係的探討來對它們進行解釋。所謂解釋，就是找出它們跟一些已知的要素的關係，而在語言學上，解釋某一個詞就是找出這個詞跟另外一些詞的關係，因爲聲音和意義之間沒有必然的關係（關於符號任意性的原則，參看第一三一頁）。

詞源學並不以解釋一些孤立的詞爲滿足；它要研究詞族的歷史，同樣，也要研究構形要素：前綴、後綴等等的歷史。

⑤ 拉丁語的avis是「鳥」的意思，avicellus是「小鳥」的意思，法語的oiseau「鳥」實際上是由拉丁語的avicellus變來的。——校注

同靜態語言學和演化語言學一樣，詞源學也要描寫事實，但這種描寫不是有條理的，因爲它沒有任何確定的方向。詞源學把某一個詞當作研究的對象，必須輪番地向語音學、形態學、語義學等等借用資料。爲了達到它的目的，它要利用語言學交給它使用的一切手段，但是並不把注意力停留在它非做不可的工作的性質上面。

第四編　地理語言學

第一章 關於語言的差異

談到語言現象和空間的關係的問題，我們就離開了內部語言學，轉入外部語言學；本書緒論第五章已經指出過外部語言學的範圍和它的多樣性。

在語言研究中，最先引入注目的是語言的差異。我們只要從一個國家到另一個國家，或甚至從一個地區到另一個地區，就可以看到語言間的差別。如果說時間上的分歧往往不是人們所能看到的，空間上的分歧卻可以一目了然；就是野蠻人，由於跟說另一種語言的其他部落發生接觸，也能理解這一點。一個民族意識到自己的語言，就是通過這些比較得來的。

順便指出，這種感覺使原始的人產生一種觀念，認為語言就是一種習慣，一種跟衣著或裝備相類似的風尚。法語idiome「慣用語」①這個術語正好可以表明語言反映著某一共同體所固有的特性（希臘語的idiōma就已經有「特殊風尚」的意思）。這個觀念是正確的，但是等到人們把語言看作好像皮膚的顏色或頭顱的形狀

① 本編中其他地方的idiome都譯成「語言」。——校者

那樣的種族屬性，而不是民族屬性的時候，那就錯了②。

此外，每個民族都相信自己的語言高人一等，隨便把說另一種語言的人看作是不會說話的。例如希臘語bárbaros「野蠻人」一詞似乎就曾有過「口吃的人」的意思，跟拉丁語的balbus「口吃的人」有血緣關係，在俄語裡，德國人被稱爲Nêmtsy，即「啞巴」。

所以語言學中最先看到的就是地理上的差異；它確定了對語言的科學研究的最初形式，甚至希臘人也是這樣。誠然，希臘人只注意到希臘各種方言間的差異③，但這是因爲他們的興趣一般沒有超出希臘本土的界限。

在看到兩種語言不同之後，人們自然會本能地尋找它們之間有些什麼類似的地方。這是說話者的一種很自然的傾向。鄉下人最喜歡把他們的土語和鄰村的相比；

② 這是針對弗理德里希・繆勒（Friedrich Müller）在《語言學綱要》和芬克（F. N. Finck）在《世界語言的譜系》中主張根據人種的特徵如頭髮和膚色等等來把語言加以分類來說的。——校注

③ 古代希臘有四組方言：⑴東部的伊奧尼亞方言和阿狄克方言；⑵北部的愛奧利方言；⑶南部的阿爾加底亞方言和⑷西部的多利亞方言，其後隨著希臘政治、經濟和文化的發展，逐漸以首都雅典的阿狄克方言為基礎形成了希臘的共同語。——校注

使用幾種語言的人常會注意到它們共有的特性。但是，說來奇怪，語言科學竟然花費了很長的時間才懂得利用這一類證明。例如希臘人早已看到拉丁語的詞彙和他們的詞彙之間有許多近似的地方，但是不能從裡面得出任何語言學上的結論。

對這些類似的地方進行科學的觀察，在一定情況下可以使我們斷定兩種或幾種語言有親屬關係，即有共同的來源。這樣的一群語言稱爲語系。近代語言學已經陸續承認了印歐語系、閃語系、班圖語系④等等。這些語系又可以互相比較，有時還會出現一些更廣泛，更古老的血緣關係。曾有人想找出芬蘭．烏戈爾語系⑤和印歐語系以及印歐語系和閃語系等等間的類似之點⑥。但是這種比較很快就會碰到一些

④ 班圖語是南部赤道非洲的居民，特別是卡佛爾人所說的好些語言的總稱。——原編者注

⑤ 芬蘭．烏戈爾語系，除其他語言外，包括固有的芬蘭語，或索米語、莫爾達維亞語、拉普語等等，這是流行於俄國北部和西伯利亞的一個語系，無疑都出於一種原始的共同語。曾有人把它跟一大群所謂烏拉爾．阿爾泰語加以聯繫，但是它們的共同來源還沒有得到證明，儘管在每種語言裡都可以找到某些特徵。——原編者注

⑥ 認為芬蘭．烏戈爾語系和印歐語系之間有類似之點的有安德遜（Anderson）、裴德森（Pedersen）、湯姆森（Thomsen）等人；主張閃語系和印歐語系同出一源的有勞默（Raumer）、阿斯戈里（Ascoli）和庫尼（Cuny）等人，但都沒有找到完全可靠的證據。——校注

無可逾越的障礙。我們不應該把可能和可證明混爲一談。世界上一切語言都有普遍的親屬關係是不大可能的，就算眞是這樣——如義大利語言學家特龍貝提⑦所相信的——由於其中發生了太多的變化，也無法證明。

所以除了親屬關係的差異以外，還有一種絕對的差異，它沒有可以認識或證明的親屬關係。對於這兩種情況，語言學的方法應該是怎樣的呢？先從第二種，最常見的情況談起。我們剛才說過，世界上相互間沒有親屬關係的語言和語系是很多很多的。例如漢語和印歐系語言就是這樣。這不是說應該放棄比較。比較總是可能而有用的，它既可以應用於語法機構和表達思想的一般類型，又可以應用於語音系統；我們同樣可以比較兩種語言的一些歷時方面的事實、語音演化等等。這方面的可能性雖然數不勝數，卻受到決定著任何語言的構造的某些聲音上和心理上的經常資料的限制；反過來，對沒有親屬關係的語言作任何比較，其主要目的就是要發現這些經常資料⑧。

---

⑦ 參看Trombetti, L'unita d'origine del linguaggio, Bologna, 1905。——原編者注

⑧ 對沒有親屬關係的語言進行比較可以建立語言心理學、語言類型學以至普通語言學等等，但不能確定語言的親屬關係和歷史比較語言學。這是兩種完全不同的比較。——校注

至於另一類差異，即語系內部的差異，比較的範圍是沒有限制的。兩種語言不同的程度可大可小：有些相似到驚人的程度，如禪德語和梵語，有些卻顯得完全不相似，如梵語和愛爾蘭語。一切中間程度的差別都是可能的：例如希臘語和拉丁語彼此間就比它們各自同梵語等等更為接近。只在很輕微的程度上有分歧的語言稱為**方言**⑨；但是我們不應該對這個術語給以很確切的意義。我們在下面第三六六頁將可以看到，方言和語言之間只有量的差別，而沒有性質上的差別。

⑨根據分歧程度來區別語言和方言是不可靠的。例如漢語有些方言，其分歧程度比俄語、烏克蘭語和白俄羅斯語的大得多，但它們是漢語方言，而俄語、烏克蘭語和白俄羅斯語卻是不同的語言。——校注

第二章 地理差異的複雜性

一、幾種語言在同一地點並存

直到現在，我們對於地理上的差異，是就它的理想形式來提出的：有多少地區就有多少種不同的語言。我們有權利這樣做，因為地理上的分隔始終是語言差異的最一般的因素。現在來談談那些擾亂這種對應，結果導致幾種語言在同一地區並存的次要事實。

這裡討論的，不是兩種語言的相互滲透，結果引起系統改變的眞正有機混合的問題（試比較被諾曼第人征服後的英語①），也不是幾種在地區上劃分得很清楚，但是包括在一個國家的疆界內的語言，像在瑞士那樣的問題②。我們考慮的只是兩

① 諾曼第人於一〇六六年征服英倫，在那裡統治了幾百年，使英語發生了很大變化。——校注

② 瑞士現在北部使用德語，西部使用法語，南部使用義大利語，這些都是不同的語言，但是在一個國家的界限內。——校注

種語言可能在同一個地方並存而不相混的事實。這是常常可以看到的，但是必須區別兩種情況。

首先，一種新來居民的語言有時會凌駕土著居民的語言之上。例如在南非洲，同幾種黑人方言並存的有荷蘭語和英語，這是連續兩次殖民的結果。西班牙語移植於墨西哥也是這樣。我們不要以爲這種語言的入侵是近代所特有的。在任何時候，我們都可以看到一些民族群居雜處而它們的語言並不相混。我們試看一看當前歐洲的地圖就可以了解這種情況：在愛爾蘭，人們說克勒特語和英語；許多愛爾蘭人都懂得兩種語言。在布列塔尼，人們通用布列塔尼語和法語；在巴斯克地區，人們同時使用法語或西班牙語和巴斯克語。在芬蘭，長期以來，瑞典語和芬蘭語並存；晚近還加上了俄語。在庫爾蘭和里窩尼亞，人們說拉脫維亞語、德語和俄語。德語是中世紀由漢薩聯合會庇護下的殖民者輸入的③，僅屬居民中某一特殊的階級；俄語卻是後來由於征服而輸入的。在立陶宛，除立陶宛語以外曾移入了波蘭語，那是立陶宛在古代同波蘭結成聯盟的後果，以及俄語，那是立陶宛併入莫斯科帝國的結

③ 在中世紀，許多德國自由城市的商人在他們所到的地方組織了一種聯合會來維護他們的商業叫做漢薩聯合會。在這種聯合會的庇護下，他們把德語帶到了北歐各地。——校注

果。直到十八世紀，斯拉夫語和德語還流行於德國自易北河起的整個東部地區。在某些國家，語言的混雜還更厲害。在馬其頓，我們可以碰到一切可以想像得到的語言：土耳其語、保加利亞語、塞爾維亞語、希臘語、阿爾巴尼亞語、羅馬尼亞語等等，混雜的情況隨地區而不同。

這些語言並不總是絕對地混雜在一起的，它們在某一地區並存，並不排除有相對的地域分布。例如兩種語言中，可能一種流行於城市，一種流行於鄉村；但這種分布並不總是涇渭分明的。

古代也有這種現象。假如我們有一張羅馬帝國的語言地圖，就可以看到跟近代完全相同的事實。例如直到共和國末期，人們在康巴尼還使用著的語言有：奧斯干語，龐貝的碑銘可以證明；希臘語，那是建立那不勒斯等城市的殖民者的語言；拉丁語；也許還有埃特魯斯克語，那是在羅馬人到來以前流行於這個地區的語言④。

---

④ 在羅馬帝國本土，大約西元前四世紀，除拉丁語和奧斯干・昂伯里安語以外，北部有高盧語，南部有希臘語，在許多地區還有埃特魯斯克語和好些方言。其後隨著羅馬帝國政治、經濟、文化的發展，這些語言和方言多已為拉丁語所併吞，但是直到共和國末期，在本文所說的各個地區還可以找到奧斯干語、希臘語和埃特魯斯克語。——校注

在迦太基，布尼克語或腓尼基語曾同拉丁語長期並存（在阿拉伯人入侵時代還存在著），至於奴米德語確曾流行於迦太基地區，那更不用說了⑤。我們幾乎可以承認，古代在地中海沿岸一帶，單一語言的國家是絕無僅有的。

這種語言的重疊大都是由一個力量占優勢的民族入侵引起的，但是有的也因殖民，和平滲透，其次是游牧部落把它們的語言帶到各地而引起的。例如茨岡人就是這樣。他們主要定居於匈牙利，在那裡建立了一些密集的鄉村。對他們的語言的研究表明他們不知是哪一個時代從印度移來的⑥。在多瑙河口的多布魯扎，我們可以找到一些疏疏落落的韃靼人的村莊，使這個地區的語言地圖標上了一個個小斑點。

---

⑤ 迦太基是腓尼基殖民者於西元前九世紀建立的，所用布尼克語實是腓尼基語的一種方言，屬閃語系。公元前一四六年迦太基為羅馬帝國所滅，布尼克語在一個很長時期同拉丁語並存，直到西元四世紀才為阿拉伯語所代替。奴米德語又稱古利比亞語，屬含語系，也曾流行於迦太基，現在還留下了一些用布尼克語和奴米德語兩種文字書寫的碑銘。——校注

⑥ 茨岡人是古印度的一個遊牧部落，不知什麼時候流落到歐洲。他們所用的茨岡語是印度語的一種方言。——校注

二、文學語言和地方話

不僅如此，自然語言受到文學語言的影響也可能破壞語言的統一。一個民族達到一定文明程度必然會產生這種情況。我們所說的「文學語言」不僅指文學作品的語言，而且在更一般的意義上指各種爲整個共同體服務的、經過培植的正式的或非正式的語言。任由它自由發展，語言只會成爲一些互不侵犯的方言，結果導致無限的分裂。但是隨著文化的發展，人們的交際日益頻繁，他們會通過某種默契選出一種現存的方言使成爲與整個民族有關的一切事務的傳達工具。選擇的動機是各種各樣的：有時選中文化最先進的地區的方言，有時選中政治領導權和中央政權所在地的方言，有時是一個宮廷把它的語言強加於整個民族⑦。一旦被提升爲正式的和共同的語言，那享有特權的方言就很少保持原來的面貌。在它裡面會參雜一些其他地

⑦ 馬克思主義經典作家認為自然語言之所以被提高為民族語言，「部分是由於現成材料所構成的語言的歷史發展，如拉丁語和日耳曼語；部分是由於民族的融合和混合，如英語；部分是由於方言經過經濟集中和政治集中而集中為統一的民族語言」（馬克思、恩格斯《德意志意識型態》，人民出版社，第四九〇頁）。德·索緒爾在這裡把它的主要原因和次要現象混為一談。——校注

區的方言成分，使它變得越來越混雜，但不致因此完全失去它原有的特性。例如在法蘭西文學語言裡，我們還可以認出法蘭西島方言，在共同義大利語裡還可以認出多斯岡方言⑧。不管怎樣，文學語言不是一朝一夕就能普及使用的，大部分居民會成爲能說兩種語言的人，既說全民的語言，又說地方上的土語。法國許多地區就是這種情況，例如在薩窩阿，法語是一種輸入的語言，它還沒有窒息當地的土語。這一事實在德國和義大利是很普遍的，那裡到處都可以看到方言和正式的語言並存。

在任何時候，任何已達到一定文化程度的民族都曾發生過同樣的事情。希臘人曾有過它們的koinè「共同語」，那是從阿狄克方言和伊奧尼亞方言發展出來的，跟它並存的就有好些地方方言。甚至在古代巴比倫，大家相信也可能有一種正式語言和許多地方方言並存。

共同語是否一定要有文字呢？荷馬的詩歌似乎可以證明情況並非如此。這些詩歌雖然是在人們不使用文字或差不多不使用文字的時代產生的，它們的語言卻是約定俗成的，而且具有文學語言的一切特徵。

⑧ 法蘭西文學語言是以法蘭西島方言為基礎的，共同義大利語是以佛羅倫薩多斯岡方言為基礎的，現在這兩種語言雖已各自變得很混雜，但是還可以認出它們的基礎方言的面目。——校注

本章所討論的事實都是非常常見的，我們可以把它們看作語言史中的正常因素。但是，為了考慮最基本的現象，我們將撇開一切有礙於認識自然的地理差異的事實，不考慮任何外來語的輸入，任何文學語言的形成。這種圖解式的簡化看來似乎違反現實性，但是自然的事實首先應該就它本身來研究。

根據我們所採取的原則，我們可以說，例如布魯塞爾屬於日耳曼語地區，因為這個城市位於比利時的佛蘭德語部分；在這裡，人們說法語，但是在我們看來，唯一重要的是佛蘭德語地區和瓦隆語地區的分界線。另一方面，根據同一觀點，列日屬於羅曼語地區，因為它位於瓦隆地區；在這裡，法語只是一種附加在同一來源的方言上面的外來語⑨。同樣，布勒斯特在語言上屬於布列塔尼語；在這裡，人們所說的法語跟布列塔尼的土話毫無共同之處。在柏林，人們差不多只會聽到高德語，但是它卻屬於低德語地區，如此等等。

⑨ 比利時在語言上分佛蘭德和瓦隆兩個地區：佛蘭德地區說佛蘭德語，屬日耳曼族語言；瓦隆地區說瓦隆語，屬羅曼族語言。但是實際上，比利時各大都市都使用法語。——校注

第三章 地理差異的原因

一、時間是主要的原因

絕對的差異（參看第二六九頁）提出了一個純屬思辨的問題。相反，親屬語言的差異卻是可以觀察得到的，而且可以一直追溯到統一體。例如法語和普羅旺斯語都來自民間拉丁語，民間拉丁語的演化在高盧的北部和南部有所不同。它們的共同來源是事實的物質性產生的結果。

要了解事情怎樣發生，我們可以設想一些盡可能簡單的理論上的情況，使我們有可能找出語言在空間上發生分化的主要原因。假設有一種語言原來流行於一個界限分明的地點——比方一個小島——，後來被殖民者帶到另一個同樣界限分明的地點——比方另一個小島——，試問可能發生什麼樣的情況？過了一段時間，我們將可以看到，第一故鄉（G）和第二故鄉（G′）的語言之間會在詞彙、語法和發音等方面出現各種不同的差別。

我們不可能設想只有那被移植的語言才會發生變化，而原來的語言卻停止不動，跟它相反的情況也不是絕對不會發生；創新在這一方面或那一方面都可能產生，或者兩方面同時產生。假設某一個語言特徵a爲另一個特徵（b、c、d等等）所代替，分化可能有三種不同的方式（見下圖1(a)）：

因此，研究不能是單方面的；兩種語言的創新都同等重要。

這些差別是什麼造成的呢？如果認爲那只是空間造成的，那就受了錯覺的欺騙。空間本身是不能對語言起什麼作用的。殖民者離開G在G'登陸的第二天所說的語言跟前一天晚上所說的完全一樣。人們很容易忘記時間的因素，因爲它沒有空間那麼具體。但是實際上，語言的分化正是由時間因素引起的。地理差異應該叫做時間差異。

例如b和c這兩個有區別的特徵，人們從來沒有由前者過渡到後者或由後者過渡到前者。要想找出由

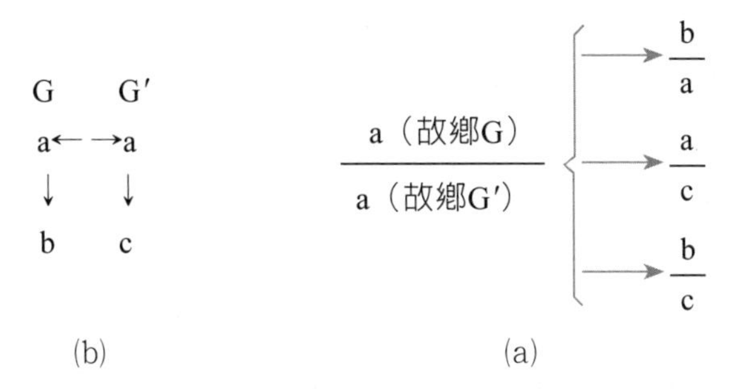

圖1

統一到差異的過程，必須追溯到b和c所代替的原先的a，正是它把位置讓給了後起的形式。由此我們可以得出對任何類似情況都適用的地理差異圖式（見上圖1(b)）：

兩種語言的分隔是現象中可以觸知的方面，但是不能解釋現象。毫無疑問，沒有地方上的差異，哪怕是很微小的差異，這一語言事實是不會發生分化的，但是光有地理上的分隔也不能造成差別。正如我們不能單憑面積來判斷容積，而必須求助於第三個向度即深度一樣，地理差別的圖式也只有投射到時間上才算完備。

有人會反駁說，環境、氣候、地形、特殊習慣（例如山民的習慣跟近海居民的習慣不同）等等的差異都可能對語言發生影響，在這種情況下，我們這裡所研究的變異就要受地理的制約。這些影響是大可爭論的（參看第二六三頁），即使得到證明，這裡還要進一步區分。**運動的**方向可以歸因於環境；它決定於在任何情況下都起作用的無可估量的力量，對於這些力量，我們既無法證明，也不能描寫。例如u在一定時期、一定環境內變成了ü。它爲什麼在這個時候、這個地方發生變化呢？它爲什麼變成了ü，而不變成比方說o呢？這是無法回答的。但是**變化本**身，撇開它的特殊方向和特別表現，簡言之，撇開語言的不穩定性不談，那只是由時間引起的①。所以地理差異只是一般現象的次要方面。親屬語言的統一性只有在時間上才能找到。比較語言學家如果不想成爲令人煩惱的幻覺的犧牲品，就必須貫徹這一原則。

二、時間在相連接地區的效能

現在試設想有一個單一語言的國家，在這個國家裡人們都說同一種語言，而且它的居民是固定的，例如西元四五〇年前後的高盧，拉丁語在這裡已經到處鞏固地確定下來。情況會是怎樣的呢？

1. 就言語活動來說，絕對不變性是不存在的（參看第一四五頁以下），過了一定時候，語言會跟以前不同。

2. 演化不會在整個地區都一模一樣，而是隨地區而不同的。人們從來沒有見過一種語言在它的整個領域內都起一樣的變化。所以符合實際的不是這樣的圖式

---

① 德·索緒爾在這裡只強調語言發展的時間因素，而忽視了它的社會因素，是跟他所反對的語言學生物主義者馬克斯·繆勒的觀點一致的，但是跟他自己的社會觀點發生了矛盾。——校注

（見下圖2(a)）：

而是這樣的圖式見下圖2(b)：

使得各種性質的方言形式得以創造出來的差異是怎樣開始和表現出來的呢？情況不像初看起來的那麼簡單。這一現象有兩個主要的特徵：

1. 演化採取連續的、明確的創新形式，構成許多局部的事實，可以按照它們的性質一一加以列舉、描寫和分類（語音事實、詞彙事實、形態事實、句法事實等等）。

2. 每一個創新都是在一定的地區，在分明的區域內完成的。要麼，某一創新的區域遍及整個地區，不造成任何方言的差別（這種情況最少）；要麼，像通常所看到的那樣，變化只影響到一部分地區，每個方言事實都有它的特殊區域：二者必居其一。下面說到的關於語音變化的情況，應該理解爲任何創新都是這樣。例如在某一部分地區，a變成了e（見下頁圖3(a)）：

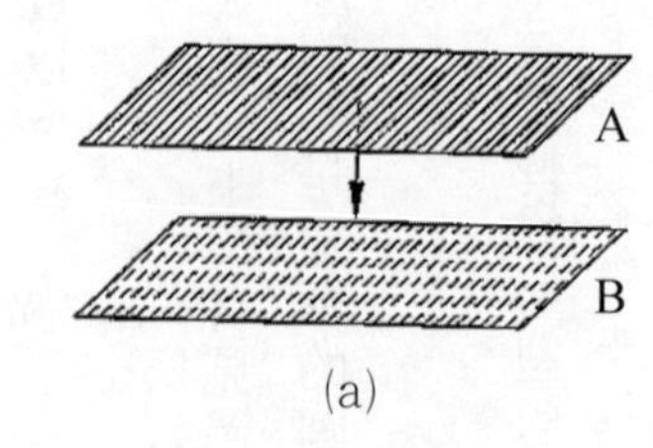

(a)

A

B

(b)

圖2

很可能在這同一地區，s也變成了z，但是界限不同（見下圖3(b)）：

這些不同區域的存在，說明一種語言如果任由它自然發展，那麼在它領域內的所有地點上都可能產生土語差異。這些區域是無法預見的，沒有任何東西可以使我們預先確定它們的廣度，我們應該只限於確認這些區域。它們的界限互相交錯，把它們畫在一張地圖上將會構成一些極其複雜的圖案。它們的外形有時出人意料。例如拉丁語的c和g在a之前變成tš、dž，然後變成š、ž（試比較cantum→chant「歌曲」、virga→verge「樹枝」），在法國北部全都是這樣，只有畢卡迪和諾曼第的一部分除外，在這些地區，c和g仍然保持不變（試比較畢卡迪方言把chat「貓」說成cat，réchappé說成rescapé「倖免於難的」，最近已進入法語，vergue來自上述的virga等等）。

所有這些現象的結果會是怎樣的呢？同一種語言在某一時候流行於整個地區，五個世紀或十個世紀以後，住在這地

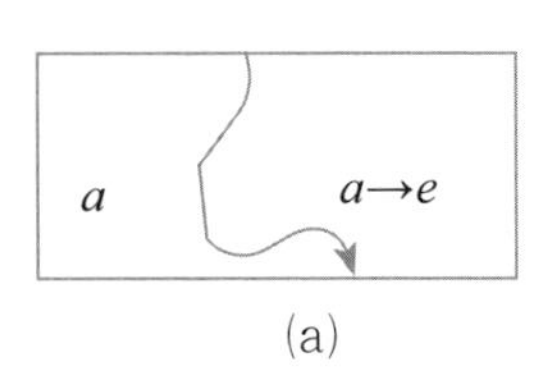

(a)

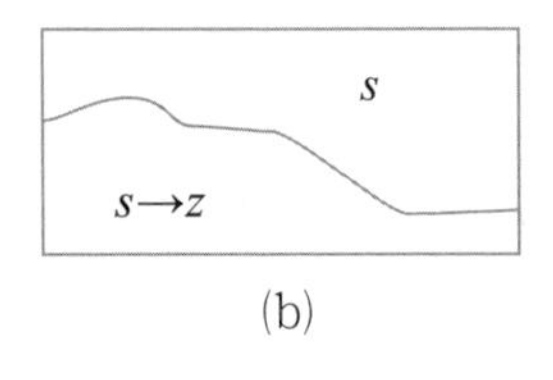

(b)

圖3

區的兩端的居民也許連話也聽不懂了；反過來，任何地點的居民卻仍然可以了解鄰區的土話。一個旅行家從這個國家的這一端跑到那一端，在每個地方都只看到一些非常微小的方言差異；但是他越往前走，這些差異就一步一步地積累，終於使出發地的居民無法聽懂。或者，他也可以每次都從這地區的同一個地點出發，往四面八方去走一趟，他將會看到，不管沿哪個方向，語言的分歧都越積越大，儘管方式不同。

在某一村莊的土語裡看到的特點，在鄰近的地方也可以找到，但是我們不能預知每個特點會伸展到多遠。例如在上薩窩阿省的一個市鎮都汶，日內瓦湖的名稱叫做denva，這一發音在東部和南部伸展得很遠；但是在日內瓦湖的對岸，人們卻把它念成dzenva。但那並不是兩種分得很清楚的方言，因為另一個現象的界限可能不同。例如在都汶，人們把deux「二」說成daue，但這一發音的區域比denva的小得多；在薩勒夫山麓，距離都汶只有幾公里，人們就把它說成due。

三、方言沒有自然的界限

人們通常對於方言的理解卻完全不同。他們把方言設想為一些完全確定了的語言類型，在每個方向都有自己的界限，在地圖上此疆彼界，區劃分明（a、b、c、d等等），見圖4。但是方言的自然變化卻產生完全不同的結果。只要我們就每個現象本身加以研究，並確定它的擴展區域，就應該用另一個概念去代替那舊概念，即只有自然的方言特徵，而沒有自然的方言，或者換句話說，有多少個地方就有多少種方言。

所以自然方言的概念在原則上是跟大大小小地區的概念不相容的。我們只有兩種選擇：要麼用一種方言的全部特點來確定方言，這樣就要固定在地圖上的某一個點，死抓住一個地方的土話，離開了它就再找不到完全相同的特點。要麼只用方言的一個特點確定方言，這樣無疑能得出一塊面積，即有關事實傳播地區的面積；但這顯然是一種人爲的辦法，這樣劃出的界限是不符合任何方言實際的。

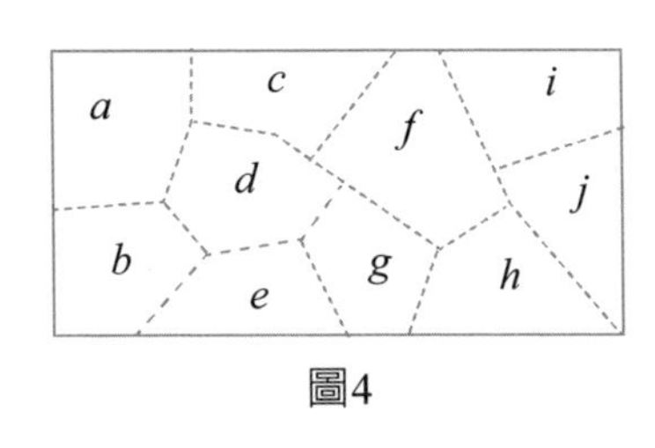

圖4

方言特徵的探討是語言地圖學工作的出發點，席業隆的《法國語言地圖集》

②席業隆（Gilliéron, 1854～1926），瑞士語言學家，曾跟埃德蒙（Edmont）合作，利用語言地理學方法調查法國方言，於一九〇二年至一九一三年編成《法國語言地圖集》出版。——校注

②可以作爲楷模；此外還應該舉出溫克爾③的德國語言地圖集④。地圖集的形式正好合用，因爲我們必須分地區研究一個國家，而對每個地區，一張地圖只能包括少量的方言特徵。對同一個地區必須描繪多次，才能使人了解那裡重疊著的語音、詞彙、形態等等的特點。類似這樣的探討需要有整個組織，取得當地通訊員的協助，利用問題格進行有系統的調查等等。在這方面，我們可以舉瑞士羅曼語地區的土語調查做例子⑤。語言地圖集的優點之一，是爲方言學研究提供資料，最近出版的許多專刊，都是以席業隆的《地圖集》做基礎的⑥。

---

③溫克爾（Wenker），德國方言學家，於一八七六年開始調查德語方言，一八八一年將所得材料繪成《德國語言地圖》，只出了一冊，一九二六年由吳雷德（F. Wrede）繼續完成，共六冊。——校注

④又參看魏岡（Weigand）的《達西亞．羅馬尼亞地區的語言地圖集》（一九〇九）和米雅德（Millardet）的《朗德地區的語言小地圖集》（一九一〇）。——原編者注

⑤這是指的雅伯格（K. Jaberg）和尤德（J. Jud）對瑞士羅曼語土語所作的調查。他們於一九二八年曾把所得材料繪成《義大利瑞士語言地圖》。——校注

⑥這些專刊有席業隆和蒙珊（Mongin）的《羅曼高盧的scier》（一九〇五）、席業隆的《Clavelles的地區》（一九一二）、《語言地理學研究》（一九一二）等等。——校注

人們曾把方言特徵的界線叫做「等語線」（lignes isoglosses或d'isoglosses）。這個術語是仿照「等溫線」（isotherme）製成的，但它的含義晦澀難懂，是不適當的，因爲它的意思是指「有相同語言的」。如果我們承認glossème有「語言特徵」的意思，倒不如叫做lignes isoglossématiques「等語特徵線」更爲確切。但我們還是寧願承襲施密德所用的形象，把它叫做「創新波浪」⑦，其理由可在下一章見到。

只要我們把一幅語言地圖拿來看看，有時就可以看到有兩三條這樣的波浪差不多一致，甚至在某一地段合而爲一（見下圖5(a)）：

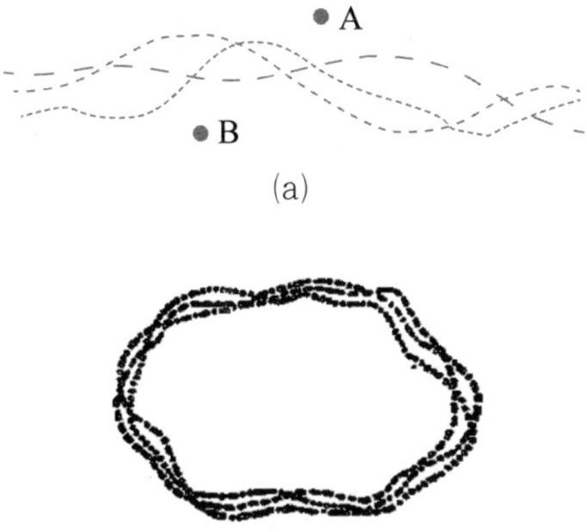

A

B

(a)

(b)

圖5

⑦ 施密德（Johannes Schmidt, 1843～1901），德國語言學家，曾著《印度日耳曼語元音系統史》（一八七一）、《響音理論批判》（一八九五）等書；一八七二年出版《印度日耳曼語親屬關係》，根據印歐語的語音事實和詞彙事實提出了所謂語言變化的「波浪理論」。——校注

由這樣一個地帶隔開的A、B兩點顯然有若干分歧，而且構成兩種分得相當清楚的土語。這些一致有時也可能不限於局部，而是遍及兩個或幾個地區的整個周界線（見上圖5(b)）：

如果有足夠數量的一致，就大抵可以說是方言。這些一致可以用我們完全沒有提到的社會、政治、宗教等方面的事實來解釋，它們常會掩蓋語言按獨立地域進行分化的原本的自然事實，但總是掩蓋不了全部的眞相。

四、語言沒有自然的界限

語言和方言的差別在哪裡，這很難說。人們往往把方言稱爲語言，因爲它曾產生文學；例如葡萄牙語和荷蘭語就是這樣。能否聽懂的問題也起作用；對於彼此聽不懂的人，人們就隨意說他們使用不同的語言。不管怎麼樣，在相連接的區域上過著定居生活的不同居民中發展起來的若干語言裡，我們可以看到跟方言相同的事實，只是規模更大罷了。我們在這裡也可以找到創新波浪，只不過它們所包括的地區是幾種語言共有的。

即使在我們所假設的最理想的情況下，確定親屬語言的界線也不比確定方言的界線容易些，地區面積的大小是無關輕重的。我們說不出高德語止於何處，低德語始於何處，同樣，也不能在德語和荷蘭語之間或法語和義大利語之間畫出一條分界線。在有些極端的地點，我們可以有把握地說：「這裡說法語，這裡說義大利語」。但是一進入中間地帶，這種區別就模糊了。有人設想在兩種語言之間有一個比較狹小的密集地帶作爲過渡，例如法語和義大利語間的普羅旺斯語，但那是不符合實際的。在一片從這端到那端覆蓋著逐漸出現差異的方言的土地上，我們怎能設想有任何形式的確切的語言界限呢？語言的分界線，像方言的分界線一樣，也在過渡中淹沒了。方言只不過是在語言的整個地區上任意作出的小區分，同樣，設想中的兩種語言的界限，也只能依慣例劃定。

然而由一種語言突然過渡到另一種語言是常見的。那是怎樣來的呢？因爲有些不利的情況使這些覺察不到的過渡無法存在。最容易引起混亂的因素是居民的遷移。各族人民總不免來來往往地移動，經過幾個世紀的積累，這些遷移把一切都弄混了，在許多地點，語言過渡的痕跡都給抹掉了。印歐語系就是一個突出的例子。這些語言起初一定有很密切的關係，構成一連串延綿不絕的語言區域，我們可以把其中主要的幾個大致構擬出來。從特徵上看，斯拉夫語跨在伊朗語和日耳曼語之間，這是符合這些語言在地理上的分布的。同樣，日耳曼語可以看作斯拉夫語和克勒特語的中間環節，克勒特語又跟義大利語有極密切的關係，而義大利語正處在克勒特語和希臘語中間。一個語言學家哪怕不知道所有這些語言在地理上的位置，也能夠毫不遲疑地一一指定它們的適當地位。但是試一考慮兩群語言，例如斯拉夫語和日耳曼語間的界線，我們就可以看到有一種沒有任何過渡的突然的飛躍。雙方互相衝突而不是互相溶合，因爲中間的方言已經消失。斯拉夫人和日耳曼人都不是停留不動的，他們都曾遷移，彼此爭奪領土，現在比鄰而居的斯拉夫居民和日耳曼居民已不是當初互相接觸的居民。假使卡拉布里亞的義大利人前來定居在法國邊境，這一遷移自然會破壞我們在義大利語和法語之間所看到的那種不知不覺的過渡狀態。印歐語也有許多類似的事實。

但是促使這些過渡消失的，還有其他原因，例如共同語向土語擴展（參看第三〇九頁以下）。現在，法蘭西文學語言（從前法蘭西島語）在邊界上同正式的義大利語（推廣了的托斯岡方言）發生衝突。我們幸而在阿爾卑斯山西部還可以找到一些過渡的土語，可是在其他許多語言的邊界上，中間土語的痕跡都已消失了。

第四章　語言波浪的傳播

一、交際[1]的力量和鄉土根性

語言事實的傳播，跟任何習慣，比如風尚一樣，都受著同樣一些規律的支配。每個人類集體中都有兩種力量同時朝著相反的方向不斷起作用：一方面是分立主義的精神，「鄉土根性」；另一方面是造成人與人之間交往的「交際」的力量。

「鄉土根性」使一個狹小的語言共同體始終忠實於它自己的傳統。這些習慣是一個人在他的童年最先養成的，因此十分頑強。在言語活動中如果只有這些習慣發生作用，那麼將會造成無窮的特異性。

但是它們的結果常爲一種相反力量的效能所矯正。如果說「鄉土根性」會使人深居簡出，交際卻使他們不能不互相溝通。把他方的過客引到一個村莊裡來的是

---

① 作者的這個生動的說法雖然借自英語（intercourse「社會關係、溝通、交際」），而且用在學術著作裡不如口頭說明那麼貼切，我們認為還是可以保留。——原編者注

它，在一個節日或集市裡把一部分居民調動起來的是它，把各地區的人組成軍隊的是它，如此等等。總之，這是一個跟「鄉土根性」的分解作用相反的統一的法則。

語言的擴張和內聚都要依靠交際。它起作用的方式有兩種。有時是消極的，每當創新在某地出現的時候，它立即加以撲滅，防止語言分裂爲方言。有時是積極的，它接受和傳播創新，促成語言的統一。交際的第二種形式證明我們用**波浪**這個詞來表示方言事實的地理界限不無道理（參看第三六三頁）；等語特徵線就像洪水的漲退所達到的邊緣。

我們有時看到同一種語言的兩種土語距離雖然很遠，但是有共同的語言特徵，感到十分驚訝；那是因爲起初在某地出現的變化在傳播中沒有遇到障礙，逐漸由近擴張到遠離它的出發點的地區。在感覺不到過渡的語言大眾中，交際的效能是不會遇到什麼對抗的。

某一特殊事實的推廣，不管它的界限如何，都需要時間，這一時間有時並且是可以計算出來的。例如由þ變d這種變化，交際曾把它擴展到整個大陸德國，起初是八〇〇至八五〇年間在南方傳播開來的，只有法蘭克語除外。在這種語言裡，þ仍然以軟音đ的形式被保存著，到後來才變成了d。由t變z（念作ts）這種變化是在更狹小的界限內發生的，而且在有書面文獻以前的時代就已經開始了。它一定是在西元六〇〇年左右從阿爾卑斯山出發的，同時往南北兩方擴展，南到隆巴第；在八世紀的圖林根憲章中還把它念成t②。在較晚的時代，日耳曼語ī和ū變成了複合元音（試比較mein「我的」代替了mīn、braun「棕色的」代替了brūn）；這個現象是一四〇〇年左右從波希米亞出發的，花了三百年才達到萊因河，流行於它當前的地區③。

這些語言事實是通過蔓延而傳播開來的，一切波浪都可能是這樣；它們從某一地點出發，然後往四面八方放射開來。這件事把我們帶引到第二個重要的驗證。

我們已經看到，時間因素足以解釋地理上的差異。但是我們要考慮到創新產生的地點才能全部證明這個原則。

再以德語的輔音演變爲例。假如說音位t在日耳曼語地區的某個地點變成了

---

② 試比較峨特語的broþar「兄弟」、英語的brother「兄弟」和德語的Bruder「兄弟」；峨特語的hairts「心」、英語的heart「心」和德語的Herz「心」。這些都是格里木所說的「第二次語音變化」。它把高德語和其他日耳曼族語言區別開來。——校注

③ 德語長元音的複合元音化大約是在一四〇〇年至一七〇〇年間完成的，它把現代德語和古代德語區別開來。——校注

ts，這個新的音就從它的發源地向四面八方放射出去，通過空間的傳播同那原始的t或者同在其他地點由這原始的t發展出來的另一些音進行鬥爭。在它產生的地點，這種創新是純粹語音的事實；但是在別的地方，它卻只是在地理上通過蔓延而確立起來的。所以

t
↓
ts

這個圖式簡直只在創新的故鄉才是有效的；把它應用於傳播，就會給人以不正確的形象。

所以語音學家必須把創新的故鄉和蔓延的區域仔細區別開來。在創新的故鄉，音位只是在時間的軸線上演化，而蔓延的區域卻是時間和空間同時起作用，不能只用純粹語音事實的理論來加以解釋。當外來的ts代替了t的時候，那並不是一個傳統原始型的改變，而是對鄰區土語的模仿，對這原始型沒有什麼關係。來自阿爾卑斯山的形式herza「心」在圖林根代替了更古老的herta，我們不能說那是語音變

化，而實是音位的借用④。

二、兩種力量歸結爲一個單一的原則

在地區中的某一個地點——相當於一個點的一塊小地方（參看第四一〇頁），例如一個村莊——要區別什麼是由「鄉土根性」引起的，什麼是由交際引起的，那是很容易的，一個事實只能決定於一種力量，而排除另一種力量。凡與另一種土語共有的特徵都是交際引起的；凡只屬於有關地點的土語的特徵，都是由於「鄉土根性」的力量。

但如果是一個地區，例如一個州，就會出現一種新的困難：我們說不出某一現象究竟跟這兩個因素中的哪一個有關。這兩個因素雖然是對立的，語言中的每個特徵卻跟它們都有瓜葛。A州特有的特徵是它的各部分所共有的；在這裡，起作用的是分立的力量，因爲它禁止這個州模仿鄰近的B州，反過來，也禁止B州模仿A州。但是統一的力量，即交際，也在起作用，因爲它就表現在A州的各部分（A^1，

---

④ 這種現象常會使語言或方言中出現一些所謂不規則的語音變化。——校注

A^2、A^3等等）之間。所以，在一個比較廣大的地區，這兩種力量總是同時起作用的，儘管比例大小不同。交際越是有利於創新，創新達到的區域就越遠；至於「鄉土根性」的效能是把某一語言事實保持在它所已達到的界限內，保衛它抗拒外來的競爭。這兩種力量發揮效能的結果如何，是無法預見的。我們在第三六八頁已經看到，在日耳曼語的領域內，從阿爾卑斯山直到北海，Þ變爲d是很普遍的，而t變爲ts(z)卻只影響到南部；「鄉土根性」在南部和北部之間造成了一種對立，但在界限內部，由於交際，卻出現了語言的團結一致。所以在原則上，這第二種現象和第一種現象之間沒有根本的差別。總是這兩種力量都在起作用，只是效能的強度有所不同罷了。

實際上，這就是說，研究某一片地區發生的語言演化，可以把分立主義的力量撇開不談，或者也可以說，把它看作統一力量的負的方面。統一的力量強大到相當程度，可以使整個區域統一起來；否則，那現象將會中途停止下來，只流行於一部分地區，這個狹小的地區對它的各部分來說，仍然是一個緊密一致的整體。所以我們可以把一切歸結爲一種單一的統一力量而不管「鄉土根性」；後者只不過是每一地區所固有的交際力量。

三、語言在分隔地區的分化

在使用單一語言的大眾中，內部一致是隨現象而不同的，創新不會全部普及，地理上的連續並不防礙永恆的分化——我們理解了這幾點，才能研究一種語言在兩個分隔的地區平行發展的情況。

這種現象是很常見的：例如日耳曼語自從由大陸滲入不列顛群島的時候起⑤，它的演化就是雙重的：一方面是德語方言，另一方面是盎格魯撒克遜語，並由此產生英語。我們還可以舉出被移植到加拿大的法語。中斷並不總是殖民或征服的後果，孤立也可以產生這種情況：羅馬尼亞語由於斯拉夫居民的介入而失去了同拉丁語大眾的接觸⑥。原因並不重要，問題是首先要知道分隔在語言的歷史上是否起作

⑤ 日耳曼語是大約在西元四五〇年左右隨著盎格魯人、撒克遜人和日德蘭人由歐洲大陸滲入不列顛群島的。——校注

⑥ 羅馬尼亞語源出於羅馬殖民地達基、伊斯特里和馬其頓的拉丁土語，羅馬帝國解體後，這些地區歸屬於東羅馬帝國的版圖，後來因為斯拉夫人的介入，逐漸失去了與拉丁語大眾的聯繫。——校注

用，它所產生的後果是否不同於在連續中出現的後果。

上面爲了更好地說明時間要素具有壓倒一切的效能，我們曾設想了一種語言在兩個很小的地點，例如兩個小島上平行發展的情況。在那裡，我們可以把語言的逐步傳播撇在一邊。但如果是在兩個有一定面積的地區，這種現象就會再次出現，並引起方言的分化。所以問題絕不會因爲地區不連接而變得簡單一些。我們必須提防，不要把沒有分隔也可以解釋的事實硬說是由於分隔的緣故。

這是早期的印歐語語言學家所犯過的錯誤（參看第二頁）⑦。他們面對一大群已經變得彼此很不相同的語言，沒有想到這可能並非地理上的分裂所造成。在分隔的地方有不同的語言，這是比較容易設想的，而且在一個淺薄的觀察者看來，這就是對分化的必要的和充分的解釋。不僅如此，他們還把語言的概念同民族的概念相聯繫，用後者來解釋前者；例如把斯拉夫人、日耳曼人、克勒特人等設想爲一群群從同一個蜂窩裡飛出來的蜜蜂；這些土民離鄉背井，把共同印歐語帶到了各個不同

---

⑦ 這是指的施來赫爾論印歐語語音分化時所提出的遷移理論。例如他認為印歐語原始的 a 之所以分為 a 和 e 是由於歐洲的語言脫離了印度・伊朗語的緣故。德・索緒爾在這裡反對他的這一論點是跟新語法學派一致的。——校注

的地區。

這種錯誤過了很久才被糾正過來。到一八七七年，約翰・施密德在他的一本著作《印度日耳曼人的親屬關係》中創立連續理論或波浪理論（Wellentheorie）⑧，使語言學家大開眼界。他們明白了就地分裂就足以解釋印歐系語言的相互關係，不一定要承認各民族已經離開它們各自的原地（參看第三六六頁）。在各民族四處分散以前就可能而且必然產生方言的分化。所以波浪理論不僅使我們對印歐語的史前史有更正確的看法，而且闡明了一切分化現象的基本規律和決定語言親屬關係的條件。

這種波浪理論雖然跟遷移理論相對立，不一定排除後者。印歐系語言的歷史有許多例子可以證明，有些民族由於遷移而離開了印歐語的大家庭，而且這種情況必定曾產生過一些特殊的後果。不過，這些後果跟連接發生分化的後果混在一起，我們很難說出究竟是些什麼，而這又把我們帶回到語言在分隔地區演化的問題上來。

試拿古英語來說。它是在一次遷移之後脫離日耳曼語的主幹的。要是在五世紀

---

⑧ Johannes Schmidt: *Die Verwandschaftsverhältnisse der Indogermanen, Weimar*, 1877。——校注

的時候撒克遜人仍留在大陸上，它也許不會是現在的模樣。但是分隔的特殊效果是什麼呢？要對這一點作出判斷，我們首先必須問一下，某種變化在地理上相連接的地區是否不會發生。假設英吉利人當初不是占領不列顛群島，而是占領了日德蘭，我們能否斷言，一般認爲是由於絕對分離而產生的事實，在假定中相毗連的地區都不會產生？有人說，地理上的隔絕曾使英語得以保存那古代的þ，而這個音在整個大陸上都已變成了d（例如英語的thing和德語的Ding「事情」）。這好像是認爲，在大陸上的日耳曼語裡，這種變化只是由於在地理上相連接才得以推廣的，殊不知即使在相連接的地區，這種推廣也很可能落空。錯誤的根源總是由於人們把隔離的方言和相連接的方言對立起來。事實上沒有什麼東西可以證明，要是日德蘭有一個由英吉利人建立的殖民地，就一定會受到d的蔓延。例如我們已經看到，在法語的領域內，K(+a)在包括畢卡迪和諾曼第的一個角落裡還繼續保存著，而在其他地方都已變成了噓音š(ch)。可見用隔離來解釋仍然是不充分的和很膚淺的。我們從來沒有必要用它來解釋語言的分化。隔離所能做的，在地理上相連接的地區也一樣能做。如果說這兩種現象間有什麼差別，我們可抓不住。

但是假如我們不是從兩種親屬語言分化的消極方面，而是從它們有連帶關係的積極方面去考慮，那麼就可以看到，在隔離的情況下，自從分隔的時候起，一切關係事實上都被割斷了，而在地理上相連接的地區，在即使極不相同的土語之間，只要有一些中間的方言把它們聯繫起來，都還保存著一定的連帶關係。

所以要鑑定各種語言間親屬關係的程度，我們必須把地區上的連接和隔離嚴格地區別開來。在後一種情況下，兩種語言由於它們有共同的過去，會保存著若干可以證明它們的親屬關係的特徵，但是因爲雙方都是獨立發展的，一方出現的新特徵在另一方是找不到的（除非分隔後產生的某些特徵，在兩種語言裡偶然相同）。在任何情況下，都要把那些由於蔓延而交流的特徵排除出去。一般地說，一種在地理上不相連接的地區發展的語言，和它的親屬語言相比，都有一套獨有的特徵。如果這種語言又發生分裂，那麼由它發展出來的各種方言就有好些共同的特徵證明它們比其他地區的方言有更密切的親屬關係。它們眞正形成了離開主幹的另外的枝條。

連接地區的各種語言的關係卻完全不是這樣。它們的共同特徵不一定比使它們變樣的特徵更爲古老；事實上，從任何地點出發的創新每時每刻都有可能推廣到各地，甚至席捲整個地區。此外，由於創新的區域面積大小各不相同，所以兩種相毗鄰的語言很可能有某種共同的特點，但是在全體中並不構成一組。這兩種語言都可能通過另一些特徵而和各毗鄰的語言相聯繫，印歐系語言表明的情況正是這樣。

第五編　回顧語言學的問題　結論

第一章 歷時語言學的兩種展望

共時語言學只有一種展望，說話者的展望，因此也只有一種方法；歷時語言學卻要既有隨著時間進展的前瞻的展望，又有往上追溯的回顧的展望（參看第一六七頁）。

前瞻的展望是跟事件的眞正進程一致的；它是我們編寫歷史語言學的任何一章，闡發語言史上的任何一點都必須採取的。這種方法只在於選擇我們所擁有的文獻。但是在許多情況下，這種從事歷時語言學實踐的方法是不充分的或不適用的。

事實上，要能夠隨著時間進展來確定某種語言史的一切細節，我們必須具有那種語言隨時攝取的無窮無盡的照片。可是這一條件是永遠實現不了的。例如羅曼語言學家特別有幸了解拉丁語作爲研究的出發點，而且占有許多世紀的大量文獻，但是在他們的引證中也會時時刻刻遇到巨大的空白。這樣就要放棄前瞻的方法，放棄直接的文獻，朝相反的方向進行，採取回顧的方法追溯往昔。採用這後一個觀點，我們必須選定某個時代作爲出發點，所要探究的不是某一形式結果變成了什麼，而是這一形式所由產生的較古的形式是什麼樣的。

前瞻的方法無異是一種簡單的敘述，全部要以文獻的考訂爲基礎；回顧的觀點卻需要一種重建的方法，那是以比較爲依據的。對於單個的孤立的符號，我們無法建立它的原始形式，而比較兩個同一來源的不同符號，如拉丁語的pater「父親」和梵語的pitar-「父親」，或者拉丁語ger-ō「我攜帶」和ges-tus「被攜帶」的詞幹，就可以約略看出有一個歷時的統一體把它們跟一個可以用歸納法重建出來的原始型聯繫起來。比較的要素越多，歸納就越精確，結果——如果資料充足的話——將可以得到一些眞正的重建①。

各種語言全都是這樣的。我們從巴斯克語得不出什麼，因爲它是孤立的，沒有東西可作比較。但是對一群親屬語言，如希臘語、拉丁語、古斯拉夫語等等，我們就可以進行比較，整理出它們所包含的共同原始要素，重建印歐語在空間上分化以前的基本情況。對整個語系大規模做過的工作，如果需要和可能，也對它的每一部

---

①德·索緒爾在這裡所說的前瞻的方法即一般所說的歷史法，回顧的方法即歷史比較法。回顧的方法不只限於把親屬語言的要素比較，也可以把同一種語言的不同要素比較，如拉丁語gerō的詞幹ger-和gestus的詞幹ges-，從而重建出一個原始的形式*ges-。這種重建稱為「內部重建」。——校注

分在較小的比例上重複做過，用的始終是同一的程序。例如日耳曼族的許多語言雖有文獻可以直接證明，可是我們對於這些語言所從來的共同日耳曼語，都只是利用回顧的方法間接地知道的。語言學家探究其他語系的原始統一體，儘管成就大小不同，用的都是同樣的方法（參看第三四五頁）。

所以回顧的方法可以使我們超出最古的文獻深入到一種語言的過去歷史。例如拉丁語的前瞻的歷史差不多到西元前三世紀或四世紀才開始，但是印歐語的重建使我們對於從原始統一體到拉丁語開始有文獻這一期間的情況有所了解，從那往後，我們才有可能描繪它的前瞻的圖景。

在這一方面，演化語言學可以同地質學相比。地質學也是一門歷史的科學，它有時也要描寫一些固定的狀態（例如日內瓦湖沿岸當前的狀態），而不管以前的情況，但它研究的卻主要是一連串形成歷時態的事件和變化。在理論上我們可以設想有一種前瞻的地質學，但是實際上它著眼的大都只能是回顧的。在講述地球上的某一點曾發生過什麼情況之前，人們不能不先把那一連串事件重建出來，並探究是什麼東西使得地球的這一部分變成了當前的狀態。

這兩個展望不僅在方法上有明顯的差別，從教學的觀點看，在一次講解中同時採用，也很不便利。例如語音變化的研究，用這種方法或那種方法進行就會得出兩個很不相同的圖景。用前瞻的方法，我們要追問古典拉丁語的 ē 變成了法語的什麼音。我們於是可以看到，同一個音在演化過程中起分化，而產生了幾個音位：試比較pĕdem→pye（pied「腳」）、vĕntum→vã（vent「風」）、lĕctum→li（lit「床」）、nĕcāre→nwaye（noyer「淹死」）等等。相反，如果我們用回顧的方法探考法語的開 ę 代表拉丁語的什麼音，那麼就可以看到這個音是由原來幾個不同的音位變來的：試比較tęr（terre「地」）=tĕrram、vęrž（verge「鞭子」）=vĭrgam、fę（fait「事實」）=factum等等。構形要素的演化同樣可以用這兩種方法去進行研究，得出的兩個圖景也是不同的。我們在第三一〇頁關於類比構成所說的一切都可以先驗地證明這一點。例如我們（用回顧的方法）探究法語分詞以-é結尾的後綴的來源，就要追溯到拉丁語的-ātum。後者在來源上首先跟拉丁語以-āre結尾的由名詞變來的動詞有關，而這些動詞本身大部分可以追溯到以-a結尾的陰性名詞（試比較拉丁語的plantāre「種植」：planta「幼苗」、希臘語的tīmáo「我尊敬」：timá「尊敬」等等）。另一方面要是印歐語的後綴-to-當初不是有活力的、能產的成分（試比較希臘語的klu-tó-s「聞名的」、拉丁語的in-clu-tu-s「有名的」、梵語的çru-ta-s「知名的」等等），-ātum就不會存在；此外，-ātum還包含著單數賓格的構形要素-m（參看第二八一頁）。反過來，如果我們要（用前瞻的方法）探究在法語的什麼樣的結構中可以再找到這原始的後綴-to-，那麼不僅可以舉出過去分詞的各種能產的或非能產的後綴（aimé「愛」=拉丁語的amātum、fini「做完」=拉丁語的fīnītum、clos「關閉」=clausum代替了*claudtum等等），而且可以舉出許多其他的後綴，如-u=拉丁語的-ūtum（試比較cornu「有角的」=cornūtum）、-tif（文言的後綴）=拉丁語的-tīvum（試比較fugitif「逃走的」=fugitīvum、sensitif「敏感的」、nègatif「否定的」等等）以及大量的已不能分析的詞，如point「點」=拉丁語的punctum、dé「骰子」=拉丁語的datum、chétif「貧苦的」=拉丁語的captīvum等等。

第二章　最古的語言和原始型

印歐語語言學在它的早期沒有了解比較研究的眞正目的，也沒有了解重建方法的重要性（參看第三十九頁）。這可以解釋它的一個最引人注目的錯誤，在比較中賦予梵語過分誇大的、幾乎獨一無二的作用；由於它是印歐語的最古文獻，於是把這文獻提升到了原始型的高貴地位①。假定印歐語產生梵語、希臘語、斯拉夫語、克勒特語、義大利語是一回事，把這些語言中的一種放到印歐語的地位又是另一回事。粗枝大葉地把它們混爲一談已經造成了各種影響深遠的後果。誠然，從來沒有人像我們剛才所說的那樣斬釘截鐵地提出過這一假設，但是實際上大家都默認了這一點。葆樸曾說過，他「不相信梵語會是共同的來源」，好像儘管有些懷疑，仍有

① 在十九世紀上半葉，一般從事印歐語歷史比較研究的語言學家，無論是在語音、語法方面（如葆樸、施來赫爾等），或者是在詞彙、詞義方面（如繆勒、費克等），都認為梵語是最古老的代表，把它抬到了原始型的地位。這一觀點後來受到了新語法學派的嚴厲批判。德・索緒爾在這一方面的看法是跟新語法學派一致的。——校注

可能提出這樣的假設。

這不禁使人發生疑問：人們說一種語言比另一種語言古老，究竟是什麼意思呢？理論上可能有三種解釋：

1. 人們可能首先想到最早的來源，一種語言的出發點。但是最簡單的推理表明，沒有一種語言我們可以指定它的年齡，因爲不管哪一種都是人們在它之前所說的語言的延續。言語活動和人類不同，它的發展的絕對延續性不容許我們把它分成世代。卡斯通巴黎斯[②]奮起反對女語和母語等概念是很有道理的，因爲它假定其間有間隔。所以我們不能在這個意義上說一種語言比另一種語言古老。

2. 也可以理解爲：一種語言狀態的時代比另一種的古老。例如阿契孟尼德碑銘的波斯語比費爾督西的波斯語[③]古老。在這樣的特殊情況下，如果一種語言確實是

---

② 卡斯通巴黎斯（Gaston Paris, 1839～1903），法國語文學家，專門研究羅曼族語言和中世紀西歐文學。他的重要著作有《查理大帝時代詩歌史》（一八六五）、《中世紀詩歌》（一八八五）和《中世紀法國文學》（一八八八）等。——校注

③ 阿契孟尼德碑銘用楔形文字，可以代表西元前五世紀至三世紀的古波斯語，屈折變化很豐富，與吠陀梵語頗相近。費爾督西是波斯十世紀的詩人，曾著史詩《王書》，用的是近代波斯語，與阿契孟尼德碑銘所用的古波斯語大不相同。——校注

從另一種語言發展而來，而且兩者都同樣是我們所熟悉的，那麼，不消說，我們應該只考慮那較古老的語言。但是如果這兩個條件得不到滿足，那麼，時間上古老就並不重要。例如立陶宛語從一五四〇年起才有文獻，它在這一方面的價值並不比十世紀就有文字記載的古斯拉夫語差，甚至不比《黎俱吠陀》的梵語差。

3.最後，「古老」這個詞還可以指更帶有古風的語言狀態，就是說，它的形式比較接近原始的模型，不管任何年代上的問題。在這個意義上，我們可以說，十六世紀的立陶宛語比西元前三世紀的拉丁語更古老。

因此，如果認爲梵語比其他語言古老，那只能是就第二個或第三個意義上說的。事實上，在這兩個意義上，它的確是這樣。一方面，大家同意，吠陀詩篇的古老性超過了希臘最古的文獻；另一方面，特別重要的是，它的古代特徵比其他語言保存的多得多（參看第二十八頁）。

這個相當混亂的「古老」的觀念，使梵語成了整個語系中最早的語言。其後雖然糾正了把它當作母語的看法，但是語言學家對它作爲一種並存語所提供的證據還是繼續看得過分重要[4]。

皮克特[5]在他所著的《印歐語的起源》一書中（參看第四五五頁）雖然明確承認有過一個使用自己語言的民族，但是仍然深信首先應該參考梵語，因爲梵語的證據比印歐系中其他好幾種語言合起來提供的還有價值。這種錯覺使大家長時期看不清一些頭等重要的問題，例如原始元音系統的問題[6]。

這種錯誤在小範圍裡以及在細節上老是反反覆覆地重演著。人們在研究印歐語的某些特殊分支的時候，總要把其中已知最早的語言看作整個語族的適當的和充分

---

[4] 早期語言學家從葆樸到施來赫爾都認為梵語是整個印歐語系的最古老的語言，後來新語法學派經過一番仔細的研究斷定梵語在許多方面，特別是在元音方面，不及希臘語和拉丁語古老；梵語只是印歐語系中一種具有旁系親屬的語言。——校注

[5] 皮克特（Ad. Pictat, 1799~1875），瑞士語言學家，語言古生物學的奠基者。他的《印歐語的起源》出版於一八五九年，此外，還於一八三七年出版過《論克勒特語和梵語的親屬關係》一書，認為克勒特語也應屬印歐語系。——校注

[6] 德·索緒爾在這方面曾作過專門研究，見於他一八七九年出版的《論印歐語元音的原始系統》一書。——校注

的代表，而不設法去更好地認識那共同的原始狀態。例如不談日耳曼語而毫不躑躅地簡單援引峨特語⑦，因爲它比其他日耳曼語方言早出幾個世紀；於是峨特語篡奪了原始型的地位，成了其他方言的源頭。在斯拉夫語方面只以從十世紀起得到證明的斯拉凡語或古斯拉夫語爲依據，因爲其他斯拉夫語得到證明的年代都在那以後⑧。

其實，先後用文字固定下來的兩種語言形式恰好代表同一種語言的兩個歷史時期，是極其罕見的。那大都是彼此不相連續的兩種方言。例外可以證明規則。最明顯的是羅曼族語言和拉丁語的關係：從法語追溯到拉丁語，確實是一條垂直的道路；羅曼族語言的區域恰巧跟過去拉丁語流行的區域相同，其中每一種都只是演化了拉丁語。同樣，我們已經看到，大流士碑銘的波斯語跟中世紀的波斯語是同一種

⑦ 峨特語是古代峨特人所使用的語言，早已死亡，現在只留下烏爾斐拉士於四世紀用來翻譯基督教聖誕經的一些片段。這種語言保存古代的特點較多，因此早期的語言學家多把它看作日耳曼族語言的母語。——校注

⑧ 古斯拉夫語又稱教堂斯拉夫語，它其實只是古代保加利亞的一種方言，早期的斯拉夫語語言學家多錯誤地把它看作斯拉夫族語言的母語。——校注

方言⑨。但更常見的是相反的情況：不同時代的文獻屬於同一系屬的不同方言。例如日耳曼語相繼出現於烏爾斐拉士的峨特語（我們不知道它的後繼者），其次是古高德語的文獻，再其次是盎格魯・撒克遜語、古北歐語等等的文獻，可是這些方言或方言群中沒有一個繼承了早先有文獻證明的方言。這種事態可以表如圖1，其中字母表示方言，虛線表示相連續的時代：

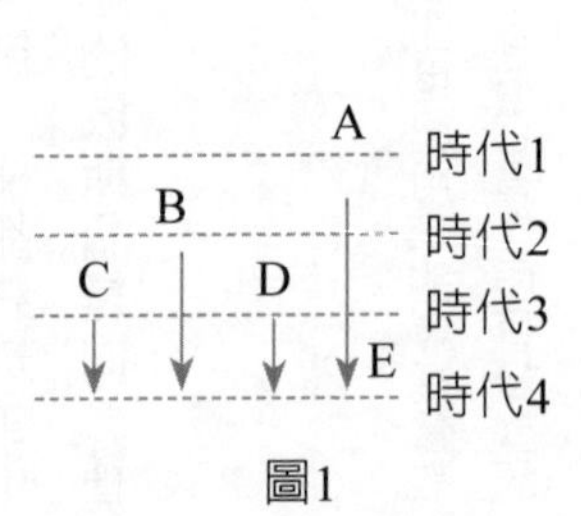

圖1

語言學對這種事態只應該暗自慶幸，否則，材料最早的方言（A）就會預先包含分析各後繼狀態時所能推演出來的一切情況。現在，在尋求所有這些方言（A、B、C、D、E等等）的輻射點的時候，我們卻可以碰到一種比A更古老的形式，比方原始型X，這樣，A和X就不可能混淆了。

⑨ 大流士碑銘的波斯語就是阿契孟尼德王朝為了紀念國王大流士用楔形文字刻寫的古波斯語：中世紀的波斯語見於火祆教的經典《阿味斯達》，其中注釋用禪德語，代表當時流行的貝爾威語，跟古波斯語比較起來已有很大的差別。——校注

第三章　重建

一、重建的性質和目的

如果重建的唯一方法是比較，那麼，反過來說，比較的唯一目的也只是爲了重建。我們應該把在幾個形式間所看到的對應放在時間的展望裡，最後重建出一個單一的形式，否則就會徒勞無功。這一點，我們已經不只一次地強調過（參看第三十八頁以下和第三五九頁）。例如，要解釋拉丁語medius「中間的」和希臘語mésos「中間的」關係，即使不追溯到印歐語，也必須提出一個在歷史上可能跟medius和mésos相聯繫的更古老的形式*methyos[①]。我們也可以比較同一種語言的兩個形式，而不是不同語言的兩個詞，所看到的情況也必然一樣。例如拉丁語的

①這個形式應該是*methyos還是*medhyos，西歐語言學家一直是有爭論的。德・索緒爾在這裡採用*methyos，但是在本書第四編第三章第二節又寫作*mĕdhyŏs，可見他在這一點上也有些舉棋不定。——校注

gerō「我攜帶」和gestus「被攜帶的」同出於它們古代的共同詞幹*ges-。

順便指出，有關語音變化的比較必須經常輔之以形態方面的考慮。我在考察拉丁語patior「我忍受」和passus「被忍受的」的時候，曾援引factus「被做的」、dictus「被說的」等等來比較，因爲passus是同一性質的構成。我之所以能夠確立patior和*pat-tus在前一個時代的形態上的關係，正是以faciō「我做」和factus「被做的」、dīcō「我說」和dictus「被說的」等等的同樣的關係爲依據的。反過來，如果比較是形態方面的，也應該借助於語音來加以闡明：拉丁語的meliōrem「更好的」可以同希臘語的hēdīō相比，就因爲在語音上一個可以追溯到*meliosem、*meliosm，另一個可以追溯到*hādioa、*hādiosa、*hādiosm。

所以，語言的比較並不是機械的作業；它意味著把一切適宜於說明問題的資料加以對比，但是最後總要得出一種可以列成公式，旨在重建以前形式的擬測；比較的結果總是要重建出各種形式。

但是回顧過去的目的是要建出以前狀態的完整的和具體的形式呢？還是相反地，只限於對詞的各部分作出抽象的、局部的斷定？——例如確認拉丁語fūmus「煙」的f跟共同義大利語Þ的對應，或者希臘語állo「別的」和拉丁語aliud「別的」的頭一個要素在印歐語裡就已經是a。重建很可能把任務限於這第二類探討：

我們甚至可以說它的分析方法的目的不外是這些局部的確認。不過從這許多孤立事實中，我們仍然可以引出比較一般的結論：例如根據一系列類似拉丁語的fūmus這樣的事實可以確斷共同義大利語的音位系統中有Þ這個音②；同樣，如果我們能夠斷言印歐語的所謂代詞屈折變化中有一個不同於形容詞後綴-m的中性單數詞尾-d，那也是從許多孤立的確認中推演出來的一般形態事實（試把拉丁語的istud「這個」、aliud「別的」同bonum「好的」相對；把希臘語的tó「這個」=*tod、állo「別的」=*allod同kalón「美好的」相對；以及英語的that「那個」等等）。我們還可以更進一步，在這些不同的事實重建出來以後，把同某一整個形式有關的事實全都綜合起來，重建出完整的詞（例如印歐語的*alyod），詞形變化範例，等等。綜合就是把一些完全可以分立的事實聯在一起，例如我們試把一個像*alyod這樣的重建形式的各部分加以比較，就可以看到，會引起語法問題的-d，和毫無這種問題的a-之間，有很大的差別。重建出來的形式並不是抱成一團的整體，而始終是可以從語音上加以分解的總體，它的每一部分都可以抽出，經受檢驗。所以重建的形式

---

② 拉丁語的fūmus「煙」和希臘語的thymos、梵語的dhūmas'、斯拉夫語的дымъ對應，一般羅曼語語言學家斷定其中的f在共同義大利語應為th，然後由th變為Þ。——校注

總是忠實地反映了應用於它們自己的一般結論。印歐語的「馬」曾先後被假定爲*akvas、*ak$_1$vas、*ek$_1$vos，最後是*ek$_1$wos，沒有爭論的只有s和音位的數目。

所以，重建的目的並不是爲形式而重建形式——這是相當可笑的——，而是把根據不時獲得的結果認爲可信的一套結論加以濃縮和晶化，一句話，就是記錄我們這門科學的進展。我們不必爲語言學家就一種相當離奇的想法進行辯解，彷彿把印歐語從頭到尾恢復過來是爲了使用這種語言。他們研究歷史上已經知道的語言尚且不抱這種目的（對拉丁語進行語言學的研究不是爲了要把它說得好），何況史前語言的一個個詞呢？

此外，重建雖然有待於修正，可是要對所研究的語言的全貌，對它所從屬的語言類型有所認識，它還是不能缺少的。爲了比較容易地描繪許多共時的和歷時的一般事實，重建是一種必不可少的工具。有了整套重建，印歐語的大致輪廓即可了如指掌：例如後綴是由某些要素（t、s、r等等）構成的而排除了其他要素，德語動詞元音系統的複雜變異（試比較werden「變成」、wirst、ward、wurde、worden）是在規則中隱藏著一種相同的原始交替：e——o——零。了解這些情況，研究以後時期的歷史就容易得多了，沒有事先的重建，要解釋史前時期以後突如其來的變化就會困難得多。

二、重建的確實程度

有些重建的形式是完全確實的，另外有些卻仍然可以爭論，或者坦白地說，很成問題。我們剛才看到，整個形式的確實程度，決定於綜合中各個局部的重建所能具有的相對確實性。在這一點上，差不多從來沒有兩個詞的立足點是相同的。像印歐語的*esti「他是」和*didōti「他給」這樣明顯的形式，其間就有差別，因爲後一個形式的二重元音就是可以懷疑的（試比較梵語的dadāti和希臘語的dídōsi）。

人們一般傾向於相信重建不如實際情況那麼確實。有三個事實可以增強我們的信心：

第一個，主要的，我們在第九十六頁已經指出過：給定一個詞，我們可以清楚地辨認出構成這個詞的音，這些音的數目和界限。我們在第一二二頁還看到，我們對於某些語言學家趴在音位學的顯微鏡上提出的異議應該作何感想。在像-sn-這樣的一個音組裡無疑有一些躲躲閃閃的或過渡的音，但是計較這些音是反語言學的；一般人的耳朵辨不出它們來，特別是說話者對於要素的數目總是意見一致的。因此，我們可以說，在印歐語的*ek_1wos這個形式裡，說話者應該注意的只有五個表示區別的不同要素。

第二個事實關係到每種語言中音位要素的系統。任何語言都有一整套音位，它們的總數是完全確定的（參看第九〇頁）。經由重建證明，印歐語裡這個系統的全部要素有的只出現在十來個形式中，有的出現在成千個形式中，所以我們確信可以全部認識。

最後，認識一種語言的聲音單位，不一定非確定它們的正面的性質不可。我們應該把它們看作表示區別的實體，它們的特性就是彼此不相混淆（參看第二一八頁）。這是最主要的，所以我們可以用數字或任何符號來表示我們所要重建的語言的聲音要素。在*ĕk_1wŏs中，我們沒有必要確定ĕ的絕對性質，追問它是開音還是閉音，發音部位靠前還是靠後等等。如果辨認不出有幾種ĕ，這些就並不重要，只要不把它跟那語言的另外一個有區別的要素（ă、ŏ、ē等等）相混就行了。這等於說，*ĕk_1wŏs的第一個音位跟*medhyŏs的第二個音位、*ăgĕ的第三個音位等等沒有分別，我們不必確定它的聲音性質就可以把它編入印歐語的音位表，並用它的編號來表示。所以*ĕk_1wŏs的重建只是意味著，印歐語中與拉丁語的equos「馬」、梵語的açvas「馬」等等相對應的詞，是由那原始語言音位系統中五個已確定的音位構成的。

因此，在我們剛才劃定的界限內，重建是可以保留它們的全部價值的。

第四章　人類學和史前史中的語言證據

一、語言和種族

語言學家有了回顧的方法，可以追溯以前許多世紀的歷程，重建某些民族在進入歷史以前所使用的語言。但是除此之外，這些重建是否還能向我們提供一些關於這些民族本身，它們的種族、它們的血緣關係、它們的社會關係、它們的風俗習慣、它們的制度等等的消息呢？一句話，語言對於人類學、民族學和史前史能否有所闡明呢？人們一般相信是能夠的，我們卻認為其中有很大一部分是幻想。現在試來簡要地考察一下這個總問題的幾個方面。

首先是種族。認為語言相同可以斷定血統相同，語言的系屬同人類學的系屬相吻合，那是錯誤的。實際上沒有這麼簡單。例如有一個日耳曼種族，它在人類學上的特徵是很清楚的：毛髮淡黃、腦殼長、身材高大等等，斯堪的納維亞型就是它的最完備的形式。但並不是所有說日耳曼語的居民都符合上面指出的特徵，比方住在阿爾卑斯山麓的阿勒曼人在人類學上的類型就跟斯堪的納維亞人大不相同。那麼，我們能否至少承認，一種語言本來屬於一個種族，如果它爲他族人民所使用，那是由於征服而強加給他們的呢？毫無疑問，我們往往可以看到，有些民族採納或者被迫接受了它們的征服者的語言，例如羅馬人勝利後的高盧人①，但是這不能解釋一切。例如就日耳曼人來說，即使承認他們曾制服了這麼多不同的民族，也沒能全部併吞它們；要達到這一點，必須假定在史前曾有長期的統治，以及其他尚未確定的情況。

所以，血統相同和語言相同似乎並沒有任何必然的關係，我們不能拿它們來互相推斷。在許多情況下，人類學的證據和語言的證據是不相符的，我們沒有必要把它們對立起來，也不必從中作出選擇；它們各有各的價值。

二、民族統一體

這樣說來，語言的證據能對我們有些什麼教益呢？種族統一體本身只能是語言

① 法國人的祖先原是高盧人，自從被羅馬人征服後改用拉丁語，可是直到現在我們還可以在法語中找到一些高盧語的底層。——校注

共同體的一個次要的因素，而絕不是必要的因素。但是另外有一個無比重要的、唯一基本的、由社會聯繫構成的統一體，我們管它叫民族統一體。所謂民族統一體就是一種以宗教、文化、共同防禦等等多種關係爲基礎的統一體；這些關係甚至在不同種族的人民之間，沒有任何政治上的聯繫，也能建立。

我們在第六十七頁看到的那種相互關係就是在民族統一體和語言之間建立的：社會聯繫有造成語言共同體的傾向，而且也許會給共同的語言烙上某些特徵；反過來，語言共同體在某種程度上也會構成民族統一體。一般地說，語言共同體常可以用民族統一體來加以解釋。例如在中世紀初期，曾有一個羅曼民族統一體把好些來源很不相同的民族聯結在一起而沒有政治上的聯繫。反過來，在民族統一體的問題上，我們首先應該過問的就是語言。語言的證據比其他任何證據都更重要。試舉一個例子：在古代義大利，埃特魯斯克人和拉丁人比鄰而居；如果想要找出他們有什麼共同點，希望斷定他們有沒有共同來源，人們可以求助於這兩個民族遺留下來的一切：紀念碑、宗教儀式、政治制度等等，但是絕沒有語言直接提供的那麼確實。只消三幾行用埃特魯斯克文寫成的文獻就足以表明使用這種語言的民族跟說拉丁語的民族集團完全是兩個事。

因此，在這一方面和上述的界限內，語言就是一種歷史文獻。例如根據印歐系諸語言構成一個語系的事實，我們可以推斷曾有一個原始的民族統一體，現在說這些語言的所有民族，從社會的系統來看，都是它的直接或間接的繼承人。

三、語言古生物學

但是，如果語言的共同體可以使我們確定社會的共同體，那麼語言能否使我們認識這共同民族統一體的性質呢？

人們長時期認爲，語言是有關使用它們的民族及其史前史的取之不盡的文獻資源。克勒特語研究的先驅者阿·皮克特是特別以他的《印歐語的起源》一書（一八五九～一九六三）聞名於世的，這部著作後來成了其他許多著作的典範，直到現在還是所有這類著作中最引人入勝的一種。皮克特想從各種印歐語所提供的證據中找出「阿利安人」②文化的基本特徵，相信可以確定它的各個紛繁的方面：實物（工具、武器、家畜）、社會生活（它是一個游牧民族還是農業民族？）、家庭

② 「阿利安」原是古印度人和伊朗人的名稱，「有高雅」的意思，後來一般語言學家和人類學家多用來指印歐人。——校注

制度、政治形態。他想找出阿利安人的搖籃，認爲那是在巴克特里安納；他還研究阿利安人居留地的植物和動物。他這本書是人們在這一方面做過的最巨大的嘗試；他這樣創立的科學叫做語言古生物學。

從那以後，人們在這一方面還做過好些別的嘗試。最近一次就是希爾特③的《印度日耳曼人》（一九〇五～一九〇七）④。作者以施密德的理論爲基礎（參看第四二七頁）來確定印歐人的居留地，但是他並不輕視要求助於語言古生物學。有些詞彙事實向他表明印歐人是從事耕作的，他不同意認爲印歐人的原始故鄉是在更適宜於游牧生活的南俄。樹名，特別是某些種樹（樅樹、樺樹、山毛櫸、橡樹）的頻繁出現，使他想到印歐人的故鄉樹林很多，位於哈爾茲山和維斯圖拉河間，特別

---

③ 希爾特（Hermann Hirt），德國語言學家，曾出版《印度日耳曼人》（1995~1907）、《現代高德語詞源學》（1909）、《德語史》（1919）、《印度日耳曼語語法》（1921）等。在《印度日耳曼人》一書中，他企圖利用語言材料探討印歐人的風俗習慣和原始居留地等問題。——校注

④ 又參看儒班維爾（Arbois de Jubainville）的《歐洲的原始居民》（1877）、施拉德（O. Schrader）的《語言比較和原始史》和《印度日耳曼考古學百科全書》（這些著作比希爾特的略早一些）、費斯特（S. Feist）的《史前史照耀下的歐洲》（1910）。——原編者注

是在布朗登堡和柏林地區。我還要提醒，甚至在皮克特之前，庫恩和另外一些人就已利用語言學來重建印歐人的神話和宗教。

看來，我們不能向語言伸手索取這一類情報；這在我們看來有以下幾個原因：

首先是詞源不確實。人們已逐漸明白，來源確定的詞是多麼稀少，因此已變得更加慎重。試舉一個輕率的例子：從前曾有人拿拉丁語的servus「奴隸」和servāre「服務」來比較（他也許沒有權利這麼做），然後認爲頭一個詞有「看守人」的意思，於是斷定奴隸原來就是看家人，可是他甚至不能確定servāre起初曾有「看守」的意思。不僅如此，詞義是會演變的，一個詞的意義往往隨著民族的遷移而發生變化。人們還曾相信，沒有某個詞就可以證明原始文化沒有這個詞所表示的事物；這是一種錯誤。例如亞洲的語言沒有「犁田」這個詞⑤；但是這並不意味著他們當初沒有這種作業：犁田的工作很可能已經廢止，或者用別的詞所表示的辦法去進行。

---

⑤ 這裡所說亞洲的語言是指亞洲地區的印歐系語言。根據後來發現的資料，我國新疆的古代吐火魯語是有「犁田」這個詞的，試參看西格（Sieg）和西格令（Siegling）的《吐火魯語殘跡》（1921）。可是德·索緒爾當時還不知道有這種語言。——校注

借用的可能性是使詞源不確實的第三個因素。一個詞很可能隨著某種事物傳到一個民族而進入它所說的語言，例如在地中海沿岸，人們很晚才知道有苧麻，北方各國的人民知道得更晚；苧麻的名稱就是隨著這種植物而傳開去的⑥。如果幾種語言裡有同一個詞，這個詞是借來的呢，還是出於一個原始的共同傳統，在許多情況下，沒有語言學以外的資料就很難斷定。

這不是說我們就無法自信地理出若干一般的特徵，甚至某些很確切的資料。例如表示親屬關係的共同名稱是很豐富的，這些名稱怎樣流傳也很清楚，我們可據以斷定印歐人的家族是一種又複雜又穩定的制度，因爲他們的語言在這一方面有好些我們無法表達的細微差別。在荷馬的詩篇裡，eináteres表示「妯娌」（幾個兄弟的妻子）、galóoi表示「姑嫂」（妻子和丈夫的姊妹）；而拉丁語的janitrīcēs在形式上和意義上都相當於eináteres。同樣，「姊夫、妹夫」（姊妹的丈夫）和「連襟」（幾個姊妹的丈夫）也沒有相同的名稱。在這裡，我們可以看到分得很詳密的

---

⑥ 苧麻的名稱在印歐系語言裡有兩個基本類型：一個是希臘語的kánnabis、拉丁語的canabis、古俄語的конопля，古德語的hanaf；一個是古印度語的bhānga、古俄語的пенька。施拉德在《印度日耳曼考古學百科全書》中認為都是從芬蘭・烏戈爾土語借來的。——校注

細節，但是我們通常應該滿足於一般的了解。在動物方面也是這樣。對於重要的獸類，如牛，我們不僅可以根據希臘語boûs、德語Kuh、梵語gau-s等等的相符，重建出印歐語的*g_2ōu-s，而且屈折變化在所有這些語言裡也都有相同的特徵，可見它不可能是後來向另一種語言借來的詞。

現在讓我們稍爲詳細一點補充另一個形態事實，它具有既局限於某一確定的地區，又涉及社會組織的某一點的雙重特性。

人們雖然對dominus「主人」和domus「家庭」的關係說了許多話，可是語言學家還覺得不能完全滿意，因爲用後綴-no-構成第二級派生詞是非常特別的。人們從來沒聽見過比方希臘語由oîkos構成*oiko-no-s或*oike-no-s，或者梵語由açva-構成*açva-na-這樣的形式。但正是因爲罕見才使dominus的後綴具有它的價值和突出的特點。在我們看來，日耳曼語有幾個詞是很可以透露一點消息的：

1. *þeuđa-na-z「*þeuđō的首長、國王」、峨特語þiudans、古撒克撒語thiodan（*þeuđō，峨特語þiuda=奧斯干語touto「人民」）。
2. *dru$_x$ti-na-z（部分變成*dru$_x$tī-na-z）「*dru$_x$-ti-z（軍隊）的首長」，基督教表示「主，即上帝」的名稱即由此變來，古北歐語Dróttinn、盎格魯·撒克遜語Dryhten，二者都帶有結尾的-ina-z。

3.*kindi-na-z「*kinđi-z=拉丁語gens『部落』的首長」。由於gens的首長對*Þeuđo的首長來說相當於副王，所以烏斐拉士用kindins這個日耳曼的名稱（在別的地方已完全消失）來表示一個省的羅馬總督，因爲在他的日耳曼觀念裡，皇帝的使者同Þiudans相比，就是部落的首長。這種比附從歷史的觀點看不管多麼有趣，kindins這個與羅馬的事物毫不相干的詞無疑可以證明日耳曼的居民是分成許多kindi-z的。

由此可見-no-這個第二級後綴可以加在日耳曼語的任何詞幹來表示「某一社會共同體的首長」的意思。剩下的只要認證拉丁語的tribūnus「法官」照字面同樣是指「tribus『法庭』的首長」，正如峨特語的Þudans「國王」是Þiuda「人民」的首長一樣；最後，domi-nus「主人」也同樣是「domus『家庭』的首長」，domus「家庭」就是touta「人民」=峨特語的Þiuda「人民」的最小的區分。所以，在我們看來，dominus「主人」雖然帶有一個很奇特的後綴，它其實可以證明古代義大利民族統一體和日耳曼民族統一體不僅有語言上的共同性，而且有制度上的共同性：這一證據是很難反駁的。

但是我們還要再一次記住，語言和語言比較是很少能夠提供這樣顯著的標誌的。

四、語言的類型和社會集團的心理素質

如果語言不能提供很多有關使用這語言的民族的風俗習慣和制度等方面的切實可靠的情報，它是否至少可以用來表明使用這語言的社會集團的心理類型的特徵呢？有一種相當普遍的意見，認爲語言可以反映一個民族的心特徵徵；但是也有一種很嚴肅的相反意見同這一看法相對抗：語言手段不一定是由心理的原因決定的⑦。

閃語用簡單的並列表示主限名詞和受限名詞的關係（試比較法語的la parole de Dieu「上帝的話」），結果的確造成了一種把受限詞置於主限詞之前的所謂「構成詞態」的特殊形式。例如希伯來語有dābār「話」和'elōhīm⑧「上帝」：

---

⑦ 主張語言可以反映民族的心理特徵的有石坦達爾（Steinthal）、米斯特里（Misteli）、芬克（Finck）、馮德（Wundt）、狄特里希（Dittrich）等人，見石坦達爾、米斯特里的《語言結構主要類型的特徵》（1893）、芬克的《語言結構的主要類型》（1910）、馮德的《民族心理學》第一冊、《語言》（1911～1912）、狄特里希的《語言心理學問題》（1913）。德·索緒爾在這裡反對他們的這種觀點。——校注

⑧ 這個符號表示aleph，即與希臘語弱送氣相當的喉門塞音。——原編者注

dbār'elōhīm就是「上帝的話」的意思。我們可以說這種句法類型能表明閃族人的什麼心理素質嗎？肯定這一點是很輕率的，因為古代法語也曾很有規律地採用過類似的構造：試比較le cor Roland「羅蘭的角笛」、les quatre fits Aymon「埃蒙的四個兒子」等等。這一手段的產生在羅曼語裡純粹出於偶然，既是形態的，又是語音的：變格的極度減少使法語不得不採用這種新的構造。為什麼類似的偶然不會把原始閃語引上相同的道路呢？所以這一句法事實看來雖然好像是閃語的一種不可磨滅的特色，其實不能提供任何有關閃族人心理素質的確實的標誌。

再舉一個例子：原始印歐語沒有以動詞為第一個要素的複合詞，德語有這種複合詞（試比較Bethaus「祈禱室」、Springbrunnen「噴泉」等等）。我們是否要相信日耳曼人在某一時期改變了從祖先那裡繼承來的思想方法呢？我們已經看到，這一創新出於一種不僅是物質上的，而且是消極的偶然，即betahūs中的 a 消失了（參看第二七八頁）。一切都是在語音變化的範圍內發生的，同人們的心理毫不相干，它不久就給思想加上了專橫的羈絆，迫使它走上符號的物質狀態為它開闢的特殊道路。許多同類的觀察都可以證實我們這一意見。語言集團的心特徵徵同一個元音的脫落或重音的變化，以及其他許多每時每刻都可能使任何語言形式中符號和觀念的關係發生變革的事實比較起來，是並不重要的。

當然，確定語言的語法類型（不管是有歷史證明的還是重建的），並按照它們用以表達思想的手段加以分類，總不會是沒有意思的。但是即使確定了類型和進行了分類，我們在語言學的領域以外還是得不出什麼確實的推斷。

第五章　語系和語言的類型[1]

我們剛才已經看到，語言不是直接由說話者的心理支配的。在結束的時候，我們要強調這一原則的一個後果：任何語系都不是理應永遠屬於某一語言類型的。

要問一群語言屬於哪個類型，這是忘記了語言是演變著的；言外之意是說在語言的演變中會有一種固定的要素。對一種沒有界限的效能，我們憑什麼一定要給它強加上界限呢？

的確，許多人在談到某一語系的特徵的時候，其實想到的是那原始語言的特徵，而這個問題不是不能解決的，因爲那是指的某一種語言和某一個時代。但是如果認爲有些永恆的特徵是時間和空間都無法改變的，那就會跟演化語言學的基本原理發生衝突。任何特徵都不是理應永遠不變的，它只是出於偶然才保存下來。

試以印歐語系爲例。它所從來的語言的特徵是大家所知道的：語音系統非常簡

---

① 這一章雖然不是討論回顧語言學的，我們還是把它編在這裡，因為可以作為全書的結論。——原編者注

單；沒有複雜的輔音組合，沒有複輔音；元音系統很單調，但能起極有規則並具有深刻語法意義的交替作用（參看第二八七頁、第三九四頁）；有聲調，原則上可以置於詞中的任何音節，因此有助於語法對立的作用；有音量的韻律，純粹以長短音節的對立爲基礎；很容易構成複合詞和派生詞；名詞和動詞的屈折變化很豐富；起屈折變化的詞本身就帶有限定作用，在句子中是獨立的，因此構造很自由，帶有限定意義或關係意義的語法詞（動詞前綴、前置詞等等）很少。

我們很容易看到，這些特徵中沒有一種是完整地保存在印歐系的各種語言裡的，有幾種（例如音量韻律和聲調的作用）在任何語言裡都已找不到，其中有些甚至大大改變了印歐語的原始面貌，以致使人想起另一種完全不同的語言類型，例如英語、亞美尼亞語、愛爾蘭語等等。

說同一個語系的各種語言多少有某些共同的變化，這是比較合理的。例如上面指出過的屈折機構的逐步弱化在印歐系各種語言裡是很普遍的，儘管它們在這一方面也有顯著的差別：其中抗拒最力的是斯拉夫語，而英語卻已把屈折變化縮減到幾乎沒有什麼了。作爲反作用，相當普遍地，在句子構造方面建立了一種頗爲固定的詞序，表達的分析法有代替綜合法的傾向，用前置詞表示變格的意義（參看第三二七頁），用助動詞構成動詞的形式，如此等等。

我們已經看到，原始型的某個特徵可能在某種派生的語言裡已經找不到。反過來也是這樣，我們常常可以看到，某一語系全體代表所共有的特徵竟然是原始語言所沒有的。元音和諧（即一個詞的後綴的所有元音的音色跟詞根要素的最後一個元音發生某種同化）就是例子。在一大群流行於歐亞兩洲從芬蘭直到中國東北的語言——烏拉爾・阿爾泰語言裡，都可以找到這種現象。但是這一極可注意的特徵很可能是後來發展出來的。因此這可能是一個共同的特徵而不是原有的特徵，我們甚至不能引用來證明這些語言有（大可爭論的）共同來源，正如不能引用它們的黏著的特徵一樣。人們也已承認漢語並不一直是單音節的②。

把各種閃語同重建的原始閃語相比，首先引人注目的是它們都牢固地保存著某些特徵。這一語系比其他任何語系都更能令人產生一種錯覺，以爲它屬於一個永恆不變的、爲那語系所固有的類型。我們可以從下列特徵認識它，其中有幾種是跟印歐語的特徵明顯地對立的：幾乎完全沒有複合詞；很少使用派生法；屈折變化很不發達（但是原始閃語比各種女兒語發達些），因此詞序有嚴格的規則。最值得注意

② 例如瑞典漢學家高本漢（B. Karlgren）曾主張原始漢語是屈折語。——校注

的特徵同詞根的構造有關（參看第三三九頁）。詞根有規則地包含三個輔音（例如q-t-l「殺」），這在同一種語言內部的任何形式裡都保存著。（試比較希伯來語的qāṭal「他殺了」、qāṭlā「她殺了」、qṭōl「你殺吧」、qiṭlī「你殺」等等），而且在各種語言裡都是這樣（試比較阿拉伯語的qatala「他殺了」、qutila「他已被殺了」等等）。換句話說，輔音表達詞的「具體意義」，即詞的詞彙意義，而元音（當然還有某些前綴和後綴）卻通過它們的交替作用專表示語法意義（例如希伯來語的qāṭal「他殺了」、qṭol「殺」、帶後綴的qṭāl-ū「他們殺了」、帶前綴的ji-qṭōl「他將殺」、帶前綴和後綴的ji-qṭl-ū「他們將殺」等等）。

面對這些事實，不管別人怎麼說，我們必須堅持我們的原則：一成不變的特徵是沒有的；永恆不變只是偶然的後果；在時間的進程中保存下來的特徵，也可以隨著時間的流逝而消失。仍就閃語來說，我們可以看到，三輔音的「規律」並不是這一語系所特有的，因爲其他語系也有完全類似的現象。在印歐語裡，詞根的輔音組織也受到嚴格規律的支配。例如在e之後不能有i、u、r、l、m、n這一系列中的兩個音，像*serl這樣的詞根是不可能的，如此等等。閃語元音的作用更是這樣；印歐語也有同樣嚴格的元音作用，儘管沒有閃語的那麼豐富。像希伯來語的dabar「話」、dbār-īm「許多話」，dibrē-hem「他們的話」這樣的對立會使人想起德語Gast「客人」：Gäste「客人們」、fliessen「流」：floss「以前流」等等的對立。在這兩個例子裡，語法手段的產生是相同的，都是由盲目的演變引起的純粹的語音變化；但是人們的心理緊抓住由這些變化產生的交替，使它們具有語法意義，並通過偶然的語音演變所提供的模型進行類比，把它們傳播開來。至於閃語的三個輔音的不變性只是近似的；不是絕對的。我們對這一點可以先驗地確信無疑；而事實也證實這種看法。例如希伯來語的詞根'anāš-īm「人們」雖有我們所期待的三個輔音，但是它的單數'īš卻只有兩個；這是一個更古老的三輔音的形式在語音上的縮減。此外，即使承認了這種準不變性，我們是否必須把它看作詞根所固有的特徵呢？不。那只表明閃語所遭遇的語音變化沒有其他許多語言的那麼厲害，輔音在這一群語言裡保存得比別的語言好。可見這只是一種演化的語音的現象，而不是語法的、永恆的現象。所謂詞根的不變性只意味著詞根沒有遭受到語音變化，如此而已；我們不能指天發誓說這些變化將來永遠不會發生。一般地說，不管什麼東西，凡是時間製成的，時間也能使它消失，或者使它發生變化。

我們認識到，施來赫爾把語言看作一種具有自己的演變規律的有機體，這是違反事實的；但是，設想一個種族或民族集團的「精神」會不斷地把語言引到某些確定的道路上來，我們毫不遲疑地仍然願意把語言看成另一個意義上的有機體。

我們剛才闖入我們這門科學的邊緣領域進行探索，從那裡得出了一個教訓，雖然完全是消極的，但是因爲符合本教程的基本思想，所以更加顯得饒有趣味，那就是：**語言學的唯一的、眞正的對象是就語言和爲語言而研究的語言**。

費爾迪南・德・索緒爾生平年表

年代	生平紀事
西元一八五七年	在日內瓦出生，祖籍法國，他在一個學者世家的家庭裡長大。他的家族中大多是自然科學家，有自然科學研究的傳統。祖父是地質學和礦物學教授，父親是地質學家和博物學家。後來認識父親的一位好友阿道夫・皮科特（Adolphe Pictet），其專長是研究語言古生物學，他引導索緒爾學習語言學，使索緒爾很早就掌握了歐洲多種語言以及古拉丁語和希臘語。
西元一八七〇年	進入馬丁拿專科學校（I'institut Martine）就讀。
西元一八七三～一八七五年	進入日內瓦高中讀書，並開始學梵語。
西元一八七五年	進入日內瓦大學讀書，並學習物理學和化學。
西元一八七六～一八七八年	五月十三日，加入巴黎語言學會。十月轉到德國萊比錫大學就讀，並學習歷史語言學。後來又轉入柏林大學就讀一年。
西元一八七八年	發表成名作《論印歐系語言元音的原始系統》，被譽為「歷史語言學中傑出的篇章」。

西元一八八〇年	返回萊比錫大學取得博士學位，其撰寫的博士論文題目為《論梵語絕對屬格的用法》，並結識了青年語法學派的重要人物布魯格曼、奧斯脫霍夫等人，進一步還和他們一起從事印歐系語言的歷史比較研究工作。在當年秋天，離開德國到巴黎。
西元一八八一年	在巴黎高等研究學院任教古代語言和歷史比較語言學，共十年，期間獲法國頒給索氏榮譽勳位，也培養了許多比較語言學專家。
西元一八九一年	返回日內瓦大學任教，後來擔任日內瓦大學印歐歷史比較語言學系主任，任教印歐系古代語言和歷史比較語言學。
西元一九〇七年	三次講授普通語言學，首創這一學科，但沒有寫成講義。
西元一九一三年	二月二十二日，因罹患喉癌而去世。享年五十六歲。
西元一九一六年	一九〇七～一九一一年，索緒爾在日內瓦大學三次講授普通語言學課程，待他去世後由其學生們根據課堂筆記整理，並於一九一六年在日內瓦出版了《普通語言學教程》，後來被翻譯成多種語言，對語言學的發展造成了深遠的影響，也因此後世尊稱為「現代語言學之父」。他把語言學塑造成一門影響巨大的獨立學科。他認為語言是基於符號及意義的一門科學，並在很大程度上影響了結構和解構主義，並且創立了符號學。

索引

A

B

C

D

E

F

G

L

M

N

P

Q

R

S

T

W

X

Z

Note

Note

經典名著文庫057

普通語言學教程

語言學史上一部最重要的經典

作　　者 —— 費爾迪南．德．索緒爾
譯　　者 —— 高名凱
導　　讀 —— 鍾榮富
發 行 人 —— 楊榮川
總 經 理 —— 楊士清
總 編 輯 —— 楊秀麗
文庫策劃 —— 楊榮川
副總編輯 —— 黃惠娟
特約編輯 —— 張碧娟
責任編輯 —— 吳佳怡
封面設計 —— 姚孝慈
著者繪像 —— 莊河源
出 版 者 —— **五南圖書出版股份有限公司**

地　　址 ——台北市大安區 106 和平東路二段 339 號 4 樓
電　　話 ——02-27055066（代表號）
傳　　眞 ——02-27066100
劃撥帳號 ——01068953
戶　　名 ——五南圖書出版股份有限公司
網　　址 ——https://www.wunan.com.tw
電子郵件 ——wunan@wunan.com.tw

法律顧問 —— 林勝安律師事務所　林勝安律師
出版日期 —— 2019 年 8 月初版一刷
　　　　　　 2022 年 1 月初版二刷
定　　價 —— 680 元

國家圖書館出版品預行編目資料

普通語言學教程 / 費爾迪南．德．索緒爾著；高名凱譯 . -- 初版 -- 臺北市：五南圖書出版股份有限公司，2019.08
面；公分
譯自：Cours de linguistique generale
ISBN 978-957-763-126-8 (平裝)

1. 語言學

801　　107019270